DAVID BENIOFF

25 STUNDEN

Der Roman zum Film

Aus dem Amerikanischen
von Frank Böhmert

WILHELM HEYNE VERLAG
MÜNCHEN

HEYNE ALLGEMEINE REIHE
Band-Nr. 01/20109

Die Originalausgabe
THE 25TH HOUR
erschien 2000 bei Carroll & Graf edition

Der Titel erschien bereits in der Allgemeinen Reihe
mit der Band-Nr. 01/13416.

Umwelthinweis:
Dieses Buch wurde auf
chlor- und säurefreiem Papier gedruckt.

Taschenbuchausgabe 05/2003

Der Wilhelm Heyne Verlag ist ein Verlag der
Ullstein Heyne List GmbH & Co. KG
Printed in Germany 2003
Umschlag- und Innenillustrationen:

Umschlaggestaltung: Nele Schütz Design, München
Satz: Buch-Werkstatt GmbH, Bad Aibling
Druck und Bindung: Ebner & Spiegel, Ulm

ISBN: 3-453-86159-0

http://www.heyne.de

Für Mom und Dad –
danke.

Prolog

Der schwarze Hund lag auf der Standspur des West Side Highways und träumte Hundeträume. Ein Stück Dreck, das linke Ohr zu Hackfleisch zerbissen, der Rumpf mit Brandflecken von Zigaretten übersät – ein Kampfhund, ausgesetzt und der Gnade der Flussratten überlassen. Verkehr donnerte vorbei: Kastenwagen mit Vorhängeschlössern an den Ladetüren, weiße Limousinen mit getönten Scheiben und New Jerseyer Kennzeichen, gelbe Taxis, blaue Streifenwagen.

Monty parkte seine Corvette auf der Standspur und stellte den Motor ab. Er stieg aus und ging zu dem Hund, Kostya Novotny im Schlepptau. Kostya schüttelte ungeduldig den Kopf. Er war groß und schwer. Die Ärmel seines Mantels reichten ihm kaum bis zu den weißen Pranken. Die Gesichtszüge verschwommen bereits vom Fett, die dicken Wangen waren von der Kälte gerötet. Er war fünfunddreißig und wirkte älter, Monty war dreiundzwanzig und wirkte jünger.

»Siehst du?«, sagte Monty. »Er lebt.«

»Dieser Hund, wie sagt man dazu?«

»Pitbull. Hat wohl jemanden den Einsatz gekostet.«

»Ah, *Pitbull.* Mein Stiefvater hat Pitbull, in Ukraine. Böse Tiere, richtig böse Tiere. Hast du schon mal Hundekampf bei Uncle Blue gesehen?«

»Nein.«

Im Fell des Hundes krabbelten Fliegen herum, angezogen vom Blut, vom Kot. »Und jetzt, Monty? Gucken wir zu, wie er verrottet?«

»Ich wollte ihn eigentlich erschießen.«

Der Hund war jetzt wach und starrte reglos ins Leere. Scheinwerferlicht strich über ihn hinweg. Der Asphalt neben seinen Pfoten war mit zerbrochenem Glas, verdrehten Metallstücken, schwarzem Gummi von geplatzten Reifen übersät. Auf der Betonwand hinter dem Hund, die die gegenläufigen Verkehrsströme trennte, prangte in metergroßen Spray-Buchstaben der Name SANE SMITH.

»Ihn erschießen? Bist du noch ganz richtig in Kopf?«

»Die haben ihn hier einfach zum Sterben hingeworfen«, sagte Monty. »Haben ihn aus dem Fenster geworfen und sind weitergefahren.«

»Komm, mein Freund, es ist kalt.« Vom Hudson herüber tönte ein Nebelhorn. »Komm, auf uns warten Leute.«

»Die warten öfters«, sagte Monty. Er ging neben dem Hund in die Hocke, untersuchte den lädierten Körper, versuchte festzustellen, ob die linke Hüfte gebrochen war. Monty sah bleich aus in dem flackernden Licht, mit den streng zurückgekämmten schwarzen Haaren und dem spitzen Haaransatz. Um seinen Hals hing eine silberne Kette mit einem kleinen silbernen Kruzifix, silberne Ringe schmückten seine rechte Hand. Er beugte sich ein Stück weiter vor, und der Hund kämpfte sich hoch und schnappte nach seinem Gesicht, schnell genug, dass Monty, der sich rasch nach hinten warf, den fauligen Atem riechen konnte. Nach der Anstrengung hechelte der Pitbull; sein kompakter, muskelbepackter Körper zitterte mit jedem rasselnden Atemzug. Trotzdem blieb er in seiner Kauerstellung und ließ die beiden Männer nicht aus den Augen, die Ohren angelegt, das eine heil, das andere zerbissen.

»Himmel«, sagte Monty, der auf dem Asphalt saß. »Der hat ja doch noch 'n bisschen Biss.«

»Ich glaub, der will nicht mit dir spielen. Komm, soll erst noch Polizei anhalten? Und unser Auto durchsuchen?«

»Guck, was sie mit ihm gemacht haben, Kostya. Die Scheißkerle haben ihn als Aschenbecher benutzt.«

Ein vorbeirasender Cadillac hupte zweimal, und die beiden Männer sahen ihm nach, bis seine Rücklichter hinter einer Kurve verschwunden waren.

Monty stand auf und klopfte sich die Hose ab. »Los, packen wir ihn in den Kofferraum.«

»Was?«

»Auf der East Side gibt's einen Nottierarzt. Der Bursche gefällt mir.«

»Er gefällt dir? Er wollte gerade deine Nase fressen. Guck ihn an, er ist so gut wie tot. Du willst einen Hund? Schön, ich kauf dir morgen Welpen.«

Monty hörte nicht auf ihn. Er ging zum Wagen, öffnete den Kofferraum und holte eine fleckige grüne Armeedecke heraus. Kostya starrte ihn mit erhobenen Hände an. »Wart mal 'ne Sekunde, bitte. Nur ganz kurz, ja? Ich geh an keinen Pitbull ran. Monty? Ich geh an keinen Pitbull ran.«

Monty zuckte die Schultern. »Das ist ein guter Hund. Das seh ich ihm an. Ein zäher kleiner Brocken.«

»Ja, zäh ist er. Er ist in üble Gegend groß geworden. Darum bleib ich auch auf Abstand.«

Das Licht von oben warf tiefe Schatten unter Montys Wangenknochen. »Dann mach ich es eben allein«, sagte er.

Inzwischen war der Hund wieder zusammengesackt, versuchte aber immer noch, den Kopf oben und die beiden Männer im glasigen Blick zu behalten.

»Guck doch«, sagte Monty. »Wenn wir noch länger warten, ist er tot.«

»Vorher wolltest du ihn erschießen.«

»Aus Mitleid. Aber seine Zeit ist noch nicht vorbei.«

»Ach ja? Hat er dir das gesagt? Du weißt, wann seine Zeit vorbei ist, ja?«

Monty ging vorsichtig um den Hund herum, hielt die Armeedecke wie ein Torero sein Tuch. »Das ist wie bei einem kleinen Kind, die wollen auch keine Spritze kriegen. Die schreien und heulen los, wenn sie den Doktor bloß sehen. Aber auf lange Sicht ist es gut für sie. Los, lenk ihn ab.«

Kostya schüttelte den Kopf mit dem Gehabe eines Mannes, der schon seit Ewigkeiten unter den Verrückheiten seines Freundes zu leiden hat, dann versetzte er einer Getränkedose einen Tritt. Der Hund sah ihr hinterher. Monty warf die Decke über den Hund, machte einen Satz und schlang ihm die Arme um die Körpermitte. Knurrend kämpfte der Hund mit der Wolle, schlug seine Zähne in den Stoff und zerrte daran, versuchte der Decke das Genick zu brechen. Monty schaffte es aufzustehen und gab sich alle Mühe, ihn festzuhalten, aber der Hund war glitschig vom Blut und wand sich in seinem Griff wie ein monströses Neugeborenes. Fast war Monty bei der Corvette, da kam der Pitbull frei, riss den Kopf herum und schnappte nach ihm, die Kiefer nur ein paar Zentimeter von Montys Kehle entfernt. Er zerkratzte Monty die Arme, bevor der ihn in den Kofferraum warf, und noch während der Hund in die Aussparung für das Reserverad fiel schnappte er noch einmal nach ihm und versuchte gerade wieder auf die Beine zu kommen, da fiel der Kofferraumdeckel krachend zu.

Monty hob die Armeedecke auf und setzte sich wieder hinter das Steuer. Kostya sah kurz himmelwärts, dann stieg er zu seinem Freund in die Corvette. Die ganze Sache hatte fünf Minuten gedauert.

»Was geht in deine kleine Kopf eigentlich vor?«, fragte Kostya, nachdem Monty die Decke in den Fußraum hinter sich geworfen hatte. »Das war sehr dumm von dir. Das Dümmste, was du je getan hast. Nein, das nehm ich zurück. Das mit Lydia Eumanian war das Dümmste, was du je getan hast.«

»Ich hab ihn gekriegt, stimmt's?«, sagte Monty und grinste. »Ein bisschen Grips, ein bisschen Spucke, und *zack*, im Sack!« Er checkte die Rückspiegel und fuhr wieder auf den Highway Richtung Uptown.

»Ja. Spucke. Du blutest übrigens. Er hat dich gebissen.«

»Nein, das ist das Blut vom Hund.«

Kostya hob die Brauen. »Ja? Du hast Loch im Hals, und da kommt Blut raus.«

Monty führte eine Hand an den Hals, spürte warmes Blut heraussickern. »Bloß ein Kratzer.«

»Ein Kratzer, ach so. Du verblutest übrigens. Und du brauchst Tollwutimpfung.«

»Das können sie beim Tierarzt zunähen.« Hinter ihnen rumorte der Hund im Kofferraum herum, sein Gebell war kaum zu hören durch den Verkehrslärm.

»Was? Beim Tierarzt? Du blutest den ganzen Wagen voll, du stirbst, dein Vater schimpft *mich*. Oh, bu-huh, bu-huh, du hast Monty sterben lassen. Nein, bloß nicht. Fahr zur Seventh Avenue, da ist Saint Soundso, das ist richtiges Krankenhaus.«

»Wir fahren zum Tierarzt.« Das Blut lief Monty den Arm hinab, sickerte in den Hemdärmel, sammelte sich am Ellbogen.

»Regel Nummer eins«, sagte Kostya, »fang keine halb toten Pitbulls ein. Auf uns warten Leute, Leute mit viel Geld, und du spielst mitten auf dem Highway Cowboy – nein, Hundefänger. Du bist Unglücksrabe, du bringst mir Unglück. Alles, was schief gehen kann, das geht auch schief. Doyle's Law. Das sind nicht nur du und ich, wenn wir unterwegs sind, das sind Monty, Kostya und Mister Doyle von Doyle's Law.«

»Doyle? Du meinst Murphy.«

»Welchen Murphy?«

»Welchen Doyle? Murphy's Law«, sagte Monty. »Was schief gehen kann, das geht auch schief.«

»Ja«, sagte Kostya. »Der.«

Von diesem Tag an hieß der Hund Doyle.

1

Monty hat schon hundert Mal auf dieser Bank gesessen, aber heute sieht er sich die Aussicht ganz genau an. Das hier ist sein Lieblingsplatz in der City. Das hier möchte er sehen, wenn er dort, wo er hingeht, die Augen schließt: den grünen Fluss, die Stahlbrücken, die roten Schlepper, den steinernen Leuchtturm, die Schornsteine und Lagerhäuser von Queens. Das hier möchte er sehen, wenn er morgen Nacht und in sämtlichen anderen Nächten der nächsten sieben Jahre die Augen schließt; das hier möchte er sehen, wenn die elektronisch gesteuerten Tore zugefallen sind, wenn das Neonlicht aus- und die schwache rote Notbeleuchtung angeht; während der Nacht mit ihren geflüsterten Witzen und Drohungen, ihren Masturbationsgrunzern und dumpfen Basstönen aus den verbotenerweise noch laufenden Radios. Zweitausendfünfhundert Nächte in Otisville, auf einer schweißfleckigen Matratze, zwischen tausend schlafenden Sträflingen, der nächste Freund neunzig Meilen weit weg. Grüner Fluss, Stahlbrücken, rote Schlepper, steinerner Leuchtturm.

Monty sitzt auf einer Bank auf der Promenade am East River, trommelt mit der Rechten auf den rissigen Latten, die Leine fest ums Handgelenk gewickelt. Er schaut sich Queens durch die geschwungenen Eisenstangen des Geländers an, die Triborough Bridge im Norden, die 59th Street Bridge im Süden. In der Mitte des Flusses die Nordspitze von Roosevelt Island, bewacht von einem alten gemauerten Leuchtturm.

Der Hund will laufen. Er zerrt an der Leine, schiebt sich mit den Hinterläufen vorwärts. Die Muskeln treten hervor; die schwarzen Lefzen sind zurückgezogen, dass die Fänge leuchten. Nach vier Jahren Hunderunden am Fluss weiß Monty, was der Promenade blüht, wenn er Doyle laufen lässt: Krieg. Vielleicht besteigt der Pitbull dann das Dalmatinerweibchen drüben bei dem kaputten Springbrunnen, vielleicht legt er sich auch mit dem Rottweiler an. Doch ganz egal, ob dann Hundesperma oder Hundeblut verspritzt wird und die Riesenarena von Bellen und Jaulen widerhallt – Doyle will los.

Der Fluss treibt zehn Meter unter Mann und Hund dahin, eine grüne Brühe, hier und da mit schimmernden Getränkedosen durchsetzt. Ein frisch gestrichener roter Schlepper, die Seiten mit LKW-Reifen bestückt, zieht einen Müllkahn den Fluss hinab. Über dem Kahn kreisen Möwen und beschimpfen einander, die weißen Flügel durchsichtig in diesen ersten hellen Minuten des Tages. Sie stürzen auf die Wellen hinab und schnappen sich essbare Brocken, verschlucken sie mit einer knappen Kopfbewegung.

Doyle macht Platz und sieht traurig zu den anderen Hunden hinüber, das Maul leicht geöffnet. Ab und zu kommt seine Zunge hervor. Ein Taubenmännchen, die Füße von der Farbe gekauten Kaugummis, stolziert mit geschwellter Brust und wippendem Kopf näher, bis der Pitbull es mit einem beiläufigen Knurrlaut verscheucht. Drei Bänke weiter übt ein Mann auf einer zwölfsaitigen Gitarre seine Griffe. Zwei junge Männer in Kapuzenpullis kommen vorbei, die Jeans unterhalb der Hüfte, grüne Buchstaben auf die Knöchel tätowiert. Sie nicken Monty zu, aber er nimmt sie nicht wahr. Er sieht sich den Flusslauf im Süden an, die riesigen Schornsteine von Queens, die weiße Wolken himmelwärts blasen, die Straßenbahn, die von Roosevelt Island hochfährt, den schimmernden Verkehr auf der 59th Street Bridge. Über LaGuardia steigt ein Flugzeug auf, und Monty schaut zu, wie es den linken Flügel neigt und nach Westen abbiegt. Er ist völlig darauf konzentriert, auf die Leichtigkeit, mit der der silbrige Jet davonschießt.

Auf die um sein Handgelenk gewickelte Leine kommt Zug. Doyle hat sich wieder aufgesetzt und bellt einen näher kommenden Mann drohend an. Der Neuankömmling bleibt stehen, ein ängstliches Halblächeln im Gesicht. Er ist nicht der unüblichen Wärme dieses Januarmorgens entsprechend angezogen: langer Schal, zwei Mal um den Hals gewickelt, schwerer Daunenparka, dessen Nähte sich lösen, Gummistiefel bis knapp unter die Knie. Er tritt vom einen Fuß auf den anderen und kaut hektisch Kaugummi.

»Was ist los da oben, Monty? Bist früh unterwegs heute.«

Das Flugzeug ist verschwunden. Monty nickt, sagt aber nichts.

»Kannst du ihm mal sagen, dass gut ist? Hey, Hundi. Hey, guter Hund. Ich glaub, dein Hund kann mich nicht leiden.«

»Geh weg, Simon.«

Der Mann nickt, reibt sich die Hände. »Ich hab Hunger, Monty. Bin vor 'ner Stunde aufgewacht vor Hunger.«

»Da kann ich nichts machen. Geh hoch zur Hundertzehnten.«

»Zur Hundertzehnten? Hör mal, ich bin flüssig.« Er greift in die Tasche und holt eine Rolle Fünf-Dollar-Scheine hervor, die von einem Gummiband zusammengehalten werden.

»Steck das ein«, faucht Monty. Doyle fängt an zu knurren.

»Schon gut, schon gut. Wollt ja bloß klarstellen, dass ich keinen Gnadenschuss will.«

Monty sieht zu dem Leuchtturm hinüber. »Ich bin draußen, Mann.«

Simon deutet auf ein paar kleine Schorfstriche an seinem Kehlkopf. »Schau dir das an. Hab mich geschnitten heute Morgen beim Rasieren – vier Mal! Ich kann meine Hände nicht ruhig halten. Komm, Monty. Lass mich nicht hängen. Ich kann doch nicht nach Harlem – schau mich doch an. Wen kenn ich denn in Harlem? Die machen mich alle, da oben. Wie bei Tom und Jerry, bloß dass ich Jerry bin. Ich brauch meinen Käse, Monty, ich brauch meinen Käse! Ich bin am Verhungern, Mann.«

Lange sagt keiner etwas, dann steht Monty auf und geht auf den Mann zu, immer näher, bis ihre Gesichter nur noch Zentimeter voneinander entfernt sind. »Du brauchst Abstand zu mir, Freundchen. Hast doch gehört, ich bin nicht mehr im Geschäft.«

Doyle schnuppert an Simons Schuhen, dann arbeitet seine Nase sich das Hosenbein hinauf. Simon tänzelt einen halben Schritt nach hinten, versucht von dem Hund wegzukommen, ohne ihn aufzuregen. »Was soll der Quatsch? Hast du Angst, ich lass dich auffliegen? Hey Mann, du kennst mich doch.«

»Du hörst nicht zu. Die haben mich erwischt. Schluss Ende. Aus. Also mach 'ne Fliege und geh heim zu deiner Anwaltsmama oder hoch zur Hundertzehnten meinetwegen. Aber lass mich verdammt noch mal in Ruhe.«

Simon blinzelt und stolpert rückwärts, versucht zu lachen, sieht über die Schulter nach hinten, schau Doyle an, reibt sich mit dem Handrücken über die Nase. »Fünf Jahre lang bin ich jetzt zu dir gekommen. Alles klar, kein Problem. Ich geh schon. Kein Grund, fies zu werden.«

Der Hund will laufen; er zieht an der Leine, und Monty folgt ihm an den Zementschachbrettern vorbei, wo die beiden im Sommer zwischen den Kiebitzen gestanden und sich die Duelle angesehen haben. Little Vic hat hier immer gespielt; Little Vic, der auf Riker's Island Großmeister gewesen ist, bis ein Russe wegen Fälschung verknackt wurde und ihn in vier Spielen hintereinander fertig gemacht hat. Aber heute drückt hier niemand seine Schachuhr; zu früh für einen Wintermorgen. Die Frührentner sind alle noch beim Futtern.

Monty und Doyle spazieren westwärts, bleiben an einem Zaun stehen und sehen sich ein Basketballspiel an. Die Teenager nutzen den warmen Tag für ein schnelles Spielchen vor der Schule. Doyle schnuppert an Pfählen, die nach der Pisse von gestern stinken. Monty taxiert die Spieler schnell, zutreffend und verächtlich. Der Point Guard bringt ums Verrecken keinen Ball vernünftig ins Spiel, der Shooting Guard kann nicht links vorbeigehen, der Dicke weiter drüben lässt jeden Wurf zu früh durchblicken. Monty fällt ein Samstag ein, an dem dieser Platz ihm und vier Freunden gehört hat, an dem sie jedes einzelne Spiel gewonnen haben, bis die Verlierer sich frustriert davonmachten, ein Nachmittag im August, an dem jeder Sprungwurf flutschte und Monty die Positionen seiner Mitspieler ohne Hinsehen wusste und ihnen den Ball so leicht zuspielen konnte wie nur irgendwas.

Mann und Hund gehen die Stufen zur Senke des Carl-Schurz-Parks hinab. Ein schwarzes Stangenviereck um zwei Reihen verkümmerter Gingko-Bäume herum, deren Blätter wie japanische Fächer geformt sind. Auf den umliegenden Bänken sitzen alte Leute und genießen das Wetter, werfen den Vögeln Krumen zu, lesen die hinteren Seiten der Post, kauen Kartoffel-Knisches. Schwarze Frauen schieben weiße Kleinkinder in Plastiksportwagen spazieren. Auf den Hängen um die Senke herum dienen schroffe, bunt bekritzelte Felsen als Gedenktafeln: MIKO+LIZ, 84 BOYS, THE LOW-LITE CRUZERS, SANE SMITH. Sane Smith war hier. Sane Smith war überall. Sane Smith ist tot, ist die Brooklyn Bridge runtergesprungen. So hat Monty jedenfalls gehört. Als der umtriebigste der New Yorker Graffiti-Künstler hat Sane Smith seinen Namen überall auf Reklametafeln und Straßenüberführungen und Wassertanks geschrieben, von Far Rockaway bis zum Mosholu Parkway, von der Sheepshead Bay bis zu den Forest Hills, von New Lots bis nach Lenox. Die werden seinen Namen noch in hundert Jahren von irgendwelchen Mauern schrubben.

Doyle bleibt stehen, um die Schätze in einem Abfalleimer aus orangenem Maschendraht zu inspizieren, aber Monty zieht ihn weiter. Während sie an der East End auf Grün warten, kachelt ein Feuerwehrwagen vorbei. Die Männer an Bord sehen grobknochig aus und zuversichtlich, wie sie dort einsatzbereit kauern in ihren hohen Stiefeln. Einer mit Heck-Drehleiter, denkt Monty und sieht zu, wie der rote Wagen Richtung Norden rast. Du hättest einen tollen Feuerwehrmann abgegeben, sagt er sich. Aber nein, stattdessen führt er in Yorkville seinen Hund spazieren und sieht sich alles genau an, versucht jede Einzelheit aufzunehmen: dass sich der frische Asphalt wie schwarze Butter auf der Straße ausbreitet, dass die Rücklichter in der Dämmerung aufblitzen und tanzen, dass hinter den hell erleuchteten Fenstern hoch über der Straße Leute sind, die er nie kennen lernen wird.

Auf der Second Avenue kommt er an einem Schnellrestaurant vorbei. In der einen Nische sitzt eine schöne Frau und lächelt ihn an, das Kinn auf die Speisekarte gestützt – aber es ist zu spät, mit ihr ist ihm nicht mehr geholfen. In vierundzwanzig Stunden steigt er in den Bus nach Otisville. Morgen Mittag ist er kein Mensch mehr, nur noch eine Nummer. Die Schönheit in der Nische ist ein Fluch. Ihr Gesicht wird ihn verfolgen. Sieben Jahre lang.

2

Die Nase an das Tafelglas gepresst fragt Slattery sich, wie nahe an den Hudson ein guter Sprung ihn wohl bringen würde. Vom einunddreißigsten Stock aus – angenommen, in jedem Stockwerk ist die Decke drei Meter hoch und zwischen Decke und darüber liegendem Boden jeweils ein Zwischenraum von einem halben Meter: 93 plus 15,5 ist gleich 108,5 Meter Fallhöhe. Und wie weit vom Gebäude zum Fluss? Sagen wir 100 Meter. Eine Vertikale von 110 Metern, eine Horizontale von 100 Metern, das wäre eine Hypotenuse von ... Slattery runzelt die Stirn. Moment mal. Ein Sprung aus diesem Fenster ist ja keine Rutschfahrt schön die Hypotenuse entlang. Die Schwerkraft wird ihn erdwärts ziehen, sobald sein Schwung verbraucht ist. Ein 100-Meter-Sprung also.

Als Erstes würde er mit einem Stuhl die Scheibe herausschlagen müssen. Die Startlinie müsste an der gegenüberliegenden Wand sein, beim Wasserspender; das wäre ein Anlauf von zwanzig Metern. Das richtige Timing fürs Abspringen ist knifflig: einen Moment zu früh oder zu spät, und er bleibt mit dem Fuß am Fensterrahmen hängen und schlägt einen peinlichen Purzelbaum über die Kante; dann sind Gelächter und Gejohle das Letzte, was er hört im Leben.

Nicht, dass es eine Rolle spielen würde, denkt Slattery. Er könnte seine Rekordzeit laufen, genau im richtigen Moment abspringen, einen starken Rückenwind erwischen – der Fluss ist trotzdem zu weit weg. Er würde nie bis zum Wasser kommen, nicht einmal in die Nähe. Stattdessen würde seine Anstrengung farbenfroh auf dem grauen Beton enden. Die Fußgänger unten würden seine Fallkurve in Erinnerung behalten, sein seltsames Gestrampel mit den Beinen, wie ein Weitspringer bei der Olympiade. Aber was brächte er schon, dieser Sprung Richtung Hudson. Sekunden nach dem Aufschlag würden die um das geborstene Fenster versammelten

Händler zu ihren Schreibtischen zurückkehren und anfangen, an ihren Sprüchen zu feilen. Binnen Minuten würden sämtliche Investment-Banker Manhattans die Geschichte kennen, auf einen Klappentext reduziert und geglättet, die perfekte Anekdote zum Abendessen mit der Familie und den Freunden: Slatter-Splatter.

Er schlägt mit dem Kopf leicht gegen das Glas, dann richtet er sich auf. Diese ganzen morbiden Fantasien könnten verfrüht sein. Schließlich, so argumentiert er mit sich selbst, hat er die höchste Trefferquote auf dem Stockwerk. Kein anderer Händler in seiner Abteilung hat dermaßen viel Schotter rangeschafft für die Firma. Die Missgeschicke Anfang Juli einmal außen vor gelassen, diese Abfolge entsetzlicher Manöver (und welcher Schläger erleidet nicht mal ein vorübergehendes Formtief?), diese zwei Wochen einmal außen vor gelassen, und Slattery ist der Held hier, das Wunder am Schlagmal, der Hank Aaron des einunddreißigsten Stocks. Es spielt keine Rolle, sagt er sich. In einer Stunde ist alles gelaufen.

Blassblaues Licht spannt sich über den schwarzen Fluss, als hinter dem Haus die Sonne aufgeht und widerwillig die Küste von Jersey zu erhellen beginnt. Über Brooklyn geht sie auf, denkt Slattery und trommelt mit den Knöcheln gegen das Glas. Versau diesen Deal, und du landest wieder in Brooklyn: tschüs, Apartmentwohnung im West Village, hallo, da bin ich wieder, Mom, Dad, Eoin und Tante Orla aus Scheiß-Wicklow, diese Hexe mit ihren Insider-Informationen über absolut alles, was auf diesem Planeten so läuft. Zu jeder Unruhe, die es in der turbulenten Weltgeschichte je gegeben hat, verkündet Tante Orla ihre bittere Meinung. Erwähne eine Agrarkontroverse im alten Sumer, und Orla ergreift beim dritten Wort Partei; sie wird den Feind, diese gottlosen Knallköpfe verfluchen und ein Loblied auf die armen benachteiligten Verbündeten singen und behaupten, entfernte Verwandte unter diesem Haufen zu haben, bei den Akkadinern oder Sonstwiedinern, die ja praktisch die duldsam leidenden Iren Mesopotamiens gewesen sein sollen!

Für Slattery stellt jede Transaktion die Wahl zwischen zwei geschlossenen Türen dar. Dreh den falschen Knauf, und die Falle schnappt zu. Dann hockst du wieder in Bay Ridge, schläfst mit dem bescheuerten kleinen Bruder in einem Zimmer und schlürfst deinen Kaffee zusammen mit der ewig zeternden Orla, der einunddreißigste Stock eine rasch verblassende Fata Morgana, und Dad klopft dir auf die Schulter und sagt, dass du dir keine Sorgen zu machen brauchst, einen Job kriegst du doch im Nu, wo dein Cousin Kranfahrer ist.

Slattery setzt sich wieder an seinen Schreibtisch und verschränkt die Hände hinter dem Kopf, den Blick auf die Zahlenkolonnen gerichtet, die seine sieben Monitore hinuntermarschieren. Er drückt ein paar Tasten, und eine Zahlenreihe bleibt stehen, die Schlusskurse der Hongkonger Börse. Slattery reibt sich mit der Faust das Kinn und sieht zu den Wanduhren hinüber, den korrekten Uhrzeiten von Tokyo, Hongkong, Frankfurt, London, New York: 7 Uhr 57 hier an der Ostküste. Eine halbe Stunde noch, bis die Zahlen kommen. Das Stockwerk brummt, überall nervöses Geflüster, wie jeden letzten Donnerstag im Monat. Heute lässt sich viel Geld machen, viel Geld in den Sand setzen.

Slatterys Augen sind mit schwarzen Halbmonden unterlegt. Er steht jeden Morgen um halb sechs auf und fährt zehn virtuelle Meilen auf seinem Heimtrainer. Eine Stunde später ist er im Büro, macht die Kiste an und sucht seine sieben Bildschirme nach Informationen ab, nach Hinweisen, die er gestern Nachmittag vielleicht übersehen hat.

Die braunen Locken haben ihren langsamen Rückzug von der Stirn bereits angetreten. Als Ex-Ringer hat Slattery eine vier Mal gebrochene Nase, Ohren wie Blumenkohl und abgebrochene Vorderzähne von einem versehentlichen Kopfstoß während seines zweiten Jahres auf dem College. Sein Hals ist seit den Trainingstagen kräftig geblieben, im Gegensatz zum Rest seines Körpers. Den obersten Hemdknopf hat er seit der High School nicht mehr zugekriegt.

»Kommst du nachher mit raus?«

Slattery sieht von seinen Bildschirmen auf und nickt seinem Supervisor zu, dem Mann, der ihn vor vier Jahren in die Firma geholt hat: Ari Lichter, das plumpe Gesicht gerötet von den drei Blocks Fußweg von der U-Bahn bis hierher. Er hat einen Wintermantel an, obwohl es heute früh zu warm ist für die Jahreszeit.

»Du schuldest mir zehn Dollar«, sagt Slattery.

»Dir auch einen guten Morgen.« Lichter blättert in seiner Geldbörse, findet einen Zehn-Dollar-Schein, gibt ihn ihm. »Ich will von dir ja nicht die Daumen gebrochen kriegen.«

»Danke, Boss. Nie auf die Sixers wetten – wer so viele Trainer verschleißt.« Slattery zieht den Schein straff. »Bisschen warm für so einen Mantel, oder?«

»Soll später noch schneien. Falls du Lust hast, diesen Haufen Geld wieder loszuwerden, nach Feierabend gehen noch ein paar Leute zu Sobie's und sehen sich das Knicks-Spiel an.«

»Zu Sobie's?« Slattery sieht seinen Boss skeptisch an. »Immer noch auf diese Barfrau scharf?«

»Ich mag den Laden. Die haben gutes Bier.«

»Oh ja, das beste Budweiser der Stadt. Die Kleine ist keine zwanzig. Sie könnte deine Tochter sein, Boss.«

Lichter schüttelt den Kopf. »Pass mal auf, junger Freund, ich bin ein dicker, zufriedener Vorstadtpapa. Und ich halte mich an die Regeln. Aber hinschauen darf ich.«

»Da kannst du mir morgen von berichten«, sagt Slattery. »Heut bin ich mit ein paar Freunden unterwegs.«

»Große Verabredung?«

»Nee, von wegen. Nur so 'ne Art Abschiedsparty.«

Die Erwähnung seiner Pläne für den Abend versetzt Slattery in Unruhe. Bis jetzt hat er es heute Morgen geschafft, jeden Gedanken an Monty mit den Zahlen auszulöschen, den beständigen Risikobewertungen und Risikoneubewertungen. Er fragt sich, was sein Freund wohl mit Doyle machen wird. Die beiden sind unzertrennlich, seit Monty den Hund vor vier Jahren gefunden hat; Monty kann kaum schlafen ohne den Pitbull vor der Schlafzimmertür. Schlimm genug, einen Menschen in eine Zelle zu sperren, ihn von seiner Familie, seinen Freunden, seiner Stadt wegzusperren – könnten sie ihm nicht wenigstens den Hund lassen? Wenn er Doyle hätte, der ihm morgens das Gesicht ableckt, der zur Warnung bellt, wenn jemand Fremdes kommt, der einfach da ist, leise und zufrieden, den Kopf zwischen die Pfoten gelegt, und ihn aus seinen braunen Augen ansieht – dann würden die sieben Jahre vielleicht schneller rumgehen.

»Noch was«, sagt Lichter. »Hältst du immer noch diese ganzen Kontrakte?«

»Ja. Wieso, bist du nervös?«

»Es schmeckt mir nicht«, sagt Lichter. »Die Arbeitslosenzahlen sind jetzt drei Wochen lang gefallen.«

»Und deshalb denken natürlich alle, wenn die gefallen sind, dann müssen massenhaft neue Arbeitsplätze geschaffen worden sein.«

»Ja, genau«, sagt Lichter. »Weil sie damit fast immer richtig liegen.«

Slattery winkt seinem Supervisor mit dem Finger. »Fast immer. Aber diesmal nicht. Ich hab da eine Theorie.«

»Ach Klasse, du hast eine Theorie. Jeder Trottel hat eine Theorie, Frank. Wie man beim Blackjack absahnt, wie man aufs richtige Pferd setzt, wie man den Aktienmarkt aushebelt. Ich hab auch eine Theorie. Willst du sie hören? Sie geht so: Theorien sind Schwachsinn. Tu mir einen Gefallen. Halbiere deine Einlage, ja?«

»Du willst, dass ich fünfhundert Kontrakte abstoße?«

»Fünfhundert? Du hast tausend davon?«

Slattery nickt langsam. »Richtig, Boss. Bist ein schneller Rechner.«

»Zu hunderttausend das Stück? Oh Mann, Frank, dir steht das Wasser ja bis hier …«

»Wieso? Sie haben mich auf hundert Millionen angehoben. Du willst mir doch wohl nicht …«

»Vor einer Woche«, sagt Lichter. »Sie haben dein Limit vor einer Woche erhöht, und du hast es schon voll ausgeschöpft.«

»Ja, wozu kriegt man denn ein Limit, wenn man es nicht ausschöpfen darf?«

»Jetzt hör mir mal zu. Halbiere deine Einlage. Ja? Du hast großartige Arbeit geleistet hier, das wissen alle. Sie haben ein Auge auf dich. Ein paar Monate noch vielleicht, und ich darf dir den Kaffee bringen, kann sein. Aber noch bin ich dein Supervisor, und ich sage: Stoß sie ab, diese Kontrakte.« Er drückt Slattery die Schulter, dann geht er, allseits einen guten Morgen wünschend, zu seinem Büro weiter.

Über die Trennwand vor Slattery guckt Marcuse. »Mach lieber los, Sonnyboy.«

Slattery sagt nichts, sondern hackt wütend auf seine Tastatur ein, ruft weitere Tabellen und Schaubilder auf. Aber Marcuse bleibt, wo er ist, das Kinn auf die Trennwand gestützt; ein zeitgemäßes Kilroy-Gesicht. »Ich seh dich nicht zum Hörer greifen«, sagt er. »Hat Lichter nicht gerade gesagt, du sollst verkaufen? Hört sich an, als hätten sie dir das Taschengeld gestrichen.«

Slattery kneift die Augen zusammen, studiert aber weiter die Bildschirme und weigert sich, die Sticheleien zur Kenntnis zu nehmen. Marcuse lässt sich davon nicht abschrecken. »Du willst dich doch wohl nicht einer ausdrücklichen Anweisung widersetzen, oder? Könnte dir immerhin den Bau einhandeln. Für so was brummen sie einem glatt ein paar Jahre Küchendienst auf.«

»Kannst du mich jetzt vielleicht mal in Ruhe meine Arbeit machen lassen? Ich steh ja auch nicht plötzlich bei euch im Schlafzimmer und erzähl dir, wie du deine Frau ficken sollst, oder?«

Marcuse tut so, als wische er sich eine Träne aus dem Augenwinkel. »Ich dachte, du magst meine Frau.«

»Ich mag deine Frau ja auch. Aber die Tatsache, dass sie ausgerechnet dich geheiratet hat, spricht schwer gegen sie.«

»Wir sind wohl ein bisschen gereizt heute, was, Frank? Hey, ich bin auf deiner Seite. Wir arbeiten schließlich alle im selben Team, stimmt's?«

Slatterty rollt in seinem Stuhl zurück und sieht zu Marcuse hoch. »Ich bin zum Arbeiten hier, also tu mir einen Gefallen, ja? Tu mir einen Gefallen und halt die Klappe. Es kommt, wie es kommt; ob du nun deinen Senf dazugibst oder nicht.«

»Du hast's erfasst, Frank«, sagt Marcuse mit einem Zwinkern. »Mach ihnen die Hölle heiß.«

Wenn alles schief geht, denkt Slattery, dann spring ich über diese Trennwand rüber, brech ihm drei Rippen dabei und tröste mich damit, ihn so lange mit den Fäusten zu bearbeiten, bis der Sicherheitsdienst kommt und mich rauswirft. Die anderen hier auf dem Stockwerk würden sich nie einmischen. Marcuse ist weithin verhasst, bei den Empfangsdamen ebenso wie in der Chefetage, was er aus Unternehmenssicht jedoch damit ausgleicht, dass er ein ausgewiesener Profitmacher ist. Selbst wenn es sich um Charlie Manson handeln würde – hätte er ein Händchen für Aktien oder Obligationen, würde ihn jedes Haus an der Wall Street mit Sonderkonditionen umgarnen.

Slattery macht die Augen zu und kneift sich in den Nasenrücken. Ihm ist das Fatale an diesen Gedanken durchaus klar – *lass dich nie durch Persönliches von den Zahlen ablenken* –, aber wie ignoriert man einen Marcuse, jemanden, der davon überzeugt ist, dass sein Aufstieg von deinem Sturz abhängt? Da wäre es doch wesentlich leichter, über die Trennwand zu setzen, ihn bei der Kehle zu packen und Respekt zu verlangen. Ein bisschen Gewalttätigkeit, um den Druck des zivilisierten Benehmens zu mildern, mehr nicht.

Slattery hat so seine Schwierigkeiten mit dem Loslassen. Nachts träumt er oft davon, sich für tatsächliche oder eingebildete Demütigungen zu rächen, und wacht dann mit einem Gefühl von Befriedigung, von ausgleichender Gerechtigkeit auf, nur um feststellen zu müssen, dass der Ausgleich nur im Traum stattgefunden hat, die Missetaten noch ungesühnt sind. Die Missetaten der Männer, vor denen er den Schwanz eingezogen hat. Einmal war er kurz vor der Polizeistunde noch am Trinken, und ein Rausschmeißer sagte: »Feierabend. Raus.«

»Ich trink bloß noch eben mein Bier aus.«

Der Rausschmeißer schlug Slattery das Glas aus der Hand.

»So. Ausgetrunken.« Zwei andere Packer kamen herüber, bauten sich neben ihrem Kollegen auf.

»Scheiße, was soll das denn?«, fragte Slattery.

»Tu was dagegen«, sagte der Rausschmeißer. Slattery tat nichts dagegen. Er verließ die Kneipe und ging nach Hause und verflucht sich noch heute dafür.

Oder der Mann mit dem irren Blick in der Linie R, der losgeschimpft hat, als Slattery ihm auf den Fuß getreten ist. Slattery entschuldigte sich prompt, aber der Mann stieß ihm das feucht glänzende Gesicht entgegen. »Willst du dich mit mir *anlegen*, du Sackgesicht? Willst du dich mit mir *anlegen*?« Slattery hat sich umgedreht und ist weggegangen, und der Mann hat ihm höhnisch nachgerufen: »Hab ich's mir doch gedacht, du Sackgesicht. Mach bloß, dass du wegkommst!«

Das ist jetzt zehn Jahre her. Damals ist Slattery siebzehn gewesen. Jeder vernunftbegabte New Yorker hätte sich einer solchen Auseinandersetzung entzogen – *prügle dich nie in der U-Bahn; prügle dich nie mit einem Verrückten* –, aber seine Vernunft kann Slattery nicht trösten. Im Kopf spielt er die Begegnung immer wieder durch und denkt sich die perfekte Antwort aus – den perfekten rechten Haken, den perfekten Double-leg Takedown, den perfekten Kopfstoß. Aber der Mann mit dem irren Blick ist weg, ist nicht mehr zu kriegen.

Was Slattery gern hätte, wäre ein auf Beton gemalter Ring mitten in der Pampa. Wo es weit und breit keine Zuschauer gibt, nur ihn und die grinsenden Dämonen. Dann könnte er sich einen nach dem anderen vornehmen – den Rausschmeißer, den Irren in der U-Bahn, alle – und sie in Grund und Boden stampfen oder die Kämpfe vielleicht sogar verlieren, aber mit Würde, und sich so den Respekt all derer verdienen, die ihm keinen hatten zollen wollen. Ich will Frieden, denkt er sich spät in der Nacht. Frieden will ich. Und dann träumt er von Faustkämpfen.

Selbst in der kühlen, sterilen Umgebung der Bankbüros stören diese Gewaltfantasien seine Konzentration. Mit einer Willensanstrengung kehrt er wieder zu den Zahlen zurück, den endlosen Kursen und Chiffren abstrahierten Geldes. Man arbeitet die Chancen aus, berechnet die Wahrscheinlichkeiten, man knobelt und kniffelt – und vergisst allmählich die schiere Größe der Transaktion, vergisst, dass jedes bruchteilhafte Auf oder Ab ein Landhaus an den Klippen von Englewood ausmacht. Slattery hat keine Zeit für solche Erwägungen. Wenn man erst anfängt, die Größe des Waldes zu bestaunen, wird man garantiert von einem fallenden Baum erschlagen; auf den falschen Blickwinkel steht die Todesstrafe.

Slattery begreift sich als Kodeknacker, verbringt seine Stunden mit dem Entziffern der endlos durchrollenden Informationen. Marktentwicklung, Inflationsrate, Erwartungen der Wirtschaftsinstitute, Ankündigungen von Politikern, Bestandsaufnahmen, Wetterbedingungen, Veränderungen im Konsumverhalten – für die Ermittlung des Ergebnisses ist nichts unwichtig. Wie ein Kabbalist sorgfältig die Mosebücher studiert, voller Gewissheit, dass sich in jedem einzelnen Buchstaben eine Welt von Prophezeiungen eröffnet, so genau prüft Slattery seine persönliche Textauswahl. Er weigert sich zu glauben, dass jede abweichende Interpretation der Zahlen begründet sein könnte. In seine Berechnungen, seine Formeln, seine feinsinnige Methode selbst erdachter Vorhersage ist niemand eingeweiht.

Phelan, ein Neuer und gerade mal acht Monate vom College weg, kommt mit einem Becher Kaffee vorbei und wedelt mit einem Fax. »Bei Sollie rechnen sie mit einer Riesenzahl, zweihundert, vielleicht zweihundertzwanzig. Ist grad reingekommen.«

»Scheiß auf Sollie«, sagt Slattery.

Phelan bleibt stehen, guckt auf das Fax und dann wieder zu Slattery. »Scheiß auf Sollie?«

»Die tun uns doch keinen Gefallen, Phelan. Die geben uns nichts, was wir gebrauchen könnten. Du trägst einen gestreiften Schlips zu einem gestreiften Hemd.«

Phelan besieht sich seine Aufmachung. »Ja und? Ist das schlimm?«

»Damit siehst du wie eine beschissene optische Täuschung aus. Mach dich vom Acker.«

Um 8 Uhr 20 geht der Handel mit den Futures los. Hektische Aktivität im gesamten Stockwerk, alles brüllt Aufträge ins Telefon, ruft Zahlen auf, wirft kurze Blicke zu dem Fliege tragenden Reporter im Fernsehen, der gleich die Zahl der neu geschaffenen Arbeitsplätze verkünden wird. Slattery greift zum Telefon und fängt ein Gespräch mit dem Freizeichen an.

»Slattery!« Lichter steht in der Tür seines Büros, eines richtigen Büros mit Wänden und Fenstern. »Alles klar?«

Slattery nickt und gibt ihm ein Daumen-hoch, während er sein Scheingespräch fortsetzt. Wenn die Zahl auf zweihundertzwanzig hinausläuft, rechnet er, dann verlieren wir anderthalb Millionen. Das entspricht dem Lebensgesamtverdienst seines Vaters; der Lohn von vierzig Arbeitsjahren, verpufft. Er ignoriert den Mann im Fernsehen, der von seinem Skript abliest. Die Zahl wird in der Sekunde auf Slatterys Hauptbildschirm erscheinen, in der sie bekannt gegeben wird. Er streckt sein linkes Bein durch, dass der Knorpel knirscht, legt den Hörer auf und wartet.

Plopp, guckt dieses Arschloch von Marcuse wieder über die Trennwand, und Slattery würde ihm am liebsten eins mit der Keule überziehen wie einem Robbenbaby. »Gut, dass du den Dreck abgestoßen hast. Da scheint eine Riesenzahl zu kommen.«

»Willst du 'ne Wette darauf abschließen?«

Marcuse lächelt breit. »Ich glaub, wir haben schon eine laufen.«

»Eine kleine Nebenwette, nur unter uns beiden.«

»Über wie viel sprechen wir denn?«

»Auf dein Geld bin ich nicht scharf«, sagt Slattery. »Der Verlierer muss dem Gewinner die Schuhe putzen, hier mitten auf dem Stockwerk, jeden Montag im Februar. Vor allen Leuten. Auf den Knien, so wirst du mir die Schuhe putzen.«

»Den ganzen Monat lang?«

»Das schaffst du schon, ist doch der kürzeste Monat des Jahres. Bist du dabei oder nicht?«

Marcuse denkt einen Moment nach und kaut dabei auf dem Radierende seines Bleistifts herum. »Wo liegt die Kippe?«

»Bei hundertneunzig meinetwegen.«

»Hm, nein. Ich könnt mir hundertfünfundachtzig vorstellen.«

Slattery schüttelt den Kopf. »Du bist ein Sackgesicht, Marcuse. Du rechnest mit zweihundert, zweihundertzwanzig, das weißt du genau. Meinetwegen, sagen wir hundertfünfundachtzig.«

Marcuse grinst, streckt die Hand aus, und Slattery schüttelt sie und ist sich absolut bewusst, was für einen Schwachsinn er da verzapft. *Keine Wetten im Zorn.* Slattery wischt seine Bildschirme mit einem Papiertuch ab, trommelt auf der Seite seiner Tastatur. Er macht die Augen zu und wünscht sich eine niedrige Zahl. Mit hundertneunzig wäre ich aus dem Schneider, auch wenn ich dann diese bescheuerte Wette verliere. Ich würde Verlust machen, aber keinen richtig üblen Verlust; Lichter würde mich zur Schnecke machen, aber richtig übel zur Schnecke machen würde er mich nicht. Zweihundertzwanzig, und bis zum Sommer bin ich Kranführer und darf auf dem Bau irgendwelche Stahlträger rumfahren.

Auf einmal ächzt und stöhnt das ganze Stockwerk. Slattery öffnet die Augen und starrt auf seinen Monitor, blinzelt und schaut zur Bestätigung zum Fernseher hinüber. Hinter der Trennwand brüllt Marcuse hektisch in sein Telefon. Weiter hinten schreit jemand: »Weg damit, Schultz! Scheiße, sofort weg damit!« Und jemand anders: »Jetzt fahr'n wir Achterbahn!«

Im Monat Januar sind einhundertachtunddreißigtausend neue Arbeitsplätze geschaffen worden, rund siebzigtausend weniger als erwartet. Slattery schaut auf seinen Bildschirm, schaut benommen zu, wie die Preise für die langfristigen Schatzanweisungen abgehen, dass es förmlich nach verbranntem Gummi riecht. Binnen neun Minuten springen seine Kontrakte zwei Prozentpunkte nach oben. Slattery macht einen Anruf, lehnt sich in seinem Stuhl zurück und muss schlucken. Einhunderttausend Kontrakte zu einhunderttausend Dollar das Stück, ein Einhundert-Millionen-Dollar-Posten. Zwei volle Prozentpunkte. Macht zwei Millionen Dollar Profit in neun Minuten.

Er steht auf und schwankt leicht; ihm tanzen helle Lichtpunkte vor den Augen. Er kann spüren, wie Marcuse sich hinter seiner Trennwand duckt und auf die Demütigung wartet, aber Slattery ist zu dankbar, zu erleichtert für solche Spielchen. Langsam verlässt er das Großraumbüro, lässt die Hysterie hinter sich und geht zur anderen Seite des Gebäudes hinüber, zu den nach Osten liegenden Fenstern. Brooklyn ist hinter hohen Häuserreihen verborgen, aber Slattery weiß, dass es dort draußen auf der Lauer liegt. Er schließt die Augen und küsst das Tafelglas.

3

»Die Türken pflegten ihren Kriegsgefangenen Körbe aus Metall im Schritt festzubinden. Mit einer lebendigen Ratte im Korb. Kannst du dir das vorstellen? Was macht so eine Ratte dann? Sie frisst sich ihren Weg in die Freiheit, frisst sich durch Hodensack, Muskeln, Fettgewebe. Stell dir vor, wie sie dann dem Gefangenen aus dem Bauch rausguckt, ganz glitschig von seinen Eingeweiden. Stell dir das bloß vor.« LoBianco lacht. »Mit den Türken hat niemand einen Krieg riskiert.«

Jakob schreibt mit roter Tinte eine *73* auf einen Vokabeltest und überträgt die Zahl in sein Zensurenbuch. Er sieht auf die Uhr, schiebt die Kappe auf den Stift, sammelt seine Bögen ein und dreht sich zu LoBianco herum, der am anderen Ende des Lehrerzimmers neben einer nicht eingeschalteten Lampe sitzt, die grauen Haare fast bis zum Schädel abgeschoren, die langen Ohrläppchen wie Tropfen über seinen schmalen Schultern. Auf der Pinnwand hinter ihm lauter Ankündigungen: Fachbereichskonferenzen, Aufsichtsverteilung für die Disco und die Busabfahrten, der wöchentliche Speiseplan.

»Wieso sitzt du denn im Dunkeln?«, fragt Jakob.

»Damit ich nicht lesen kann«, erwidert LoBianco und schwingt einen Packen Prüfungsarbeiten. »Noch ein einziger Absatz über den Heroismus des Atticus Finch, und ich kriege ein Aneurysma.« Er seufzt. »Seit dreißig Jahren unterrichte ich dieses Buch jetzt . Ich würde der Harper Lee gern die Türken auf den Hals hetzen. Das wär ein Anblick. Für Frauen hatten sie bestimmt Spezialtechniken.«

Jakob fährt mit einem ungepflegten Fingernagel die Rippen des beigefarbenen Cordsofas entlang. Er hat den alten Tweed-Blazer seines Vaters an, eine Nummer zu groß, die Ellbogen mit Kreidestaub gestreift. Dreißig Jahre, denkt er. Dreißig Jahre, aufgeteilt in Trimester und Ferien, dreißig Jahre Cafeteria-Menüs und schlechter Kaffee, Nachsitzen und Lehrerkonferenzen. Ein Leben, gegliedert in die Unterrichtsstunden Eins bis Acht.

Vor dem Lehrerzimmer schrillt die Klingel los, und auf einmal birst das Schulgebäude von Lärm, vom Trommeln der Stiefelabsätze auf dem Linoleum, vom Radau der Jungen auf der Treppe, von einem Mädchenchor im Gang, der den Titelsong einer Sitcom schmettert.

»Hör nur«, flüstert LoBianco. »Die kleinen Monster sind frei.«

»Sag mir doch noch mal, warum du Lehrer geworden bist. Wie steht's damit, Anthony?«

»Wegen der vielen Möglichkeiten, Kinder zu belästigen.«

Jakob lacht und schüttelt den Kopf. »Als Schüler hab ich mich immer gefragt, worüber ihr hier drin wohl so redet. Über ganz tiefsinnige Sachen, dachte ich. Poesie. Wenn Deering diesen Witz gehört hätte ...« Er deutet mit dem Finger eine durchschnittene Kehle an.

»Die können mich gar nicht rausschmeißen. Ich bin der einzige hier, der Grammatik unterrichten kann.«

Die Tür geht auf, und eine Schülerin steckt den Kopf ins Zimmer. Ihre Augen sind schwarz gerändert. »Hey, Elinsky. Ich muss mit Ihnen reden.«

»Haben Sie ein Klopfen gehört, *Mr.* Elinsky?«

»Aber ganz gewiss nicht, Mr. LoBianco«, antwortet Jakob.

»Miss D'Annunzio, Sie sind nicht zum Eintreten aufgefordert worden. Bitte gehen Sie wieder.«

»Oh, Mann.« Die Tür fällt ins Schloss. Klopf, klopf, klopf.

»Wer ist da?«, fragt Jakob.

»Mary.«

»Mary wer?« Stille. Jakob seufzt. »Mit Pointen hat sie's nicht so. Kommen Sie rein.« Mary betritt das Zimmer und steht mürrisch da. »Ach, Mary *D'Annunzio.* Was für eine nette Überraschung.«

»Haben Sie einen Moment Zeit, Elinsky?« Sie sieht zu LoBianco hinüber, der sich übertrieben räuspert. Sie verdreht die Augen. »*Mr.* Elinsky?«

Jakob steht lächelnd auf. »Aber ja, selbstverständlich. Worum geht's denn?«

»Ich wollte Sie etwas fragen.«

»Gut. Dann gehen wir mal in mein Büro. Mr. LoBianco, eine Tasse Kaffee, in einer halben Stunde?«

»Sagen wir in einer Stunde, Mr. Elinsky. Ich muss mit Mr. Deering sprechen.«

Jakobs Büro besteht aus einem Klassenzimmer, das er sich mit einem anderen Lehrer teilt. Unter dem Fenster gluckert ein verrosteter Heizkörper. Die Tafel ist mit krakeligen Wörtern bedeckt – drei Jahre Englischlehrer, und Jakob kann immer noch nicht mit Kreide umgehen. An der Pinnwand hängt über ausgewählten Aufsätzen eine Fotografie von Majakowskij, wie er vor den Volksmassen deklamiert.

»So.« Jakob setzt sich auf die Kante seines Tisches und deutet auf einen der Stühle. Er versucht, eine gestrenge Miene aufzusetzen, obwohl er weiß, dass es nichts bringt. LoBianco kann eine randalierende Klasse mit der hochgezogenen Braue zur Ordnung rufen; Jakob möchte am liebsten die Flucht ergreifen, sobald die Neuen anfangen, herumzugrölen und Papierflieger aus dem Fenster zu werfen. »Was kann ich für Sie tun?«

»Ich möchte wissen, warum ich für diese Story eine Zweiplus gekriegt habe.«

»Gut, zunächst einmal ...«

»Keiner in der Klasse kann schreiben«, sagt Mary und fährt mit den Fingern über die silbernen Namen der Punkrock-Bands auf dem Hefter, den sie auf ihren Knien wippt. »Das wissen Sie genau; fangen Sie bloß nicht ...«

»Die anderen lass mal außen vor. Du stehst nicht im Wettbewerb mit ihnen.«

Mary schnaubt. »Toll. Genau das *tu* ich aber, ja? Ich *steh* im Wettbewerb mit ihnen. Wenn ich mich bei Colleges bewerbe – davon haben Sie ja vielleicht schon mal gehört –, dann schauen die sich dieses Zeug an, das man Noten nennt. Und wenn man keine guten Noten hat ...«

»Sie kriegen Ihre gute Note schon, Mary. Aber was Ihre Story angeht …«

»Hören Sie, eine gute Note reicht mir nicht. Ich kann am besten schreiben von der ganzen Klasse. Also steht mir auch die beste Note von der ganzen Klasse zu. Und das, was ist das? Zwei-plus? Alle anderen schreiben über ihre Scheiß-Weihnachtsferien, und mir geben Sie eine Zwei-plus?«

Marys nussbraune Augen ertrinken in aufgeschminkten Schattentümpeln; Pennies, die gerade noch sichtbar sind am Boden des Wunschbrunnens. Jakob fragt sich, warum sie und ihre Freundinnen einen dermaßen morbiden Stil bevorzugen; als hätten sie ihn sich nicht von den Frauen auf den Titelbildern der Modezeitschriften abgeguckt, sondern von denen in den Kühlfächern des Leichenschauhauses. Und dann ihre Haare. Wann hat sie sich eigentlich das letzte Mal die Haare gewaschen?

»Die Sache ist einfach die«, sagt er, »dass ich die Note auf der Grundlage Ihres persönlichen Potenzials festlege. Sie haben schon mehr Sorgfalt in den Aufbau Ihrer Storys gesteckt. Diese hier – ich glaube, sie funktioniert einfach nicht.«

»Das soll wohl heißen, versuch nichts Neues, experimentiere nicht herum.«

»Nein …«

»Weil, wenn ich nämlich etwas schreibe, das nicht Ihren Erwartungen entspricht, dann bestrafen Sie mich dafür.« Sie kratzt mit ihren schwarzglänzenden Fingernägeln über den blauen Plastikhefter. Für einen Moment stellt Jakob sich statt des Plastiks die Haut seines Rückens darunter vor.

»Bestrafen?« Er lächelt. »Ich würde eine Zwei-plus keine Bestrafung nennen.«

»Vince Miskella schreibt eine Story über seine sterbende Großmutter, und Sie geben ihm eine Eins. Ich meine – tut er Ihnen Leid, oder was? War das eine Eins aus Mitleid? Ständig schreibt irgendwer irgendwas über seine sterbende Großmutter. Wissen Sie, warum? Nicht, weil es so scheißtraumatisch ist. Sondern weil man so garantiert eine Eins kriegt. Außerdem, wissen Sie, wo Vince an dem Abend war, als seine

Großmutter gestorben ist? Auf einer Football-Party, den Mädchen was auf den Arsch geben. Und Sie machen voll einen auf sentimental: ›Hach Vince, das war sehr kraftvoll, sehr bewegend.‹ Nein, war es nicht. Mir war es egal, Ihnen war es egal, allen war es egal. So was tun Großmütter eben, sie sterben. Und dann schreiben ihre Enkelkinder darüber für die Schule, und die Lehrer sind gezwungen, ihnen dafür eine Eins zu geben.«

»Vielleicht ist das Vinces Art gewesen, um sie zu trauern«, sagt Jakob und versucht, nicht auf die Löcher in ihren zerfetzten Jeans zu starren, auf ihre bleichen Knie, die durch die weißen Fäden lugen. »Jungen fällt es manchmal sehr schwer, ihre … naja, ihre Gefühle zu zeigen.« Was labere ich denn da?, denkt Jakob.

»Wenn Vince mir also was auf den Arsch gibt, ist das seine Art, um seine Großmutter zu trauern?«

Jakob wirft einen Blick zur offenen Tür des Klassenzimmers. Dieses ganze Gerede von wegen etwas auf den Arsch geben macht ihn nervös. Hauptsächlich möchte er einfach fliehen – er weiß genau, dass er sie nie anrühren wird, aber schmutzig kommt er sich trotzdem vor, ein alter Perversling, der Schulmädchen hinterherhechelt. Mit sechsundzwanzig schon ein alter Perversling.

»Manchmal betrinken die Leute sich, weil sie an etwas nicht denken wollen. Aber«, fügt er hinzu, um nicht wie ein Fürsprecher des Alkoholmissbrauchs zu klingen, »das funktioniert nicht. Die Sache, an die man nicht denken möchte, ist am Ende die einzige Sache, an die man überhaupt denken *kann*, nur dass man dann schon fast verblödet ist.« Jakob nickt zweimal, um die Folgerichtigkeit seiner Ausführungen zu unterstreichen, und bemüht sich dann, sich zu erinnern, was er gerade gesagt hat.

»Kann sein«, sagt Mary. »Der Punkt ist, diese Story ist gut. Vielleicht ist sie nicht perfekt, aber sie ist besser als alles, was die anderen vorgelegt haben.«

Jakob schaut auf Marys schmale Handgelenke hinab, um das eine schlingt sich eine auftätowierte Rosengirlande.

»Was hat Ihre Mutter gesagt, als Sie damit angekommen sind?«

»Als ich womit angekommen bin?«

»Mit Ihrer Tätowierung«, sagt Jakob und zeigt darauf.

Mary betrachtet einen Moment lang ihr Handgelenk. »Sie hat gesagt: ›Woher hattest du das Geld dafür?‹«

»Oh. Und?«

»Und was habe ich gesagt oder wo hatte ich das Geld her?«

»Na ja, was Sie gesagt haben, würd ich meinen.«

»Ich hab gesagt, der Typ hat's umsonst gemacht.«

»Und? Hat er?«

»Nein. Warum wollen Sie das überhaupt wissen?«, fragt sie, eher sauer als misstrauisch.

»Reine Neugierde.«

»Dann werden Sie die Note also nicht raufsetzen?«

Jakob schüttelt den Kopf. »Nein, werde ich nicht.«

»Klasse.«

Sie steht auf und schiebt sich eine schlaffe Haarsträhne aus der Stirn. »Was für 'ne Zeitverschwendung.«

»Hören Sie, wollen wir nicht lieber über die eigentliche Story reden, anstatt uns nur über Ihre Note zu streiten? Haben Sie sie dabei? Ich zeig Ihnen, was daran meiner Meinung nach nicht funktioniert, und Sie können …«

»Ich hab Probe«, sagt sie und stampft aus dem Klassenzimmer. Jakob lauscht den leiser werdenden Tritten ihrer Kampfstiefel.

Diesem Mädel, denkt Jakob und starrt dabei auf seine ungeschickten Kritzeleien an der Tafel, sollte man einmal ordentlich den Hintern versohlen. Die ungehörige Vorstellung lässt ihn grinsen.

Eine Stunde später sitzt er neben LoBianco auf einem Barhocker und bläst über die Schaumkrone auf seinem Glas Bier. Sie befinden sich in einer der letzten klassischen Kneipen der Amsterdam Avenue, komplett mit gefrosteten Fenstern, Kassettendecke aus Blech und einer Holzverkleidung, auf der sich der Zigarettenrauch von Jahrzehnten niedergeschlagen hat. Frauen sieht man hier selten. Jakob nimmt an, dass die alten Männer ringsum allesamt schwul sind, aber nach einem Abschleppladen sieht die Kneipe nun gar nicht aus. Eher wie ein Wartezimmer, nur dass Jakob keine Ahnung hat, worauf sie warten.

»Was ist heute für ein Tag?«, fragt er. »Donnerstag? Der Januar ist fast vorbei. Noch vier Monate bis Juni.« Jakob trägt eine abgewetzte Yankees-Mütze, an deren Schirm er immer wieder zieht wie ein Coach an der dritten Base, der einen Durchlauf signalisieren will.

»Darauf trinken wir einen«, sagt LoBianco und nimmt einen ordentlichen Schluck von seinem Wodka mit Eis. »Jeder Tag bis zu den Großen ist ein Tag zu viel, hmm?«

Früher hat LoBianco vielleicht einmal gut ausgesehen, aber damit ist es vorbei, dank Alkohol und lebenslänglich Klassenzimmer mit Kunstlicht. Sein Gesicht zeigt kaum einmal einen anderen Ausdruck als müde Verachtung, als hätte er gerade kräftig herumgeätzt oder wolle jeden Moment damit anfangen oder hätte gerade beschlossen, dass diese Dumpfbacken um ihn herum es überhaupt nicht wert sind, dass er über sie herzieht. Jakob denkt manchmal, der alte Bursche habe sich vor Jahren ab und zu vor den Spiegel gestellt und eine Bandbreite von Gesichtsausdrücken ausprobiert – abgrundtiefe Verachtung, kaum verhohlener Ärger, herablassende Belustigung –, und sich schließlich für müde Verachtung entschieden.

Als ehemaliger Schüler von LoBianco weiß Jakob, wie einschüchternd dieser Ausdruck sein kann. LoBiancos Klassen zerfallen in zwei Lager: die schweigenden Massen, die zu viel Angst vor der Blamage haben, um den Mund aufzumachen, und die wenigen Mutigen, die sich melden und tapfer ihre Meinung über den jeweiligen Text zum Besten geben. Die größte Belohnung, mit der letztere rechnen können, besteht darin, dass LoBianco den Sprecher kurz ansieht, den Blick zur Decke richtet und sich dann zu einem knappen zustimmenden Nicken herablässt, in seltenen Fällen sogar zu einem leisen: »Ja, da ist etwas dran. Interessant.« Ein solcher

Nachtrag zur eigenen Wortmeldung hat den jungen Jakob immer in helle Aufregung versetzt, und er hat sich den Satz dann meistens aufgeschrieben und mit einem Stern für besondere Brillanz versehen.

Himmel, was für eine Pflaume, denkt er jetzt und taxiert sein Spiegelbild hinter den ordentlich aufgereihten Flaschen, sein schmales, spitzes Gesicht dort zwischen den Whiskey-Etiketten. *Sein* Gesichtsausdruck, stellt er unerfreut fest, läuft auf nervöse Unruhe hinaus. Ich seh aus wie ein Frettchen, denkt er, ein vorpubertäres Frettchen mit einer Yankees-Mütze auf dem Kopf. Er zieht die Nase kraus und zeigt die Zähne. Ein Nagetier, eindeutig.

»Sind Frettchen Nagetiere?«, fragt er.

»Ob Frettchen Nagetiere sind? Wie sind wir denn jetzt vom Juni zu Frettchen gekommen?«

»Findest du, dass ich wie ein Frettchen aussehe?«

LoBianco sieht Jakob prüfend ins Gesicht und nickt. »Ein bisschen.«

»Ein bisschen wie ein Frettchen. Toll. Dankeschön.« Jakob beugt sich über den Tresen und zieht ein rotes Plastikschwert aus dem Glas mit Cocktail-Spießen. »Also, D'Annunzio«, sagt er und bohrt sich nachdenklich mit dem Schwert im Daumen. »Was hältst du von ihr?«

LoBianco schmunzelt. »Was hältst du denn von ihr, Jakob?«

»Weißt du was? Ich glaube wirklich, dass wir eines Tages – also in ferner Zukunft, natürlich – rumsitzen und sagen werden: ›Ich hatte *die* Mary D'Annunzio in meiner Englisch-Klasse.‹«

LoBianco schweigt für einen Moment, rollt Eiswürfel auf seiner Zunge herum. Er zerkaut sie und leckt sich die Lippen. »Weißt du, was ein Mann nie fragen darf, wenn er Reizwäsche kaufen geht?«

»Nein, was denn?«

»Gibt's das auch in Kindergrößen?«

Tief in Jakobs Bauch verkrampft sich etwas. »Was soll das denn heißen?«

»Überhaupt nichts. War bloß ein Witz.«

»Was soll daran denn witzig sein?«

LoBianco zückt das eigene Cocktail-Schwert und fuchtelt drohend damit vor Jakobs Gesicht herum. »Habe ich Eure Ehre verletzt? Verlangt Ihr Genugtuung? Ha? Sollen wir uns duellieren?«

»Da läuft nichts zwischen Mary D'Annunzio und mir.«

LoBianco hört gar nicht zu. Er sticht Jakob ins Bein, und das Schwert zerbricht.

»Autsch! Das hat wehgetan, Mann!«

»Krieg dich ein. Noch einen Wodka, bitte!«, ruft LoBianco dem Barmann zu. »Und ein alkoholfreies Bier für unseren Freund mit dem mädchenhaften Teint.«

»Ich blute«, sagt Jakob und untersucht das winzige Loch in seinem Hosenbein.

»Ja, Donnerwetter. Trink dein Bier und krieg dich ein.« LoBianco starrt sein zerbrochenes Schwert an und seufzt. »Wir haben alle unsere Probleme, weißt du. Jeder Einzelne«, fügt er unheilvoll hinzu.

»So wird's wohl sein«, grummelt Jakob. Jetzt fühlt er sich schuldig wegen seines Selbstmitleids. Morgen früh kommt Monty ins Gefängnis; Jakob versucht sich das vorzustellen. Ein Richter in einer schwarzen Robe verkündet den Urteilsspruch, und zack, sind sieben Lebensjahre hin.

»War heute zum Beispiel nicht meine große Besprechung mit Deering?«

Jakob sieht auf. »War heute nicht deine große Besprechung mit Deering?«

LoBianco schmunzelt. »Heute war meine große Besprechung mit Deering. Und weißt du, was er zu mir gesagt hat?« LoBianco wartet, wirft einen Blick auf Jakob, der in Gedanken schon wieder woanders ist. »Rate mal.«

Jakob senkt den Kopf auf den Tresen und kommt wieder hoch, eine Papierserviette vor den Lippen. Er atmet aus, und die Serviette flattert zu Boden.

»Was denn?«

»Er hat gesagt, wenn ich meine Trümpfe richtig ausgespielt hätte, dann hätte ich Fachbereichsleiter werden können. Meine bescheidene Person. Stell dir vor. Habe meine wahre Berufung verpasst. Diese geballte Macht, dieser Berg von Verantwortung. Ich hätte der Leiter des Fachbereichs Englisch werden können – ›wenn nur meine bösen Träume nicht wären‹.«

Jakob hebt die Hand. »Macbeth?«

»Falsch«, sagt LoBianco. »Und dann kommt er wieder mit seiner kompletten Philosophie-Vorlesung, die ich mir jetzt seit neunzehn Jahren anhören darf, von Sokrates bis William James. Er besitzt die Fähigkeit, voller Autorität über Themen zu reden, von denen er absolut nichts versteht.« LoBianco trinkt von seinem Wodka. »Das bewundere ich. Aber seine anderen Qualitäten sind weniger einnehmend.«

»Diese Geschichte läuft überhaupt nicht auf eine Pointe hinaus, stimmt's?«

»Das ist keine Geschichte« – LoBianco schnaubt – »das ist ein Haufen Schwulst. Und du sollst ihn dir einfach nur schweigend anhören. Wo war ich?«

»Sokrates. William James. Philosophie-Vorlesung.«

»Schwupps, sind wir also von seiner Analyse meines Versagens in Sachen Fachbereichsleitung bei einer ungekürzten Geschichte der Philosophie des Westens gelandet. Und ich sitz bloß da, mach ein höflich konzentriertes Gesicht, nicke ab und zu und sage: ›Verstehe‹ und ›Ja, das leuchtet ein‹. Deering hat meine stagnierende Karriere in einen angenehmen Blickwinkel gerückt. Der Trost der Philosophie vermutlich.« LoBianco runzelt die Stirn, wirft einen prüfenden Blick auf seine Fingernägel und säubert sie mit seinem abgebrochenen Cocktail-Schwert. »Ich hatte nie jemand werden wollen, der sich Cartoons aus dem *New Yorker* an die Bürotür pinnt. Aber genau das ist aus mir geworden. Hätte diese Schlampe Ferlinghetti mir nicht …«

»Oh nein nein nein, jetzt fang nicht wieder …«

»Dieser miese Dieb!«, brüllt LoBianco. »Hockt da in seinem berühmten Buchladen, der Weise von San Francisco, der letzte Beatnik-Dichter. Dichter? Dichter?«

Das Leben des Anthony LoBianco zeichnet sich vor allem dadurch aus, dass er 1958 in der White Horse Tavern durch Lawrence Ferlinghetti um den wohlverdienten Ruhm gebracht worden ist. Wie es heißt, waren der junge Anthony und seine Kumpels gerade in jenem berühmten Etablissement am Trinken, als ihm *Das Wort* offenbart wurde. Und Anthony stürmte im Fieber der Inspiration durch die saufende Literatenschar, entriss einer entsetzten Bedienung Stift und Serviette und schrieb sie nieder, seine Epiphanie. Dann kehrte er, die Serviette im Triumph über dem Kopf schwenkend, zu seinen Zechgenossen zurück und verkündete: »Gentlemen, ich habe den Titel für mein Buch.«

Am Tresen drehte sich ein Fremder herum und sagte ein wenig spöttisch: »Dann lassen Sie mal hören.«

»Sir«, erklärte der junge Anthony stolz, *»Ein Coney Island des inneren Karussells.«*

An den Rest der Nacht kann LoBianco sich nicht erinnern; wie es scheint, hatten ihn seine Freunde zur Feier seiner Genialität mit Whiskey abgefüllt. Am darauf folgenden Tag begann er mit der Arbeit an seinem epischen Gedicht, schrieb mehrere Monate lang wie in einem Rausch. Es ist sehr filmisch, wie LoBianco das erzählt, der Dichter im Unterhemd, unrasiert, hackt auf seiner mechanischen Schreibmaschine drauflos im vierten Stock eines Hauses ohne Fahrstuhl in der Avenue A, unterbricht nur mal für eine Zigarette auf der Feuertreppe, wo er zu den Saxophonklängen von gegenüber mit dem Kopf wippt, das alles in Schwarz-Weiß. Voll Jack-Kerouac-mäßig. Eines Morgens kehrt der Dichter mit einem Spinatkuchen vom Griechen und einer Zeitung in seine Wohnung zurück. Während er die staubigen Stufen hinaufsteigt, fällt ihm auf den Mittelseiten eine Schlagzeile ins Auge, die Besprechung eines neuen Gedichtbandes. Von Lawrence Ferlinghetti. Mit dem Titel *Ein Coney Island des inneren Karussells*. Der Dichter starrt auf den Artikel (Nahaufnahme Schlagzeile) und bricht auf dem Treppenabsatz zusammen. Das Saxophon klagt. Ende eines wundersamen Geschicks.

Es ist die klassische Geschichte von bestrafter Hybris, von

Göttern in Menschengestalt, und Jakob hört sie gern. Ansonsten krankt die Geschichte natürlich an einer schwerwiegenden Einzelheit – sie kann unmöglich stimmen. Jakob hat es einmal nachgeprüft und herausgefunden, dass Ferlinghetti den Titel aus einem Roman von Henry Miller hat, der Jahre vor dem denkwürdigen Abend in der White Horse Tavern geschrieben worden ist. Jakob lässt sich nie anmerken, dass er die Lüge durchschaut hat, zum einen weil er annimmt, dass LoBianco die Geschichte inzwischen selber glaubt und er den alten Herrn nicht quälen möchte. Zum anderen aber genießt Jakob sein geheimes Wissen. Es verleiht ihm Macht über seinen ehemaligen Lehrer. LoBianco, der sich in mancher Hinsicht so gewieft gibt, ist in anderer Hinsicht schlichtweg dumm, und seine Lügengeschichten strickt er bei weitem zu nachlässig. Jakob stellt sich LoBianco vor, geschlagen, der Vergessenheit überlassen, wie er einer übermannsgroßen Statue von Ferlinghetti mit der Faust droht. Himmel, Anthony, da hättest du aber einen besseren Dichter auftreiben können.

»Weißt du, was mich tröstet«, fragt LoBianco, »wenn ich daran denke?«

Jakob weiß es nicht.

»Dem Kerl ist klar, dass er ein Schwindler ist. Jedes Mal, wenn er in den Spiegel schaut, sieht er einen Plagiator. Meinst du, da kann er gut schlafen, der falsche Dichter? Aber überhaupt nicht.«

Jakob denkt, dass Ferlinghetti wahrscheinlich bemerkenswert gut schläft, aber das verkneift er sich.

»Deering, Deering, Deering ... Wo waren wir gerade?«

»Bei den Philosophen«, sagt Jakob. »Wir sind immer noch bei den Philosophen.«

LoBianco hebt seinen Wodka und leert das Glas, dann knallt er es auf den Tresen. »Mister Deering, Sie blasphemisches, selbstgerechtes Männlein; Sokrates ist nicht für Sie gestorben. Aber er hätte natürlich einen erstklassigen Lehrer für die Jungen abgegeben. Keine Frage.« Er kommt schwankend auf die Füße, stellt den Barhocker schräg, deutet Analverkehr an. »Bück dich, mein Sohn. Wenn ich einmal kurz die Methode des Sokrates demonstrieren dürfte. Ich unterrichte sämtliche Arschlöcher Athens! Guter Mann, guter Mann. Lieber ein Sodomit als ein Philosoph. Haben alle Beteiligten mehr von.«

Jakob, der sich gerade fragt, warum er eigentlich nicht gegangen ist, als es am schönsten war, begreift auf einmal, dass die ganzen mittelalterlichen Männer im Raum dieser Vorstellung mit ausdruckslosen Gesichtern zusehen, als hätten sie diese Handlung schon gesehen, und zwar besser ausgeführt.

LoBianco will sich wieder hinsetzen, verfehlt den Hocker aber; seine Knie knicken ein, und er beginnt zu fallen. Jakob macht einen Satz, bekommt den Älteren um den Brustkorb zu fassen und hält ihn aufrecht. Wie zerbrechlich sein alter Lehrer geworden ist, nur noch Tweed-Jackett und Knochen. LoBianco lebt allein in seiner Apartmentwohnung in Park Slope und hat nie kochen gelernt. Wer versorgt ihn?, fragt Jakob sich. Er muss von Sachen zum Mitnehmen und dem kostenlosen Schulessen leben.

LoBianco reißt sich los, setzt sich schwerfällig, das Gesicht zum Raum, und lehnt sich zurück, bis die Messingstange sein Gewicht trägt. Er gibt vor, von dem Beinahe-Sturz nichts mitbekommen zu haben, aber Jakob sieht die Farbe in seinem Gesicht und weiß, der Mann schämt sich. Trotzdem setzt LoBianco noch einen drauf, lauter jetzt, um seine Demütigung zu verschleiern. »Ein ungeprüftes Leben ist es nicht wert, gelebt zu werden und so weiter. Stimmt schon. Aber ein geprüftes Leben auch nicht; das hat er unterschlagen.«

Jakob nickt und fragt sich, ob er seinen Freund wohl in ein Taxi wird verfrachten können. Und ob irgendein Taxifahrer bereit sein wird, einen Betrunkenen nach Brooklyn zu fahren. Der Barmann steht am anderen Ende des Tresens, ein Geschirrtuch in der Hand, und sieht LoBianco mit gelangweilter Verärgerung zu.

»Ach, Mister Deering. Wenn Sie mit dem Flugzeug abstürzen, Mister Deering, wenn die Kinder am Schreien sind, wenn die Stewardessen sich in ihren Sitzen zusammenkauern und die Augen zukneifen und ihre Gebete sprechen, wenn der Pilot ins Funkgerät spricht: ›Sagt meiner Frau, dass ich sie liebe‹, wenn die alten Männer sich in die Hosen pissen und die Gepäckfächer aufspringen und die Koffer herauspurzeln und das Flugzeug abstürzt und der Boden näher kommt – wird Ihnen Ihre Philosophie dann ein Trost sein, Mister Deering, oder werden Sie kreischen wie wir anderen alle?«

Mit seiner Tirade am Ende, dreht LoBianco sich auf seinem Hocker herum, kippt den Rest seines Wodkas hinunter und bestellt sich den nächsten. Es ist still hier drin, man hört nur den Barmann seinen Drink einschenken.

»Und warum nun hat er dich sprechen wollen?«, fragt Jakob schließlich.

LoBianco beobachtet den Barmann mit Adleraugen, voller Misstrauen, nur einen Einfachen eingeschenkt zu bekommen. »Hmm? Na ja, er lässt mich eben gehen, Jakob.«

»Er tut *was?*«

LoBianco sieht auf, eine Braue hochgezogen. »Das kann dich nicht ernsthaft überraschen. Ich erzähle dir seit Wochen, dass meine Tage gezählt sind.«

»Aber das … Wie kann er dich rauswerfen? Du bist der beste Englischlehrer, den wir haben. Außer dir ist doch niemand …«

»Rauswerfen kann man es eigentlich nicht nennen. Er wird am Jahresende bloß meinen Vertrag nicht verlängern. Ich bin teuer, Jakob. Einen von euch Jungspunden kriegen sie jederzeit für halb so viel Geld.«

»Das gehört sich einfach nicht, Anthony! Das dürfen wir nicht zulassen. Wenn alle Lehrer mitmachen, dann kriegen wir eine Riesen-Petition zustande. Alle Schüler werden unterschreiben! Alle Schüler und alle Ehemaligen! Damit kommt er nicht durch. Auf gar keinen Fall.«

»Warum denn nicht? Es ist eine Privatschule, da kann er machen, wozu er Lust hat. Hör mal zu, es ist doch eigentlich am besten so. Was soll ich denn machen, Harper Lee unterrichten, bis ich tot umfalle? Wohl nicht. Ich mach dieses Jahr noch zu Ende, und dann ist Schluss. Keine Prüfungsarbeiten mehr zur Benotung. Keine Vokabeltests mehr. Keine rote Tinte mehr auf meinen Oberhemden. Diese Stigmata des Schullehrers. Schluss mit dem ganzen Zeug.«

»Aber …«

»Lass gut sein, Jakob.« LoBianco steht unsicher auf. »Gentlemen«, ruft er laut, »erheben Sie Ihre Gläser. Wir haben einen Neuling in unserer Mitte, einen jungen Mann, der erst vor wenigen Minuten aus der Dunkelheit ins Licht getreten ist und zum ersten Mal die Freiheit besitzt, seinen wahren Leidenschaften zu frönen.«

»Dann am besten wieder zurück mit ihm in die Dunkelheit«, kommt ein Ruf aus der anderen Ecke.

»Ruhig, Sir. Was ihm an körperlichen Vorzügen mangelt, das macht er mit … nun, mit anderen Vorzügen wieder wett. Er ziert sich noch ein bisschen in seiner Unschuld, aber ich denke, Sie werden ihn überaus bezaubernd finden, wenn er seinen Bammel erst einmal überwunden hat.«

»Warum hältst du nicht einfach die Klappe, LoBianco!«, ruft ein anderer. »Du bringst hier keinen mehr zum Lachen.«

Diese Neuigkeit trifft LoBianco schwer, er wirft einen abfälligen Blick in die Runde und knurrt: »Hierher kommen die Schwuchteln zum Sterben!« Er holt mit seinem Glas zum Wurf aus, überlegt es sich aber und trinkt.

»Dann stirb, LoBianco«, sagt der Mann in der Ecke, »und bring es hinter dich.«

Das ist der eine Ausweg, denkt Jakob. Der andere ist die Tür.

4

Naturelle wartet auf Monty, als er nach Hause kommt, ihre schwarzen Haare zu einem schlichten Zopf zurückgebunden. Sie sitzt auf den Eingangsstufen, ein geschlossenes Buch im Schoß. Während er näher kommt, stellt sie sich auf die zweite Stufe, so dass sie auf gleicher Höhe sind, als er vor ihr steht. Sie küssen sich, aber er öffnet seine Lippen nicht. Sein Mund ist zu trocken. Doyle wedelt wild mit dem Stummelschwanz und setzt die Vorderpfoten auf die erste Stufe. Naturelle geht in die Hocke und kratzt den Hund hinter dem zerbissenen Ohr, Doyle schließt die Augen und leckt ihr mit seiner rauen Zunge das Handgelenk. Die Sonne ist untergegangen, und die Luft kühlt bereits ab.

»Wartest du schon lange?«, fragt Monty, zieht seine Schlüssel aus der Tasche und steigt die Stufen hinauf.

»Wie lange seid ihr beiden denn spazieren gewesen? Ich bin um sieben aufgewacht, da wart ihr schon weg.«

»Ich hab keine Uhr mitgenommen.« Er hält ihr die Haustür auf, und sie geht hindurch. Doyle kommt hinterhergesprungen. »Warum hast du hier unten gesessen?«

»Ich hab gelesen«, sagt sie und wartet in der Vorhalle, dass Monty die zweite Tür öffnet. »Ist ein schöner Tag gewesen.«

Monty lacht. »Das kannst du laut sagen.«

Er sieht in den Briefkasten, lässt den Werbezettel eines Lieferservices auf den gefliesten Boden fallen, folgt seiner Freundin und seinem Hund die dunkle, schmale Treppenflucht hinauf. Als sie den Treppenabsatz erreicht, greift er nach ihrer Hand und wirft einen Blick auf das Buch, das sie dabeihat. »*Coco Chanel. Ein Leben.* Wer ist das, die mit dem Parfüm?«

»Sie war die Königin der Mode. Die ganzen weißen Ladys wollten immer nur weiß, weiß, weiß sein. Aber Coco Chanel ist den einen Sommer an die Riviera gefahren, und als sie wieder zurück nach Paris kam, war sie total braun gebrannt, und auf einmal wollten sie alle braun sein.«

Monty nickt, lächelt halb dabei und schließt die vier Schlösser seiner stahlverstärkten Wohnungstür auf, jedes Schloss mit einem anderen Schlüssel. Der beste Einbrecher aller fünf Boroughs würde fast eine Stunde brauchen, um hier hereinzukommen; das steht fest. Sie betreten die Wohnung, und Monty knipst das Licht an.

Im Gegensatz zu dem düsteren Treppenhaus ist die Wohnung sehr schön; ein großes Zimmer mit Hartholzboden, große Fenster zu den Sandsteinhäusern auf der anderen Straßenseite hin, gerahmte Schwarz-Weiß-Fotografien an den Wänden. Monty hat sie selbst aufgenommen, Stadtansichten vor allem, mit einer alten Kamera, die einmal seinem Vater gehört hat. Monty ist ein passabler Amateur, gut genug, dass pro Film ein anständiges Foto herauskommt. Über dem Sofa hängt ein postergroßes Portrait von Naturelle, wie sie die Zähne fletscht und ein Fleischmesser schwingt. An dem Abend, als Monty dieses Foto aufgenommen hat, ist Naturelle fuchsteufelswild gewesen, weil er ihr wieder einmal einen Anruf ihrer Mutter auszurichten vergessen hatte, sie drohte damit, ihm das Herz herauszuschneiden. Im Ernst, sie sagte »Ich schneid dir das Herz heraus« und beschimpfte ihn und stemmte dabei ihre kleinen Fäuste in die Seiten, und er musste lachen, wälzte sich auf dem Boden herum vor Lachen, und Doyle bellte dazu, und sie fing an, ihn in die Seite zu treten, und sie ist zwar klein, hat aber sehr starke Beine, und so ächzte er und rollte sich weg und lachte immer noch dabei, und Doyle bellte wie ein Verrückter, völlig verunsichert, und schließlich fing auch Naturelle zu lachen an und trat Monty trotzdem weiter in die Seite, weil er es verdient hatte und sie nicht wollte, dass er meinte, so leicht davonkommen zu können, und dann lief sie in die Küche und kam mit dem Fleischmesser wieder und rief »Ich schneid dir das Herz raus!«, und beide lachten sie immer noch. »Ich tu's! Ich schneid dir das Herz raus und geb es Doyle zu fressen!«

Monty hat das Bild selbst entwickelt, bei seinem Vater in

Bensonhurst, in einem zur Dunkelkammer umgebauten begehbaren Wandschrank. Sein Vater hat ihm auch geholfen, aus einem Stück verrosteten Metall vom Schrottplatz einen Rahmen zu basteln. Die Wände seiner Wohnung in Bensonhurst sind über und über mit Schwarz-Weiß-Aufnahmen in verrosteten Rahmen bedeckt. Montys Vater ist ein viel besserer Fotograf, er hat ein gutes Auge. Seine Kompositionen beweisen eine Finesse, die Monty zwar erkennen, aber nicht nachahmen kann, eine Fähigkeit, das Gewöhnliche ungewöhnlich erscheinen zu lassen. Die Rahmen sind allesamt verrostet und geben den Bildern die Aura von Kleinodien, die man aus einem gesunkenen Schiff geborgen hat.

Montys Vater hat an jenem Nachmittag die Hauptarbeit geleistet, hat das Metall auf die nötigen Längen gebracht und die Kanten glatt gefeilt, während Monty Bier getrunken und sich ein Footballspiel angesehen hat. Als der Abzug trocken war und bevor sie das Glas kaufen gingen, hat Monty mit Bleistift eine Widmung hintendrauf geschrieben: *Für Naturelle Rosario. Am Tag, als sie mein Herz stahl (und es meinem Hund zu fressen gab).* Später, als er es ihr zum Valentinstag schenkte, fand er die Widmung ein bisschen dämlich, aber da hatte Naturelle sie schon gelesen und gelacht und ihm einen Kuss gegeben, also war es zu spät zum Radieren.

Heute nimmt Monty das Bild nicht wahr; es ist Teil der Wohnungseinrichtung geworden. Er nimmt Doyle die Leine ab, und der Hund trottet durchs Zimmer und rollt sich wie üblich neben dem Heizkörper zusammen. Monty schaltet den Fernseher an und schaut zu, wie der Wetterfrosch erscheint und über den bevorstehenden Sturm spricht. Er macht den Fernseher wieder aus und sieht sich um. Naturelle steht immer noch bei der Tür.

»Was ist los?«, fragt er.

Sie zuckt die Schultern. »Ich weiß nicht. Was möchtest du?«

Er setzt sich auf das Sofa, die Arme auf der Rückenlehne. Ihm tun die Füße weh. Er spürt die Blasen schon, die sich an seinen wunden Fußsohlen nach dem zehnstündigen Spaziergang durch die Stadt bilden. »Was ich möchte.« Er starrt Doyle kurz an. »Ich möchte durch Wände gehen können, wie diese Braut von den X-Men.«

Naturelle schlendert zum Sofa und setzt sich neben ihn, die Hände zwischen die Beine geklemmt.

»Und wenn das nicht klappt«, fährt er fort, »wenn ich nicht rauskriege, wie man durch Wände geht, dann sollte ein Schuss in den Gaumen auch reichen, *bamm*, Problem gelöst.«

Sie boxt ihn gegen die Schulter. »Hör auf mit den blöden Witzen.«

»Du meinst, ich mach Witze?«

Naturelle steht auf und geht in die Küche, holt ein Glas Imkerhonig aus dem Kühlschrank und nimmt einen Teelöffel aus dem Abtropfkorb. Sie kehrt ins Wohnzimmer zurück und setzt sich wieder neben Monty, gibt ihm das Glas. »Und was machen wir heute Abend? Bevor du dich erschießt?«

»Uncle Blue schmeißt eine Party im VelVet. Da sollten wir hin.« Er dreht den Deckel ab und gibt ihr das Glas zurück. »Du glaubst nicht, dass ich es drauf habe, was?«

»Nein«, sagt sie und taucht den Löffel in den Honig. »Ich weiß, dass du es nicht drauf hast. Bist du heute bei deinem Bewährungshelfer gewesen?«

»Ja.«

»Was hat er gesagt?«

»Er hat gesagt: Sei pünktlich morgen.« Er schaut zu, wie sie den Teelöffel sauber leckt. »So was macht ein braves Mädchen aber nicht.«

Sie beugt sich vor und küsst ihn auf den Mund. »Gehen wir ins Schlafzimmer«, sagt sie.

Hier haben sie ihn drangekriegt, genau hier, beim Sofa, hier haben sie ihn fertig gemacht: letzten Juni, früh am Morgen, aus dem Tiefschlaf hochgerissen durch das brutale Klopfen an der Wohnungstür und Doyles wütendes Gebell. Naturelle, die einen leichteren Schlaf hatte, war aus dem Bett und in ein langes T-Shirt geschlüpft, während es immer noch klopfte. Sie ging aus dem Schlafzimmer und beruhigte den Hund.

Monty lauschte, wie sie mit demjenigen sprach, der draußen vor der Tür stand. Er hörte, wie sie die Tür aufschloss und öffnete. Als sie ins Schlafzimmer zurückkam, sah er ihr Gesicht und dachte an Flucht, dachte daran, das Fenster zu öffnen und in die Krone der Linde draußen zu hechten, sich an einem Ast zur Straße hinunterzuschwingen und so schnell und so weit zu laufen wie er konnte. Stattdessen stand er auf, zog seine Jogginghose an und ging mit bloßem Oberkörper ins Wohnzimmer.

Sie waren zu viert, alles Weiße, keiner älter als Monty. Sie trugen Anzüge, deren Jacketts nicht zugeknöpft waren, und alle hatten sie unter der linken Achsel ein Schulterhalfter sitzen. Sie zeigten ihm ihre Plaketten, DEA, »Drug Enforcement Administration«, und händigten ihm den Haftbefehl aus, den ein Bundesgericht erlassen hatte. Alle lächelten sie, also lächelte Monty ebenfalls, bot ihnen Kaffee an. Sie lehnten dankend ab.

»Wir sehen uns mal um«, sagte Agent Brzowski zu Monty und setzte sich auf das Sofa. Die anderen drei Agents spazierten durch das Apartment. Einer von ihnen ging neben Doyles Platz an der Heizung in die Hocke und strich dem Hund übers Fell. Einer sah aus dem Fenster zur Straße hinunter. Der dritte besah sich die Fotografie des RCA Victor-Gebäudes, die Hände hinterm Rücken verschränkt.

»Haben Sie das gemacht?«, fragte er. Als Monty bejahte, pfiff der Agent. »Nettes Foto. Was für eine Kamera haben Sie benutzt?«

Brzowski lehnte sich in das Sofa zurück, die Hände hinterm Kopf verschränkt, und lächelte immer noch. Er folgte interessiert dem Gespräch. Naturelle wollte ins Schlafzimmer, aber Brzowski rief sie zurück. »Ma'am? Sie sind Miss Rosario, richtig? Ich muss Sie bitten, einen Augenblick bei uns zu bleiben, ja? Wir können Sie nicht außer Sichtweite rumlaufen lassen.«

Monty lehnte sich gegen den Rahmen der Küchentür und war um ein entspanntes, sorgloses Gesicht bemüht. Ihm war klar, was es hieß, vor ein Bundes- statt ein Einzelstaatsgericht zu kommen; Staatsanwälte drohten einem gern mit einer Anklage nach Bundesrecht, wie Mütter ihre Kinder mit Geschichten vom schwarzen Mann einschüchterten. Ihm war klar, dass es für ein Bundesgericht keine Rolle spielte, ob es Vorstrafen gab. Da konnte er noch so eine saubere Akte haben; wenn sie ihn verknackten, dann musste er seine Strafe auch absitzen. Aber die Agents durchsuchten das Apartment nicht; sie sahen sich um, als wären sie die Schätzer eines Maklerbüros.

»Hmm«, sagte Brzowski und ruckelte auf dem Sofa herum. »Bequem sitzt man hier aber nicht gerade.«

Monty starrte den Agent an und atmete aus. Sie verarschten ihn. Sie hatten ihn am Arsch.

»Liegt vielleicht an Ihrer Haltung«, sagte der Agent, der Doyle streichelte. »Die Haltung ist enorm wichtig. Sonst holt man sich ein kaputtes Kreuz.«

»Nein«, sagte Brzowski. »Das liegt am Sofa. Es ist sehr unbequem. Es ist klumpig.«

Die anderen Agents lachten, und Naturelle sah Monty an. Er schüttelte den Kopf und trommelte mit den Knöcheln auf der Küchentür. »Nun machen Sie schon«, sagte er zu Brzowski.

Der Agent gab sich weiterhin nachdenklich. »Ich begreif das einfach nicht. Es sieht doch *gemütlich aus,* das Sofa. Wie viel haben Sie für dieses Sofa bezahlt, Miss Rosario?« Er stand auf und schaute auf das Kissen hinab, strich sich übers Kinn, machte ein verwirrtes Gesicht. »Vielleicht liegt's an der Füllung?«

»Könnte die Füllung sein«, sagte einer seiner Kollegen.

Brzowski beugte sich vor und nahm das mittlere Kissen, drehte es um, fand den Reißverschluss. »Muss die Füllung sein.« Er zog den Reißverschluss auf und griff hinein, zog Hände voll weißer Fasern heraus und ließ sie auf den Boden fallen wie Baumwollflocken. »Ja, da ist irgendein *Klumpen* drin, Mr. Brogan. Bloß gut, dass ich den gefunden habe. Jetzt wird Ihr Sofa viel bequemer sein.«

Er zog ein Päckchen von der Größe einer Weinflasche aus

dem Kissen, ein Bündel aus Plastikfolie und Klebeband. Strähnen des Füllstoffes hingen daran wie Haare am Skalp einer alten Frau. Brzowski riss in gespieltem Entsetzen die Augen auf, während die anderen Agents »Oh« und »Na so was« machten.

»Mr. Brogan, ich glaube, jetzt haben wir Sie am Arsch.«

Naturelle liegt nackt auf der Seite, an ihn gekuschelt, und fährt ihm mit den Fingern durch die Haare. Er hat ihr den Rücken zugekehrt und die Augen geöffnet. Der Wind weht durch die Fenster herein, und sie friert, drängt sich enger an Monty. Seine Haut ist immer warm; selbst im tiefsten Winter lässt er die Fenster offen. Die Geräusche von der Straße lullen ihn ein; er ist in einer Parterrewohnung groß geworden.

Naturelle fragt sich, ob sie ohne ihn glücklicher sein wird, und hasst sich für diesen Gedanken. Sie erinnert sich an die vielen Morgende, an denen sie frierend aufgewacht ist, ihre nackten Körper ineinander verschlungen. Dann griff sie immer in die Obstschale auf dem Nachttisch, eine Familientradition, und fütterte ihn mit Pflaumen oder Feigen oder Nektarinen. Das waren die Augenblicke, in denen sie glaubte, dass er sie vielleicht wirklich liebte; wenn er ihr den Saft von den Fingern leckte.

»Alles in Ordnung mit dir?«, fragt sie. Er sagt nichts, und sie fragt noch einmal: »Alles in Ordnung mit dir?«

»Mir geht's blendend«, sagt er. »Spitzenmäßig. Beste Nacht meines Lebens.«

»Ich wollt bloß wissen …«

»Weiß ich«, sagt er. »Weiß ich doch.« Er entzieht sich ihr, setzt sich auf, sieht aus dem Fenster.

»Red mit mir, ja? Red mit mir. Monty! Mach nicht so zu. Das ist unsere letzte Nacht, dann hat es sich mit …«

»Das ist nicht *unsere* letzte Nacht. Es ist *meine* letzte Nacht. Du hast morgen Nacht und übermorgen Nacht und immer so weiter, du kannst ausgehen und dir von irgendeinem Scheiß-Rechtsanwalt Drinks spendieren lassen, du kannst nackt im Hudson baden, du kannst alles Mögliche machen.«

»Trotzdem ist es immer noch *unsere* letzte Nacht«, sagt sie wütend, die Worte an seinen bleichen, nackten Rücken gerichtet. »Deine und meine, das bedeutet *unsere*, begreifst du das denn nicht?«

»Nein«, sagt er und schüttelt langsam den Kopf. »Baby, tu mir einen Gefallen – halt einfach den Mund. Ja?« Er greift nach der Packung Zigaretten und stößt sie am Nachttisch auf.

An ihre Zukunft zu denken, lässt ihn sich einsam vorkommen – der Gedanke, dass sie mit ihren Freundinnen quatschen und herumalbern, dass sie Einkaufsbummel machen und ins Restaurant gehen wird. Er zieht eine Zigarette aus der Packung, zündet sie aber nicht an.

Hatte es nicht einen Moment gegeben, in dem er Naturelle in Verdacht gehabt hatte, einen kurzen wahnsinnigen Moment, in dem er dachte, *sie* könnte den Anruf gemacht und ihnen verraten haben, wo das Zeug versteckt war? Er hatte diesen Gedanken sofort aus seinem Kopf verbannt – warum sollte sie? Was hätte sie davon gehabt? –, aber wenn so ein Gedanke erst mal da ist, wie wird man ihn dann je wieder los? Sobald der Zweifel erst einmal zu nagen beginnt, wie kann man ihr da je wieder vertrauen? Und wenn man der Frau nicht trauen kann, die mit einem schläft, der Frau, die neben einem liegt, wenn man schutzloser nicht sein könnte, wem kann man denn dann trauen?

In der Ferne heulen Sirenen, und Montgomery möchte am liebsten aufspringen, aus dem Apartment stürzen, die Treppen hinunter, auf die Straße, den roten Wagen abpassen und mit einem Nicken zu seinen tapferen Kameraden an Bord springen. Er hätte einen tollen Feuerwehrmann abgegeben. Wenn er doch nur jetzt auf das Feuer zurasen könnte.

5

Die Nutten im Salon erzählen sich mit Begeisterung Geschichten von Uncle Blue; sie versammeln sich vor dem Kamin, rauchen Selbstgedrehte, trinken Tee aus angeschlagenen Bechern und tauschen Gerüchte aus. Jeden Donnerstag kommt er, im Morgengrauen, hängt seinen schwarzen Mantel an einen Haken bei der Tür, nickt Natasha zu und folgt ihr die Treppe hinauf. Sobald die beiden sich in das prächtigste Zimmer des rötlichbraunen Sandsteinhauses zurückgezogen haben und in absoluter Stille ihr Werk verrichten, fangen die anderen Frauen mit dem Rätselraten an und übertrumpfen einander mit wilden Geschichten. Nicht eine kennt seinen richtigen Namen, obwohl sie wissen, dass »Uncle Blue« eine Verballhornung seines Nachnamens darstellt, den westliche Zungen angeblich nicht aussprechen können. Nicht eine weiß, wo er herkommt, aber gemutmaßt wird manches. Er könnte in einer kleinen Stadt in Armenien zur Welt gekommen sein oder in einem Dorf im Nordiran. Helena, eine Moskowiterin, ist überzeugt, dass er einen afghanischen Akzent hat.

Sämtliche Frauen sind aus Osteuropa eingewandert, wie auch fast ihre gesamte Kundschaft. Um die Einreise hat sich Mrs. Dimitriev gekümmert, der das Haus gehört und die ganz oben ein separates Apartment bewohnt, wo sie den ganzen Tag Billie Holiday hört und über ihren Computer mit Aktien handelt und nur nach unten kommt, wenn es Streit wegen der Bezahlung gibt.

Die Frauen erscheinen am frühen Abend und gehen in den frühen Morgenstunden. Die meisten arbeiten ein oder zwei Jahre hier, bis sie ihre Schulden bei Mrs. Dimitriev bezahlen können, die so geizig ist, dass sie nur die Schlafzimmer heizt. Also machen die Frauen Riesenfeuer und trinken literweise heißen Tee und reden. Nicht über die Arbeit, normalerweise – die meisten Freier sind Langweiler, sogar die fiesen. Uncle Blue ist die Ausnahme, ein Rätsel. Die Frauen können sich nur dessen sicher sein, was sie sehen, also versuchen sie ihre Theorien um die physische Erscheinung herum zu konstruieren. Jung ist er nicht, aber das dichte Kopfhaar und der Bart sind immer noch schwarz. Vielleicht ist es der Bart, der Helena an die islamischen Soldaten im Fernsehen ihrer Kindheit erinnert, an diese finsteren Kerle mit ihren AK-47ern und den gekreuzten Munitionsgurten über der Brust.

Die Haut unter Uncle Blues Augen ist dunkel von Erschöpfung, die Falten auf seiner Stirn sind tief wie Messerschnitte. Seine Handflächen sind grob und schwielig, als habe er Jahre lang eine Schaufel oder Spitzhacke geschwungen, aber seine Fingernägel sind makellos, fachmännisch getrimmt und poliert. Einmal hat Natasha, den Blick ins Feuer gerichtet, das Kinn hochgereckt, verkündet, Uncle Blue habe vor zwanzig Jahren einen Mann erschlagen, wegen einer Frau. Sie hat natürlich gelogen – wenn Uncle Blue einen Mann erschlagen *hätte*, dann hätte er niemals Natasha oder sonst jemandem gegenüber damit geprahlt. Trotzdem zieht niemand Natashas Geschichte in Zweifel. Immerhin hat er die Hände eines Boxers, mit diesen seitwärts gedrehten Fingerspitzen und den verdickten Knöcheln. Seine Handgelenke sind so dick wie Natashas Fußknöchel.

Natasha sollte ihn am besten kennen, aber weit gefehlt; sie stellt ihm keine Fragen. Nicht dass er nicht antworten würde oder dass er ihr zu sprechen verböte – er stellt keine Regeln auf und sagt auch nie ein grobes Wort. Uncle Blue ist gepflegt, höflich und großzügig. Er bezahlt mit Hundertdollarscheinen, die er aus einem silbernen Geldclip zieht; die Scheine immer wie frisch gedruckt, der Clip immer voll. Als er heute Abend das Haus betritt, steht sie leise von ihrer Bank am Feuer auf und geht die Stufen zum größten Schlafzimmer hinauf. Draußen Winter, die Gerippe der Bäume vom Prospect Park, die Straßenlaternen von gelben Auren gekrönt. Auf dem Fensterbrett stirbt leise summend eine Fliege. Als sie fertig sind, sitzt Uncle Blue mit nacktem Oberkörper am Fußende des Bettes, die Arme vor den Knien verschränkt, den langen schwarzen Bart auf der Brust. Er bleibt einen Augenblick so sitzen, dann zieht er sich an. Natasha fragt sich, ob er verheiratet ist, Kinder hat; sie fragt sich, warum er nie etwas über sie erfahren möchte. Ihre anderen Stammkunden löchern sie ständig, sie sehen sich gern als weiße Ritter und Natasha als entehrte Maid, die es zu retten gilt. Uncle Blue will nicht wissen, was sie treibt, wenn er nicht da ist; er will nicht wissen, wie sie zu diesem Beruf gekommen ist, ob sie nachts weint, ob sie sich nach einem ruhigen Familienleben in der Vorstadt sehnt. Er hat nur ein einziges verzwicktes Problem im Kopf; seine sämtlichen Gedanken sind damit beschäftigt, es zu lösen. Jedweder Fehler wird auf Ärger hinauslaufen, und Uncle Blue hat zu schwer und zu lange gearbeitet, um irgendwelchen selbsterzeugten Ärger zu dulden. Die Dummheiten und Betrügereien anderer Leute lassen sich nicht aus der Welt schaffen; das ist das grundlegende Problem, dem sich jeder große Geschäftsmann stellen muss. In dieser Jauchegrube von Welt versucht ein Realist nur, den Schaden zu begrenzen. Heute Nacht wird Uncle Blue jemanden umbringen. Er kann es sich nicht leisten, irgendwelche Fehler zu machen.

6

Jakob ist einer der geschicktesten Fußgänger, die New York City je gesehen hat. Er kurvt durch die Menschenmenge, weicht den Fäusten und Ellbogen der entgegenkommenden Passanten aus, duckt sich unter Ästen hindurch, balanciert den Bordstein entlang, über Dutzende von Hundehaufen hinweg, wartet auf eine Lücke und springt dann in den freien Raum. Wie jeder anständige Großstädter hat Jakob gelernt, die Freaks nicht mehr wahrzunehmen: die amputierten Schnorrer, die gelähmten Penner auf der Kirchentreppe, die gestörten Randfiguren mit dem Arm im Mülleimer.

Er schlängelt sich durch den wimmelnden Mob vor dem U-Bahnhof 72nd Street. Durch das Drehkreuz, die Treppen hinunter und das freieste Stück Bahnsteig gesucht; als die U-Bahn kommt, drängt Jakob sich in einen der überfüllten Wagen, schnappt sich einen Halteriemen und hält sich fest, dann fährt der Zug wieder an. Jakob verträgt so gut wie gar keinen Alkohol. Zwei Bier hat er mit LoBianco getrunken und ist völlig desorientiert; zwischen Geist und Körper ist ein verschwommener Keil getrieben. Er stellt sich vor, wie er irgendwo hockt, also wirklich er, und diesen spastischen Jakob zu dirigieren versucht. Was ist das bloß für ein Körper?, denkt er. Und warum haben sie den ausgerechnet mir angedreht?

Manchmal wacht er morgens auf, und das Gesicht im Badezimmerspiegel kommt ihm fremd und ungefällig vor. Dann starrt er dieses müde Gesicht blinzelnd an wie jemand, der sich auf einem Klassentreffen der High School zu erinnern versucht. Wie heißt dieser Mitschüler bloß, den er vage mit frustrierten Zeiten verbindet? Jakob kann den Körper nicht leiden, den er hat, aber es ist mehr als das; er hat das Gefühl, eigentlich nicht zu diesem Körper zu gehören. Da ist ganz zu Anfang ein Fehler gemacht worden; sie haben sein Gehirn in den falschen Körper eingebaut; der eigentliche Jakob sitzt irgendwo nackt und reglos in der Ecke oder darf den Befehlen irgendeines Invasorengeistes gehorchen.

Er zieht sich die Yankees-Mütze tiefer, liest die über den Sitzen angebrachte Werbung. Bei der einen handelt es sich um einen Comicstrip, eine Fortsetzungsgeschichte in Sachen Aids um eine Gruppe von New Yorkern. Dieser Strip ist in Spanisch, das Jakob nicht beherrscht, aber er erkennt, dass die Helden sich auf einem Friedhof befinden, anscheinend auf dem Begräbnis ihres Freundes Rafael. Die eine Frau weint bittere Tränen. Irgendjemand hat ihr Riesennippel auf die Bluse gemalt, und Jakob macht ein finsteres Gesicht ob dieser Unschicklichkeit.

Der Zug hält in Columbus Circle, und Jakob fällt ein, was ihm auf diesem Bahnhof immer einfällt, der Tag vor neun Jahren, als Monty einer Mutprobe wegen auf die Gleise gesprungen und den gegenüberliegenden Bahnsteig wieder hochgeklettert ist und ein hübsches Mädchen auf die Wange geküsst hat, um dann wieder zurückzukommen und dabei breit zu grinsen – nicht über die eigene Dreistigkeit, an der gab es für ihn eh nichts zu rütteln, sondern darüber, wie das Mädchen ihn mit offenem Mund angegafft hat. Jakob hat nie begriffen, was Monty eigentlich antreibt, was diese Wildheit hervorgebracht hat, diese absolute Verachtung der Konsequenzen.

Jakob fragt sich, was der siebzehnjährige Monty wohl mit Mary D'Annunzio angefangen hätte. Nicht viel wahrscheinlich. Die Jungen in ihrer Klasse scheinen nicht viel für sie übrig zu haben. Sie ist flachbrüstig, heiser, ungepflegt; im Unterricht sitzt sie mürrisch herum und sagt kein Wort, außer sie lässt eine ihrer Schmähreden vom Stapel, die immer völlig wirr sind und nie etwas mit dem Thema zu tun haben. Ihre Freunde absolvieren alle das letzte Schuljahr und sind, um mit LoBianco zu sprechen, ein »Haufen androgyner Dope-Süchtiger«, der ständig in der Cafeteria am Kaffeesaufen zu sein scheint, die zerknautschten schwarzen Klamotten nach Zigarettenrauch stinkend, die Hände mit Stempeln vom gestrigen Zug durch die Clubs übersät. Jakob hat keine Ahnung, ob von diesen coolen Jungs jemand solo ist. Er hat einen David-

Bowie-Verschnitt im Verdacht, mit Mary intim zu sein; die beiden stecken oft die Köpfe zusammen und flüstern so miteinander, dass Jakob jedes Mal schlecht wird vor Einsamkeit. Jakob hat den ganzen Haufen einmal in der Sheep Meadow gesehen, wie sie im Kreis um einen älteren Rastafari herumlagen, der auf einer Akustikgitarre Songs von Scratch Perry spielte. Niemand hat Jakob bemerkt, und er ist vorbeigehastet, ohne weiter auf Marys nackten Bauch zu achten und darauf, wie sie mit der Fingerspitze den Nabel umkreiste.

Ich will kein Lehrer sein, denkt Jakob düster und sieht zu, wie die Passagiere sich aus dem Waggon drängen. Ich möchte ein alter Rastafari sein. Himmel, 14th Street! Er schlüpft durch die Türen, als sie sich gerade schließen, und folgt der Herde durch die Drehkreuze und die Treppen hinauf.

Draußen ist es in den fünfzehn Minuten, die er unter der Erde zugebracht hat, merklich kälter geworden; die Kälte hilft ihm, wieder nüchtern zu werden. Als er Slatterys Haus erreicht hat, fängt es zu schneien an, dicke Flocken taumeln durch das Licht der Laternen und schmelzen auf dem Gehweg. Der bleibt nicht liegen, denkt Jakob und ist enttäuscht wie ein Schuljunge.

Er meldet sich bei einem Pförtner, der hinter einer marmornen Tischplatte sitzt, einem schmallippigen, rothaarigen jungen Burschen mit unzähligen Sommersprossen, dem die epaulettengeschmückte Uniform zu groß ist. Der Pförtner greift zum Hörer der Gegensprechanlage und klingelt bei Slattery.

»Jakob ist da«, sagt er, dann: »Keine Ahnung, ich frag mal.« Er sieht zu Jakob hinauf. »Jakob wer?«

»Ha-ha. Sagen Sie ihm: Ha-ha.«

Der Pförtner grinst und spricht in den Hörer. »Haben Sie gehört? Gut, alles klar.« Er legt auf und zeigt zum Fahrstuhl. »Vierter Stock.«

»Weiß ich.«

Eine alte Dame steht gebeugt und erbärmlich in einer Ecke der verspiegelten Eingangshalle und starrt auf eine eingetopfte chinesische Kautschukpflanze hinab. Neben ihr wartet eine Pflegerin. Jakob geht rasch zum Fahrstuhl und drückt den Knopf.

»Kommen Sie, Charlotte«, sagte die Pflegerin mit einem leiernden karibischen Akzent. Sie ertappt Jakob dabei, wie er einen verstohlenen Blick nach hinten wirft, und blinzelt ihm zu. »Kommen Sie, Mädchen.«

»Ich muss mich hinsetzen«, greint Charlotte.

»Wir sind in der Eingangshalle. Kommen Sie. Sie können sich in der Wohnung hinsetzen. Stundenlang können Sie da sitzen. Auf geht's.«

Jakob unterdrückt ein Niesen, und die alte Frau wendet den Kopf. »Louis?«, ruft sie mit zusammengekniffenen Augen. »Louis?«

Ich bin nicht Louis, denkt Jakob und sucht in seiner Gesäßtasche nach einem Taschentuch. Charlotte lässt sich gegen die Wand plumpsen und zu Boden sinken, die Vogelbeine gespreizt. »Ich geh keinen Schritt mehr. Wo ist Louis?«

»Das ist nicht Louis«, erklärt die Pflegerin ihr und lächelt Jakob zu.

Jakob möchte nicht alt werden, möchte nicht wie Charlotte werden, hutzelig und hilflos, in der Ecke einer verspiegelten Eingangshalle zusammengesackt.

»Kann ich helfen?«, fragt er schließlich voller Angst, die Pflegerin könnte Ja sagen.

»Sehr nett von Ihnen«, sagt die Pflegerin. Jakob interpretiert das als ein Nein. Die elektrische Anzeige des Fahrstuhls zeigt unverändert eine 4. Jakob rückt seine Yankees-Mütze zurecht.

»Ich hab dir gesagt, dass sie nichts taugt«, sagt Charlotte. »Ich hab's dir gesagt, Louis.«

»Das ist nicht Louis«, erklärt die Pflegerin. »Das ist nicht Ihr Sohn. Jetzt kommen Sie und stehen Sie auf, Mädchen, sonst verpassen wir unsere Sendung.«

Jakob drückt den Knopf noch zweimal. Normalerweise verdreht er die Augen, wenn jemand immer wieder den Fahrstuhlknopf drückt, als wäre diese Maschine bloß faul, als müsse sie zur Arbeit genötigt werden wie irgendein aufsässiger Ober: *Schon gut, schon gut, der Ketchup, ich komm ja schon.* Jakob verpasst dem Knopf eine mit der Faust.

»Ich hab dich gewarnt«, murmelt Charlotte.

Endlich ist der Fahrstuhl da, und Jakob geht hinein. Er steht jetzt mit dem Gesicht zu Charlotte; er kann es nicht vermeiden, ihren auf die Brust gesunkenen Kopf zu sehen, ihren ganzen zusammengeschrumpelten Körper zucken zu sehen. »Evie!«, schreit sie plötzlich. »Evie!«

»Pst, Mädchen, hier bin ich doch. Kommen Sie, geben Sie mir die Hand.«

Jakob hält den Finger vor die Lichtschranke, und die sich schließenden Türen gehen mit einem Ruck wieder auf. »Hallo, Entschuldigung, sind Sie sicher, dass Sie zurechtkommen da drüben?«

Evie sieht ihn über die Schulter hinweg an. »Sicher sind wir sicher. Wir machen das jeden Abend.«

»Louis?«

Für eine Sekunde wünscht sich Jakob, er *wäre* Louis, wünscht sich, er könnte sagen: *Hier bin ich, Mom,* um dann die Halle zu durchqueren und der alten Dame hochzuhelfen. Das wäre heldenhaft. Die Fahrstuhltüren schließen sich, und Jakob macht die Augen zu. Nun geht es durch die Decken des Gebäudes nach oben. Er stellt sich vor, er wäre ein Eimer Wasser, der einen Brunnen hochgezogen wird. Auf einmal merkt er, wie müde er ist; er hat seit Wochen nicht mehr richtig geschlafen. Und Monty? Kann Monty überhaupt schlafen?

Slatterys Trophäe von einem Apartment, eine Ansammlung großer, leerer Zimmer, scheint Jakob einen ganz bestimmten Typ zu verkörpern: Das Apartment für den jungen, unbeweibten Mann mit Geld. Der Fernseher im Wohnzimmer ist so gigantisch, dass der Wetterfrosch geradezu Furcht erregend aussieht. Slattery versteht den beunruhigten Blick seines Freundes falsch. »Riesenteil, hm?«

»Ja, ganz schön groß. Seit wann hast du den?«

»Seit ein paar Wochen. Hab mir ein kleines Geschenk gemacht. Ich mein, irgendwann muss ich doch auch mal anfangen, die Kohle auszugeben.«

Was für ein vulgärer Ausdruck, denkt Jakob. *Die Kohle.* Größtenteils vulgär jedenfalls, denn zugegebenermaßen beträgt der Jahresverdienst seines Freundes ungefähr das Dreiundzwanzigkommasiebenfache dessen, was Jakob nach Hause bringt; eine Schätzung, die Jakob eines Nachmittags mit dem Taschenrechner vorgenommen hat, als er eigentlich Notendurchschnitte hatte ermitteln wollen.

Sie setzen sich auf ein gelbes Sofa, auf dem Slattery als Kind zwei Jahre lang geschlafen hat, bevor die Familie nach Bay Ridge in eine größere Wohnung gezogen ist. Jakob fragt sich, warum Slattery nicht auch mal ein bisschen *Kohle* für neue Möbel ausgibt. Abgesehen von dem alten Sofa, dem Riesenfernseher und einem unechten Holzstapel beim Kamin ist das Wohnzimmer leer, dabei ist es größer als Jakobs gesamte Wohnung. Seine Bierflasche hat Slattery zwischen die Füße auf den Hartholzboden gestellt. Unter den Fenstern liegt ein großer zusammengerollter und verschnürter Teppich. In einer Ecke steht eine rotglänzende elektrische Gitarre, noch eins von den kleinen Geschenken, die Slattery sich so macht.

Die Lehne des Sofas hat zwei dunkle Stellen von den Tausenden von Stunden, in denen sich dort ungewaschene Köpfe angelehnt haben; Jakobs Seite hängt durch, weil eine Feder gebrochen ist, als Slattery zu Teeniezeiten seinen jüngeren Bruder mit dem Gesicht in die Kissen gedrückt hat und ihm dann ins Kreuz gesprungen ist, worauf der Junge mit einem angebrochenen Rückenwirbel ins Krankenhaus musste. Eoin, der arme Kerl – guckt immer, als hätte er eine Bombenneurose, als wäre seine Kindheit ein Krieg gewesen, den er nur knapp überlebt hat.

Der Fernseher wird von zwei Lautsprechertürmen flankiert. Kleinere Lautsprecher hängen von der Decke herab und bieten einen Surround-Sound, den Jakob sich wunderbar für Filme vorstellen kann. Beim Wetterfrosch jedoch ist der Effekt beunruhigend: die professionell gut gelaunte Stimme dringt aus allen denkbaren Winkeln auf Jakob ein. »Hier bahnt sich für das gesamte New Yorker Stadtgebiet womöglich der erste richtige Schneesturm dieses Winters an, und ich sag Ihnen was, Carol, es könnte ein Brummer werden. Zu rechnen ist mit zehn bis fünfundzwanzig Zentimeter Schnee …«

»Fünfundzwanzig Zentimeter!«, ruft Slattery. »Da sollten wir morgen zum Skifahren raus. Ich hab mir gerade ein Paar Völkls zugelegt – Rennski.«

»Ich kann nicht Ski laufen«, sagt Jakob.

»Na und, ich doch auch nicht. Aber fünfundzwanzig Zentimeter Schnee … Vielleicht lieber nächstes Wochenende.«

Die Stimme des Wetterfrosches hallt in dem zu leeren Zimmer.

Jakob überläuft es kalt. »Glaubst du, Normalsterbliche nehmen je das Wort *Brummer* in den Mund?«

»Was?«

»Hast du inzwischen schon Stunden genommen?«, fragt Jakob und zeigt auf die rote Gitarre.

Slattery schüttelt den Kopf. »Glaubst du, ich hätte Zeit für Gitarrenstunden? Aber sie sieht wunderschön aus, nicht wahr?«

»Wunderschön, wirklich«, sagt Jakob.

»Ja. Das ist ein sehr schönes Rot.«

»Willst du noch ein Bier?«, fragt Jakob, der von den riesenhaften Nachrichtensprechern wegkommen will.

»Ja, danke.«

Die Küche ist verdächtig sauber. Jakob untersucht die glänzende Edelstahlspüle, fährt mit den Fingern über die Arbeitsfläche, findet keine klebrigen Stellen, keine Krümel. Der gewaltige schwarze Herd mit seinen sechs Flammen und dem integrierten Backofen, der keine Spritzer und keine Fingerabdrücke aufweist, ist anscheinend noch nicht durch den banalen Akt des Kochens entweiht worden. Dieser Sack lässt sich eine Haushälterin kommen, denkt Slattery. Der Sub-Zero-Kühlschrank ist wohl gefüllt, randvoll mit eingelegten Oliven, Merrettichsenf, einer in Plastikfolie eingewickelten Kugel geräuchertem Mozzarella, einem gebratenen Truthahnschlegel in Aluminiumfolie. So sieht es bei meinen Eltern im Kühlschrank aus, denkt Jakob traurig.

»Hier gibt's kein Bier!«, ruft Jakob lauter als beabsichtigt. Seine Stimme klingt bitter.

»Wart mal einen Moment.«

Jakob kehrt ins Wohnzimmer zurück und sieht Slattery an, der sich die Nachrichten ansieht. »Im Kühlschrank ist kein Bier.«

»Hast du auch richtig geguckt?«

»Nein, ich hab *nicht* richtig geguckt. Sollte ich etwa *richtig* gucken?«

»Hast du das gesehen?«, fragt Slattery. »Komm, setz dich hin und schau dir das an.«

Jakob setzt sich zögernd und versucht, nicht direkt zum Bildschirm zu sehen.

»In Bangkok hat sich dieser Elefant losgerissen, gestern Abend oder so. Schau dir das an.«

Jemand hat die Szene mit einer Videokamera festgehalten. Ein grauer Elefant stampft die Mitte einer breiten Hauptverkehrsstraße hinab, gefolgt von einer jubelnden Menschenmenge. Polizisten versuchen die Leute zurückzuhalten, stellen orangefarbene Absperrböcke auf, wedeln mit ihren Knüppeln, aber die Beamten werden in dem fröhlichen Pandämonium gar nicht beachtet. Uniformierte Soldaten verfolgen den Elefanten durch die Zielfernrohre ihrer Hochleistungsgewehre.

»Hab ich vor einer Stunde schon auf CNN gesehen«, sagt Slattery. »Alte Elefanten verlieren manchmal den Verstand, haben sie gesagt, sie drehen einfach durch. Pass auf.«

Auf einmal hat der Elefant schwarze Federn in der runzeligen Flanke stecken, und Jakob hört dem Reporter zu, der die Betäubungspfeile beschreibt, sechs Stück an der Zahl, jeder mit genug Betäubungsmittel gefüllt, um jeden denkbaren Elefanten umzuhauen. Das Untier zittert kurz, schüttelt seinen großen Kopf, dass die großen Ohren flattern. Dann macht es kehrt und brettert auf den Fußweg zu. Die dort versammelte Menge zerstreut sich in alle Richtungen, wie Billardkugeln nach einem guten Stoß. Der Elefant senkt den Kopf und kracht in die Fensterfront von etwas, das wie ein Elektronikgeschäft aussieht.

»Scheiße, Mann«, sagt Slattery und wiegt sich hin und her. »Schau dir das an!«

Das können sich die Soldaten nicht bieten lassen – sie eröffnen das Feuer. Das Bild fängt zu tanzen an, und die Videoaufnahme wird durch einen Sprecher der thailändischen Armee ersetzt, der hinter einem Pult steht und die Ereignisse des Tages kommentiert.

»Sie haben ihn erschossen?«, fragt Jakob.

»Oh ja«, sagt Slattery, »das haben sie. Das arme Vieh ist in der falschen Gegend der Stadt spazieren gegangen.«

Jakob fragt sich, weswegen das Tier wohl durchgedreht ist: das hohe Alter, fehlerhafte Synapsen im Gehirn, der lange niedergekämpfte Drang, einmal einen Schaufensterbummel zu machen? Er zieht sich den Schirm seiner Yankees-Mütze tiefer ins Gesicht.

»Wann trudelt Monty denn ein?«

»Überhaupt nicht. Er geht mit seinem Vater essen. Wir treffen uns später mit ihm.«

Wie kann Monty etwas essen?, fragt Jakob sich. Wie kriegt er auch nur einen Bissen runter?

Der Bildschirm wird zwischen zwei Werbungen kurz schwarz, und Jakob sieht sein Spiegelbild. »Findest du, dass ich wie ein Frettchen aussehe?«

»Wie ein Frettchen?« Slattery lacht. »Das ist gut, bin ich noch gar nicht draufgekommen.«

»Dann stimmt es also?«

»Hat das irgendjemand aus deiner Klasse gesagt?«

Jakob macht ein finsteres Gesicht. »Niemand hat das gesagt. Ich hab bloß drüber nachgedacht.«

»Irgendjemand muss doch etwas gesagt haben. Du denkst doch nicht plötzlich: Hey, ich seh ja aus wie ein Frettchen. Du kennst deinen Anblick doch seit sechsundzwanzig Jahren.«

»Schon gut«, sagt Jakob. »Themenwechsel.«

»Ich weiß nicht mal, wie so ein Frettchen überhaupt aussieht. Aber ja, du könntest eine gewisse Ähnlichkeit damit haben.«

»Toll, danke. Du bist ein wunderbarer Mensch.«

Slattery tätschelt Jakob den Kopf. »Und du bist gar nicht so schlecht für ein Frettchen. Ich geh mal scheißen, und dann können wir los.« Er kämpft sich ächzend hoch. Er geht kurz in die Hocke und richtet sich dann auf, das linke Knie kracht laut. »Himmel«, sagt er und humpelt zum Badezimmer.

Nun ist Jakob mit dem Fernseher allein, starrt dem Moderator mürrisch auf das breite Kinn und ist sauer, ohne genau zu wissen worüber. Manchmal ist er sich ziemlich sicher, dass er Slattery gar nicht leiden kann, dass er ihn noch nie leiden konnte, auch wenn Slattery sein bester Freund ist. Jakob weiß noch, wie er am ersten Tag der neunten Klasse durch das Schultor gestapft ist und überhaupt keine Lust auf ein weiteres Jahr unter diesen braun gebrannten Typen hatte, die mit ihren lose gebundenen Krawatten und Segeltuchschuhen über den Hof schlenderten. Als er Frank und Monty kennen lernte, war er hin und weg von ihrem Brooklyner Akzent und ihren sorgsam zurückgekämmten Haaren, die im krassen Gegensatz zu den hier üblichen Fönfrisuren standen. Beide hatten sie massenhaft Schlägereien hinter sich, was Jakob mit Ehrfurcht erfüllte, denn er hatte sich noch nie geschlagen. Aber hier waren sie nicht in ihrem Element, waren sie verunsichert durch das vornehme Gehabe der älteren Schüler, eingeschüchtert durch den beiläufig zur Schau gestellten Reichtum. Sie stürzten sich sofort auf Jakob als einen Gleichgesinnten, der sich hier auskannte. Während der Eröffnungsfeier des Schuljahres stieß Monty ihn mit dem Ellbogen an und zeigte auf einen älteren Jungen, der ein paar Reihen weiter vorn saß. »Das ist ein Jackett von Ralph Lauren, das der Typ da anhat. Kostet vierhundert Dollar, das Teil.« Jakob freute sich über die sofortige Vertrautheit, über die Vermutung, dass sie aus ähnlichen Verhältnissen stammten und darum die Fassungslosigkeit darüber teilen konnten, dass jemand auf der High School ein Vierhundert-Dollar-Jackett trug. Drei Monate vergingen, bis Jakob seine beiden neuen Freunde in sein Apartment einlud. Er hatte Angst, sie könnten ihn mit dem Rest der verweichlichten Aristokraten ihres Jahrgangs in einen Topf werfen. Aber als Monty und Frank im Hause Elinsky einliefen, waren sie schon auf Partys in dreistöckigen Wohnungen auf der Fifth Avenue gewesen, in Stadtvillen auf der Park, in einem spektakulären Strandhaus in den Hamptons – und Jakobs Zuhause war zwar absolut vorzeigbar, aber klein kamen sie sich darin nun gar nicht vor.

Die anderen in der Klasse zeigten zunächst Verachtung für die Neuen, die »Förder«, Studenten, die staatlich gefördert wurden, zwei Iren, zwei Puertoricaner und vier Schwarze, die aus Brooklyn, Queens und der Bronx hierher verfrachtet worden waren. Die Lords der Outer Boroughs wurden sie zunächst getauft, ein Spitzname, den Monty sofort übernahm und durch seine Hip-Hop-Ausssprachekorrektur laufen ließ; die Outta Buro Lordz waren bald die angesehenste Clique der Schule. Jakob genoss seinen Status als Ehrenmitglied, war sich jedoch stets bewusst, dass er doch in Central Park West wohnte, dass sein Vater Anwalt für Steuerrecht war, dass seine Kenntnisse über die Outer Boroughs sich auf das Yankee-Stadion im Norden und Kennedy, LaGuardia und seine Cousins in Forest Hill im Osten beschränkten.

Nun sind es Slattery und seine Kollegen, die in teuren Restaurants speisen, während Jakob in seinem Zehnquadratmeter-Apartment über seinen Grammatiktests hockt und Wasser für seine Spaghetti mit Tomatensoße aufsetzt. Jakob spielt dieses Spiel normalerweise sehr gern, das Spiel namens Mensch-gräme-dich-doch!, aber nicht jetzt, nicht heute Abend, nicht wenn sein Freund morgen früh ins Bundesgefängnis muss.

Endlich kommt Slattery wieder aus dem Badezimmer und trocknet sich mit einem Handtuch die Hände ab. »Startklar? Ich bin am Verhungern.«

Jakob greift zur Fernbedienung, schaltet aus und steht auf. »Was wird eigentlich aus Doyle?«

»Häh?«

»Wo kommt Doyle dann hin?«

»Oh ... Keine Ahnung.« Slattery wirft das Handtuch auf das Sofa, öffnet einen Wandschrank und nimmt einen schwarzen Kaschmirmantel von einem Holzbügel. »Zu Nat?«

Jakob schüttelt den Kopf. »Kann ich mir nicht vorstellen.«

»Zu seinem Dad? Keine Ahnung, echt. Gefällt dir der Mantel? Hat mir jemand aus London mitgebracht.«

»Frank«, sagt Jakob und fummelt an seinen Nägeln herum, »hast du das drauf?«

»Was denn drauf?«

»Das heute Abend?«

»Weißt du«, sagt Slattery und knöpft den Mantel zu, »heute war ein dermaßen durchgeknallter Tag auf Arbeit, dass ich da überhaupt noch nicht drüber nachgedacht habe.«

»Ehrlich?«, fragt Jakob entsetzt. »Er ist dein bester Freund.«

»Das brauchst du mir nicht zu erzählen, Mann. Was erwartest du von mir? Wir gehen mit ihm aus, wir trinken ein bisschen was, was denkst du denn? Komm, lass uns losmachen. Deine Schnürsenkel sind offen.«

Jakob geht auf ein Knie, um sich die gummibesohlten Wanderstiefel zuzuschnüren. »Ich hab Angst, ihn zu treffen. Ehrlich, ich hab richtig Angst. Als würde man einen Freund im Krankenhaus besuchen, der Krebs hat. Was sagt man da? Er wird die nächsten sieben Jahre in einer Zelle verbringen. Was sagt man da zu ihm?«

Slattery zuckt die Schultern. »Weißt du was? Ich glaube, da sagt man gar nichts. Ich glaube, wir gehen heute Abend mit ihm aus und versuchen einen draufzumachen, und wenn er darüber reden will, dann reden wir darüber. Er geht für sieben Jahre in die Hölle – was soll ich da machen, ihm viel Glück wünschen? Wir füllen ihn anständig ab und versuchen, noch mal richtig einen mit ihm draufzumachen.«

Jakob schlingt einen Doppelknoten und steht auf. »Das hört sich so an, als hättest du so was schon mal gemacht.«

»Hab ich auch. Mein Cousin musste für drei Jahre rein. Startklar?« Slattery öffnet die Wohnungstür und wartet auf Jakob, eine Hand am Lichtschalter.

»Im Ernst? Das hast du mir nie erzählt. Warum denn?«

»Weil er ein verdammter Dieb ist, darum.«

Der größte Skandal in Jakobs Familie war eine Cousine mit Bulimie. Er fragt sich, was Slattery wohl noch alles für sich behalten hat. »Und? Hat er es gut überstanden? Das Gefängnis und so?«

»Nein. Ganz und gar nicht. Jetzt komm schon, ich will los.«

»Einen Moment noch«, sagt Jakob und klopft sich auf die Hüfttaschen. »Wo ist meine Brieftasche?«

»Ich fass es nicht.«

»Beim Reinkommen hab ich sie noch gehabt. Das weiß ich genau.«

»Sie liegt auf dem Sofa, du Trottel.«

Jakob holt die Brieftasche und steckt sie ein. »Es klingt vielleicht komisch, aber so wie ich Monty kenne, wird er es, glaube ich, gut überstehen.« Er sieht Slatterys Gesichtsausdruck und fügt rasch hinzu: »Ich sag ja nicht, dass es leicht wird. Ich an seiner Stelle würde nicht einen Tag überstehen, das ist mir klar. Aber Monty ist Monty. Er ist hart im Nehmen. Was der schon alles weggesteckt hat.«

»Nein«, sagt Slattery und macht das Licht aus. »Er ist nicht hart im Nehmen, und er wird das auch nicht gut überstehen. Ich kapier überhaupt nicht, was in deinem Kopf vorgeht, Jake. Hier gibt's kein Happy End.«

Jakob verlässt das Apartment und schaut zu, wie Slattery abschließt. »Von einem *Happy End* red ich doch gar nicht. Ich meine bloß ...«

»Du hast doch überhaupt keine Ahnung, wovon du da sprichst. Hart im Nehmen? Was weißt du denn, was hart im Nehmen ist? Meinst du, bloß weil er ein paar Schlägereien auf der Campbell-Sawyer gewonnen hat, kommt er in Otisville mit den harten Jungs klar? Du hast keine Ahnung, in was für einer Scheiße er steckt. Überhaupt keine Ahnung. Monty hat drei Möglichkeiten, und die sind alle beschissen.« Sie gehen den blau ausgelegten Flur hinunter, Slattery schleudert seine Schlüsselkette dabei hin und her.

»Drei Möglichkeiten«, sagt Jakob ungeduldig. Slattery redet mit ihm immer wie mit einem begriffsstutzigen Kind, das von den komplexen Zusammenhängen des Lebens schlichtweg überfordert ist.

»Also. Erstens, er kann abhauen. In einen Bus nach sonst wo steigen und hoffen, dass sie ihn nie finden werden. Das ist Nummer eins.«

»Das wird er nicht tun. Sein Dad hat seine Kneipe ...«

»Ich sage nicht, was er tun wird. Ich sage bloß, welche Möglichkeiten er hat. Nummer zwei ...« Slattery macht mit Daumen und Zeigefinger eine Pistole und hält sie sich an die Schläfe.

Jakob reißt die Augen auf. »Selbstmord? Auf gar keinen Fall. Und was ist die dritte Möglichkeit?«

»Die dritte Möglichkeit?« Slattery denkt kurz nach. »Na, die dritte Möglichkeit ist, er geht ins Gefängnis.«

Jakob nickt. »Genau. Er geht ins Gefängnis, und er wird es überstehen.«

»Meinetwegen. Kann sein. Aber trotzdem heißt es dann: Mach's gut, Monty.«

»Was soll das heißen?«

Slattery hebt den Daumen. »Wenn er abhaut, ist er weg. Du siehst ihn nie wieder.« Er hebt den Zeigefinger, dessen oberes Gelenk seit seinen Ringertagen schief ist. »Wenn er sich die Kugel gibt, ist er weg. Und sie werden den Sargdeckel nicht nochmal aufmachen.« Er hebt den Mittelfinger. »Wenn sie ihn wegsperren, ist er weg. Du wirst ihn nie wieder sehen.«

»Klar seh ich ihn wieder«, sagt Jakob. »Wenn er wieder rauskommt.«

Die Fahrstuhltür geht auf, und Slattery steigt ein. »Darauf würd ich keine Wette abschließen. Du meinst, ihr werdet dann immer noch Freunde sein? Du meinst, ihr setzt euch dann auf ein paar Bier zusammen und knüpft an die alten Zeiten an? Vergiss es, Jake. Heute Nacht ist alles vorbei. Steigst du jetzt ein, oder brauchst du 'ne Einladung?«

7

»Was ist gut hier?«, fragt Monty und schaut auf die schwarze Wandtafel mit den Gerichten.

»Kalbfleisch«, sagt sein Vater. »Kalbfleisch ist gut. Das nehm ich immer.«

»Gut.« Monty lehnt sich in seinen Stuhl zurück und sieht sich im Restaurant um: einem alten Laden mit niedriger Decke gleich nördlich der Houston Street, einem der letzten klassischen Italiener, der nach wie vor Spaghetti mit Fleischbällchen, überbackene Auberginen und Hähnchen-Cacciatore anbietet.

»Dass du Donnerstagabend frei machst«, sagt Monty. »Klasse von dir. Wer passt auf?«

»Kennelly kümmert sich drum.«

»Kennelly? Der wird dir den ganzen Rum wegtrinken. Du vertraust den Laden Kennelly an?«

»Sind ja bloß ein paar Stunden. Du hast gesagt, dass du dich noch mit ein paar Freunden triffst, da hab ich gedacht, bis zehn vielleicht ...«

»Zehn ist gut«, sagt Monty. Er knibbelt am Etikett ihrer Rotweinflasche. Die Bedienung, eine alte Frau mit einem Gesicht wie eine zerknitterte Papiertüte, nimmt ihre Bestellung auf. Sie trägt eine platinblonde Perücke und falsche Wimpern; als sie hört, was Monty gewählt hat, strahlt sie.

»Gute Wahl«, sagt sie. Ihre Vorderzähne sind rot vom Lippenstift. »Kalbfleisch ist das Beste hier.« Sie schlurft davon, und Monty denkt: *Sie ist längst tot, wenn ich das nächste Mal hierher komme.*

»Ich hab mich mal mit Sal unterhalten ...«

»Ach komm, Dad.«

»Um zu schauen, ob er vielleicht helfen kann.«

»Dad, komm, was redest du denn da? Sal? Der ist doch seit zwanzig Jahren weg vom Fenster.«

»Er kennt vielleicht ein paar Leute da drin.«

»Er ist so ungefähr hundert Jahre alt und spielt den ganzen Tag lang Rommé. Was soll er da für mich tun können?«

»Er kennt immer noch ein paar Leute. Er könnte ein Wort ...«

»Dad, hörst du bitte auf damit? Ich werd schon klarkommen. Halt dich da einfach raus bitte. Ja?«

»Du wirst immer noch jung sein, wenn du wieder rausdarfst. Ich weiß«, sagt Mr. Brogan und hebt die Hände, denn Monty schüttelt den Kopf. »Ich weiß, dass du das anders siehst. Aber hör mir zu. Du ziehst schön den Kopf ein da drin. Fängst keinen Ärger an ...«

»Schluss jetzt.« Monty starrt seine Hände an. Er will, dass sie zu zittern aufhören, aber er schafft es nicht.

Als die Bedienung ihnen das Essen gebracht hat, schneidet Mr. Brogan die Spinatblätter auf seinem Teller sorgfältig in immer kleinere Stücke. Er hat seinem Sohn unbedingt etwas mitgeben wollen, ihm irgendwie Mut machen wollen, aber als er jetzt zusieht, wie der Junge etwas zu essen versucht, weiß er, dass es nutzlos ist. *Es sind nur sieben Jahre,* wie sagt man das? Mr. Brogans Vater ist Zapfer gewesen; Mr. Brogan ist in Kneipen aufgewachsen und hat sein Leben lang in Kneipen gearbeitet, in üblen Läden manchmal, in denen ein falsches Wort zu einer Schlägerei oder Schlimmerem führen konnte. Aber er begreift, dass diese ganzen Erfahrungen nicht an das herankommen, was Monty nun bevorsteht, dass Monty zu einem fremden Land unterwegs ist, das Mr. Brogan nur aus Geschichten kennt.

Mr. Brogan hat seine Kneipe als Kaution gestellt, als seine Garantie, dass Monty sich der Haft nicht entziehen wird. Wegen der Kneipe ist Monty seit Juni frei gewesen: frei bis zur Verhandlung, während der Verhandlung, nach der Urteilsverkündung, nach der Verkündung des Strafmaßes. Seit dreißig Jahren jetzt gehört diese Kneipe Mr. Brogan, aber manchmal wünscht er sich, Monty würde sich der Haft entziehen. Sollen sie den Laden doch kriegen, sollen sie doch versuchen, ihn zu Geld zu machen. Auf der Kante zwischen Bensonhurst und Bay Ridge gelegen, ist es eine Kiezkneipe ohne Kiez. Die meisten seiner Gäste arbeiten einen Block weiter im Krankenhaus oder in den Geschäften in der 86th Street; sie kommen auf dem Heimweg bei ihm noch kurz einen trinken. Sie ist treu, seine Kundschaft, sie schätzt ihn und vertraut ihm, aber viel Geld hat sie nicht.

»Das hätte nie passieren dürfen«, sagt Mr. Brogan und starrt auf sein Glas Mineralwasser.

»Bitte lass uns nicht wieder damit anfangen. Dafür ist es ein bisschen spät.«

»Ich weiß«, sagt Mr. Brogan. »Ich weiß es, und es tut mir Leid, Monty. Ich hätte dich da nie hineingeraten lassen dürfen.«

Monty trommelt mit den Knöcheln auf die Tischplatte. »Hey. Hör auf damit. Du hattest nichts damit zu tun, ja? Fang jetzt nicht wieder damit an.«

»Ich wünschte einfach, wir hätten darüber reden können. Du hättest dermaßen viel Geld mit etwas *Anständigem* machen können; du hattest das gar nicht nötig ... Du hättest da nie hineingeraten dürfen.«

Aber auf Geld allein ist Monty nie aus gewesen. Er ist nicht in Armut aufgewachsen, und er ist nicht geldgierig gewesen; er stand auf schnelle Autos und italienische Schuhe, aber er hat sie nicht gebraucht, hat sie nicht unbedingt haben müssen. Es ging ihm mehr um Format. Format zu haben hilft einem beim Geld machen, und Geld hilft einem, Format zu bekommen, aber Format und Geld sind nicht das Gleiche. Format hast du, wenn du in eine Boutique gehst und weißt, dass du dir alles leisten kannst, was sie haben, klar, aber Format hast du auch, wenn der Verkäufer nach Feierabend noch mal aufmacht, damit du in Ruhe mit deiner Freundin durch die Gänge schlendern kannst; Format hast du, wenn der Verkäufer das Hinterzimmer aufschließt und euch zeigt, was sie gerade geliefert bekommen haben, alles noch schön in Plastik eingeschlagen; Format hast du, wenn der Verkäufer brav in der Ecke steht, während du die Sachen durchsiehst, und auch nicht zu mosern anfängt, wenn du die Auslagen betatschst oder eine Stunde lang mit deiner Kleinen rumknutschst; weil er über dich Bescheid weiß und weiß, dass es den Ärger nicht wert wäre. Format hast du, wenn du morgens einen Anruf machst und abends im Madison Square Garden in der ersten Reihe sitzt. Format hast du, wenn du einen Nachtklub durch den Personaleingang betrittst und dir so der Metalldetektor erspart bleibt. Format hast du, wenn du dir in der U-Bahn einen Blickwechsel mit einem verdeckten Ermittler lieferst; du weißt über ihn Bescheid und er über dich, und du blinzelst ihm zu, weil er einen verbeulten Buick fährt und du eine Corvette und er dir nichts anhaben kann.

Die Corvette hat er nicht mehr; sie haben sie nach der Anklageerhebung beschlagnahmt. Monty fragt sich, wo sie jetzt ist – ob sie in der Auffahrt irgendeines grinsenden Vorstadtpapas rumsteht oder erst noch auf irgendeinem staatlichen Parkplatz auf die Versteigerung wartet. Monty ist nicht so in Autos verschossen wie manche anderen Männer, aber er war stolz auf sein Gefährt, stolz auf die schwarzglänzenden, lang gezogenen Kurven, das satte Geräusch der Maschine, stolz auf die Art, wie er damit in der Innenstadt von einer Lücke zur anderen schießen konnte. An guten Tagen erwischte er eine grüne Welle und konnte stilvoll nach Hause gondeln.

In dreizehn Stunden heißt zu Hause: Otisville, Vollzugsanstalt des Bundes; dorthin wird ihn ein Catskill Eagle-Bus bringen. Sie werden ihm einen Batzen Formulare zu unterschreiben geben, sie werden ihn bis auf die Haut durchsuchen, und sie werden ihm Fingerabdrücke abnehmen – wieder einmal.

Monty erwähnt seinem Vater gegenüber weder Otisville noch die Corvette noch die Sache mit dem Format haben. Stattdessen sagt er: »Ich hab dich nicht klagen gehört, als du dir Geld von mir geliehen hast. Mit keinem einzigen Wort hast du dich beklagt damals.«

»Nein. Du hast Recht. Das war ein Fehler.«

Mr. Brogan weiß noch, wie Monty als Neugeborenes gewesen ist, ganz rot und ständig am Strampeln. Er hat die Augen zugekniffen und auf die blaue Babydecke eingeschlagen und kläglich geschrien – kurz, abgehackt –, bis seine Lunge nach ein paar Monaten stark genug für richtig lautes Schreien war. Seine Mutter hat ihn aus der Krippe genommen, seinen Kopf mit der Hand gestützt, und ist mit ihm herumgelaufen und hat ihm etwas vorgesungen. Sie bekam nicht ein Lied richtig hin, aber das schien Monty nicht zu stören; er starrte sie gebannt an, starrte mit seinen grünen Augen in ihre grauen. Oder sie las ihm aus einem Bilderbuch vor, seinen Struwwelkopf an ihre Brust gelehnt. Sie las ihm vor, und er war leise und lauschte, lange bevor er auch nur ein Wort davon verstand: *Schlaf gut, Teddy; schlaf gut, Ball; schlaft gut, Geräusche überall.* Und Mr. Brogan stand dann meist in der Tür, ein bisschen abseits immer. Nicht gerade neidisch; naja, ein bisschen neidisch vielleicht, aus dem Wissen heraus, dass es sich hier um eine Verbundenheit handelte, die er nur mitansehen konnte.

Es war etwas Wildes an der Liebe des Jungen zu seiner Mutter und an ihrer Liebe zu ihm. Sie waren ein schönes Paar. Wenn sie später die Straße hinuntergingen, er an ihrer Hand, dann sahen die Leute ihnen lächelnd hinterher. *Was für ein reizender Junge.* Sie hatte darauf bestanden, ihren Sohn nach Montgomery Clift zu benennen, ihrem Lieblingsschauspieler, und sie setzte ihren Willen gegen die Einwände ihres Mannes durch. Damals hat Mr. Brogan seine Probleme mit dem Namen gehabt; er hielt es für ein schlechtes Omen, ihr einziges Kind nach einem Schauspieler zu benennen, dessen Stern am Sinken war. Aber es blieb bei Montgomery, und Mr. Brogan war froh, dass der Junge nach seiner Mutter kam: die gleichen dichten schwarzen Haare, die gleichen kleinen, gleichmäßigen Zähne, die gleiche gerade Nase, die gleichen schönen Augen, so grün, dass es einen nervös machte. Er war ein hübscher Junge und wuchs zu einem hübschen Mann heran, und Mr. Brogan war immer stolz, einen so gut aussehenden Sohn zu haben. Nun jedoch wünscht er sich, Monty würde ein bisschen weniger gut aussehen.

»Ich muss los, Dad. Ich treff mich gleich mit den Jungs.« Die Hälfte von Montys Kalbskotelett liegt noch auf dem Teller.

»Wir sehen uns morgen«, sagt Mr. Brogan. Er zieht seine Brieftasche aus der Innentasche seines Jacketts.

»Morgen? Wozu? Ich steig in den Bus, und weg bin ich.«

»Vergiss den Bus. Ich werd dich fahren. Das dauert halb so lang.«

Monty runzelt die Stirn, wischt sich mit der Serviette den Mund ab und schiebt seinen Stuhl zurück. »Nein danke, Dad. Ich möchte mich lieber hier von dir verabschieden.«

Mr. Brogan zieht ein kleines Foto aus der Brieftasche und gibt es seinem Sohn. »Nimm das mit. Sie werden es dir nicht wegnehmen.«

Monty hält das Foto vorsichtig zwischen den Fingern. Sie drei, die ganze Familie, wie sie vor einem üppig geschmückten Baum steht. Auf der Rückseite eine Bleistiftnotiz: *Weihnachten 1976.* Monty mit sechs, in einem gelben Mickymaus-Schlafanzug; er hält die Hand seiner Mutter und sieht zu Boden. Mr. Brogan weiß noch, wie sie versucht haben, den Jungen zum Lächeln zu bringen; sie haben gescherzt und gebettelt und gedroht, aber ohne Erfolg.

Mr. Brogan erzählt die Geschichte, und Monty nickt, obwohl er sich an nichts erinnern kann. Aber es schmerzt ihn zu sehen, wie schön seine Mutter gewesen ist, wie jung. Denn so kann er sich nicht an sie erinnern; er kann sich nicht daran erinnern, dass sie schön gewesen ist, sondern nur daran, wie sie verfallen und mit gekrümmten Gliedmaßen im Krankenhaus lag.

Mr. Brogan räuspert sich. »Sie …«

»Nicht, Dad«, sagt Monty, der immer noch ihr Gesicht ansieht. »Nicht jetzt.«

Monty steckt die Fotografie sorgfältig in die eigene Brieftasche, legt Geld für die Rechnung auf den Tisch, steht auf, küsst seinen Vater auf die Stirn und verlässt das Restaurant. Mr. Brogan schließt die Augen und lauscht dem eigenen Atem. Er hat eine Frau, die liegt in Woodlawn begraben; er hat einen Sohn, der ist unterwegs nach Otisville.

8

Ein Mann ohne Gesicht klopft in Naturelles Traum an die Tür, aber das Klopfen klingt völlig falsch, viel zu hoch, und in den Sekunden vor dem Erwachen geht ihr auf, dass das, was sie da hört, Doyles Pfoten auf dem Hartholzboden sind. Eine raue Zunge leckt ihr übers Gesicht, und sie öffnet die Augen.

»Hey. Hey.«

Doyle hat die Vorderpfoten in die Matratze gestemmt, sie hat seinen unförmigen Kopf mit den braunen Augen direkt vor der Nase.

»Ab, Doyle, runter mit dir. Ab. Ab. Doyle, mach schon.«

Er leckt ihr wieder übers Gesicht, und sie versucht ihn wegzuschieben, aber Doyle denkt, sie will spielen und senkt den Kopf, um ihr das Handgelenk zu lecken. Naturelle setzt sich auf und wirft einen Blick auf die Digitaluhr auf dem Nachttisch: kurz vor halb zehn. Für einen Moment denkt sie, dass es Morgen wäre, dass Montgomery weg ist, dass sie alles verpasst hat. Aber die Stadt draußen ist dunkel, so dunkel, wie die Stadt nur werden kann. Naturelle hat die Nacht noch vor sich. Und was das Schlimmste ist, dieses Gefühl, als sie aufgewacht ist und gedacht hat, dass es Morgen wäre – es war nicht Panik oder Enttäuschung oder Traurigkeit, sondern Erleichterung.

Doyle bellt scharf, und Naturelle starrt ihn schuldbewusst an, als hätte der Hund ihre Gedanken gelesen. »Was?«, fragt sie ihn. Aber er sieht sie nur an und wedelt mit seinem Stummelschwanz.

»Jetzt?« Sie steht auf und geht zum Fenster, schaut auf die dicken Flocken hinaus, die langsam herunterschweben. Auf den geparkten Autos liegen schon ein paar Zentimeter. »Es schneit«, sagt sie zu dem Hund. »Ich weiß nicht, Doyle. Da kommt richtig was runter.«

Doyle läuft zum Wandschrank, bellt wieder, und Naturelle hebt ergeben die Hände. »Also gut, meinetwegen.« Sie macht eine Rumpfbeuge, berührt ihre Zehen, und dann öffnet sie den Schrank und sucht nach ihren Joggingsachen. Als sie in die Hose steigt, flitzt Doyle ins Wohnzimmer; Naturelle hört seine Pfoten über den Boden scharren, sein aufgeregtes Hecheln, hört seinen muskulösen Körper gegen ein Möbelstück krachen.

Zehn Minuten später joggen sie gegen den Uhrzeigersinn um das Reservoir im Central Park herum. Das Schneetreiben wird immer dichter; man kann nur noch zehn Meter weit sehen in jede Richtung. Hinter dem Maschendrahtzaun zu ihrer Linken ist nichts als Weiß, das gilt auch für die Bäume und Büsche zu ihrer Rechten, hinter denen unerforschtes Gebiet zu liegen scheint. Naturelle hat eine Kapuzenjacke und dicke Fausthandschuhe an. Sie hat Doyle losgemacht, und der Hund flitzt davon, schnuppert erst zwanzig Meter weiter vorn an einem gefrorenen Scheißhaufen, jagt dann dreißig Meter weiter vorn ein entsetztes Eichhörnchen durchs Gebüsch. Naturelle weiß, wie sauer Montgomery wäre, wenn er wüsste, dass sie seinen Hund frei laufen lässt. »Gib der Stadt eine Ausrede, und die braten deinen Pitbull in Butter«, sagt er dann gern, aber zu laufen *und* auf den Hund aufzupassen, ist zu anstrengend. Doyle ist stärker, als gut für ihn ist.

Sie hat Montgomery ein Dutzend Mal gefragt, was er mit dem Hund vorhat, und sie hat nie eine richtige Antwort bekommen. Wo wird Doyle bleiben? Ende Februar, für den Monty bereits gezahlt hat, wird Naturelle aus ihrer gemeinsamen Wohnung ausziehen müssen, zurück in die Bronx erst mal, zu ihrer Mutter, bis sie Arbeit gefunden hat und sich eine eigene Wohnung suchen kann. Und Mrs. Rosario würde Doyle – oder sonst etwas, das Montgomery Brogan gehört hat – nie durch die Tür lassen. Doyle und Mrs. Rosario sind sich ein einziges Mal begegnet und haben einander gehasst: Der Hund hat sie nach dem ersten Schnuppern angeknurrt, mit angelegten Ohren, und sie hat ein finsteres Gesicht gezogen und gesagt: »An dem haben wohl Ratten rumgeknabbert, so wie der aussieht.« Und Montgomery hat alles noch viel schlimmer gemacht, indem er auf Mrs. Rosarios gefärbte Haare gezeigt und gesagt hat: »Muss an Ihren Haaren liegen. Alles, was dieses Rot hat, kann er nicht leiden.«

Naturelles Mutter hatte sie gewarnt wegen Monty, und nun, wo sie Recht behalten hat, lässt sie keine Gelegenheit aus, es ihr unter die Nase zu reiben. Was Naturelle daran am meisten ärgert, ist, dass ihre Mutter mit der ganzen Situation anscheinend sehr zufrieden ist und sich freut, dass dieser mürrische weiße Junge der Kriminelle ist, für den sie ihn von Anfang an gehalten hat. »Ich weiß gar nicht, warum du da noch bleibst«, tönt Mrs. Rosario ständig. »Irgendwann kommt wer und schießt ihm eine Kugel in den Kopf und dir auch gleich noch eine, wenn ihm grad danach ist.« Was den Kommentar ihrer Mutter doppelt ärgerlich macht – Naturelle hat das auch schon gedacht, wenn sie nachts wach liegt.

Sie hat immer gewusst, dass Monty eines Tages verhaftet oder ermordet werden würde, dass er ihr gemeinsames Bett am Morgen verlassen und am Abend nicht wieder dorthin zurückkehren würde. Nie hat sie sich vorstellen können, mit ihm alt zu werden – oder dass er überhaupt alt werden würde. Sie hat versucht, ihn sich mit grauen Haaren vorzustellen, mit Falten, mit einem Schlurfen statt diesem federnden Schritt, aber der Fantasie-Monty hat diese Maskerade jedes Mal abgeschüttelt und sie angegrinst, frei und ungebunden und unwandelbar jung. Er hat etwas von einem hochintelligenten Jungen, der noch nicht gelernt hat, Interesse an anderen Leuten zu heucheln. Die Gefühle seiner Verwandten und Freunde sind ihm immer egal gewesen. Er ist immer geliebt worden; er hat sich nie um Liebe bemühen müssen.

Warum bleibt sie dann? Wenn Naturelle an Monty denkt, dann stellt sie ihn sich oft beim Autofahren vor, die linke Hand unten um das Lenkrad gelegt. Einmal ist sie mit ihm die Second Avenue runtergefahren, und jede Ampel wurde genau im richtigen Moment grün, und sie rollten glücklich dahin, und Monty hatte die Hand auf ihrem Schenkel liegen und klopfte mit den Fingerspitzen den Takt der Musik aus dem Radio. Da schoss an der 112th Street plötzlich ein Taxi bei Rot über die Straße, und Naturelle war klar, dass sie nicht mehr bremsen konnten; sie sah, was passieren würde, sah ihre Corvette in das Taxi krachen, sah die Motorhaube sich zusammenfalten und ihre Körper nach vorn schießen, sah es alles vor sich in diesem Moment – nur dass es nicht passierte. Monty beschleunigte und lenkte den Wagen um das Taxi herum, haarscharf hinter der Heckstoßstange. Seine Fingerspitzen setzten nicht einen Takt aus.

Dreißig Sekunden später, als sie wieder Luft bekam, sagte sie: »Ich dachte, wir sterben.«

»Wegen dem Taxi? Ich hab's kommen gesehen.« Eine Werbepause kam, und Monty ging die Kanäle durch, bis er ein Lied gefunden hatte, das ihm gefiel.

Und deshalb liebte sie ihn; weil er, wenn er gut drauf war, mehr natürliche Anmut besaß als jeder andere Mann, den sie kannte, weil er an manchen Tagen Wunder vollbrachte und es nicht einmal bemerkte.

Es hat, bevor der ganze Ärger anfing, Abende gegeben, da konnte Naturelle sich nicht vorstellen, je wieder mit jemand anderem zusammen sein zu wollen. Sie kam sich wichtig vor, wenn sie mit Monty unterwegs war. Wenn sie ein Restaurant betraten, dann schauten die Leute sie an und steckten die Köpfe zusammen und flüsterten. Die meisten Türsteher in den Manhattaner Clubs kannten Monty; wenn sie ihn kommen sahen, nickten sie und legten ihre gewaltigen Arme um seine Schultern und drückten ihn und redeten kurz mit ihm, leise. Und wenn er den Türsteher einmal nicht kannte, ging er trotzdem mit Naturelle nach vorn durch, erklärte: »Ich bin Montgomery Brogan«, und damit schob er sie nach drinnen. Niemand hielt ihn je auf, und er hat auch nie Eintritt gezahlt, kein einziges Mal. Naturelle hat dann meist gedacht, dass der jeweilige Türsteher seinen Namen kannte und wusste, dass er den Sicherheitsleuten immer ordentlich etwas abgab. Aber manchmal war sie sich auch sicher, dass der Name als solcher gar nichts bedeutete, sondern dass es nur an seiner

Art lag zu sagen: »Ich bin Montgomery Brogan.« Er hat gewusst, dass er reinkommt, und das haben die Türsteher gespürt und ihn machen lassen.

Naturelle hört hinter sich einen anderen Jogger näher kommen. Sie wirft einen Blick über die Schulter: ein einzelner Mann in einem Polyurethan-Trainingsanzug, mit einer Skimütze auf dem Kopf. Doyle?, denkt Naturelle. Wo steckst du, Bursche?

»Auch von der fanatischen Sorte, stimmt's?«, sagt der Mann und verlangsamt das Tempo, um neben ihr herzulaufen. Naturelle nickt, entgegnet aber nichts. »Ich dachte ... ich wär der Einzige hier draußen. Wie viele Runden machen Sie?«

»Drei«, sagt sie und sucht die Gebüsche nach dem schwarzen Hund ab.

»Sie laufen ein gutes Tempo. Sind auf der Schule wohl ... im Laufteam gewesen, stimmt's?«

»Nein«, sagt Naturelle, die jedes Jahr ihre Urkunde bekommen hat.

»Wir haben diesen Firmenwettlauf ... nächsten März.« Er ist kräftig am Schnaufen, stößt immer wieder große Atemwolken aus. »Sie wissen schon ... zehn Kilometer für den guten Zweck ... mit allem Drum und Dran. Meine Bank steckt da einen Haufen Geld rein ... aber nur wenn ich ... nur wenn ich ... bis zum Schluss durchhalte.«

»Viel Glück.« Naturelle versucht sich zu entscheiden, ob sie das Tempo anziehen oder drosseln soll.

»Ich arbeite bei Shreve, Zimmer ... Investmentbank.«

Naturelle kommt zu dem Schluss, dass der Mann jeden Moment zusammenbrechen wird, und zieht an. »Ich hab einen Freund, der da arbeitet.«

»Ja? Puh ... Wen denn?«

»Frank Slattery. Kennen Sie ihn?«

»Über *den* hab ich einiges gehört ... Ich sterbe ... ja, gut ... Frank Slattery.«

»Was denn gehört?«

»Himmel, nicht so schnell ... Ist er ein guter Freund von Ihnen?«

Sie überlegt. »Denke schon.«

Der Mann hustet in seinen Handrücken. »Das ist mal *richtiger* Schnee, stimmt's?«

»Was denn gehört?«

»Sie können echt laufen. Mann … oh, Mann … Ich kenn ihn nicht so gut, aber … nicht so schnell, nicht so schnell … puh … soll ein richtig scharfer Hund sein.«

»Ja?«

»Ein richtig harter Knochen. Es heißt, er wär heut … verdammt aber auch … er wär heut beinahe rausgeflogen.«

»Im Ernst?«

»Nee … so schnell fliegt der nicht. Er ist ein Held. Himmel, Lady … Sie bringen mich um.«

Doyle kommt wild bellend aus dem schneeigen Nichts gesprungen, seine Fänge glitzern im Laternenlicht.

»*Woaah!* Scheiße, Scheiße, Scheiße, Mann!« Der Banker macht einen Satz zum Zaun und klettert ihn halb hoch, während Doyle unten knurrend die Zähne fletscht.

»Hey!«, ruft Naturelle. »Doyle! Hey! Komm her! Doyle! Komm! Hierher!« Doyle gehorcht schließlich und trottet zu ihr hinüber.

»Entwarnung?«, fragt der Banker.

»Tut mir echt Leid. Er dreht manchmal ein bisschen auf.«

»Aufdrehen? Nennt man das jetzt so?«

Der Banker lässt sich vom Zaun fallen und steht vorgebeugt da, die Hände in die Hüften gestemmt, keuchend. Naturelle joggt auf der Stelle und hofft, dass er keinen Herzanfall bekommt. »Geht's Ihnen gut?«

»Dieses Viech … oh, Himmel … dieses Viech gehört Ihnen?«

»Meinem Freund.«

»Ihrem …« Der Mann fängt zu lachen an, immer noch vorgebeugt. »Ich hab vielleicht ein Glück … stimmt's? Die erste Frau, die ich treffe … in einem Monat, außerhalb des Büros, und sie … hat einen Freund *und* einen Pitbull. Oh, Gott. Gut … Mir geht's gut. Einen Freund *und* einen Pitbull. Und ich kann nicht mal mit ihr mithalten!« Er lacht wieder, sieht

Naturelle kopfschüttelnd an. »Tut mir Leid. Ich komm nicht oft raus. Die sperren uns da hundert Stunden die Woche weg.«

»Sorry wegen Doyle«, sagt Naturelle, wendet sich ab und läuft weiter.

»Hey!«, ruft der Mann ihr nach. Naturelle dreht sich um die eigene Achse und läuft rückwärts weiter.

»Sind Sie Italienerin?«, fragt er.

Naturelle schüttelt den Kopf. »Puerto-Ricanerin.«

»Oh. Alles klar.« Er denkt einen Moment nach. »Aber Sie sind katholisch, nicht?«

»Ja.« Naturelle ist jetzt fünfzehn Meter weiter weg, Doyle neben sich. Der Banker verschwindet im Schnee.

»Wie heißen Sie?«

»Maria.«

»Wünschen Sie mir Glück bei dem Rennen, Maria!«, ruft er ihr nach. »Dass ich nicht sterbe oder so.«

»Viel Glück!«, ruft sie und läuft wieder vorwärts. »Und du«, sagt sie zu Doyle, »bist ein böser Hund. Lass mich noch mal so hängen, und ich tret dir in deinen kleinen schwarzen Hintern.«

Sie laufen weiter durch den Schnee. Naturelles Atem geht leicht, ihre kleinen Füße schlagen einen gleichmäßigen Rhythmus. Vor zwei Jahren ist sie den Marathon mitgelaufen. Ein schöner Tag. Die halbe Stadt hat ihr und ihren Mitläufern dabei zugesehen, wie sie durch die fünf Boroughs gelaufen sind, und alle haben sie gejubelt. Es war kein Wettlauf, das war das Schöne daran. Von den Profis einmal abgesehen, hat sich niemand darum geschert, auf welchen Platz er kommt; das Ziel ereichen, darum ging es. Als sie zu Abertausenden die Verrazano überquerten, hat Naturelle sich zum ersten Mal im Leben dieser Stadt wirklich zugehörig gefühlt.

Auf den letzten Kilometern des Rennens hat sie, als sie gerade die 86th Street in Manhattan überquerten, nach Monty Ausschau gehalten, der dort hatte warten wollen. Kein Monty. Sie suchte die Menge nach seinem blassen Gesicht ab, aber er war nirgendwo zu finden. Und während sie weiterlief, wurde ihr klar, dass er sich einfach einen Scheiß für so etwas interessierte. Sie hatte seit fünf Monaten trainiert, war jede Woche hundert Kilometer gelaufen und hatte eine Spezialdiät zur Reduzierung ihrer Fett- und Zuckerzufuhr angefangen – was das Schlimmste gewesen war. Dass Naturelle gern naschte, hatte sie von ihrem Großvater geerbt, der als junger Mann in die Bronx gekommen war und nach wie vor als Krankenpfleger im Mount Sinai Hospital arbeitete. Mindestens dreimal am Tag brauchte sie ihre Dosis: schwarze Lakritze, weiße Schokolade, Weingummi-Colaflaschen, Erdnussbuttereis, Makadamiakekse, Kokosflocken, Rumkugeln, Geleeorangen, Halwa – alles, was gut war. Fünf Monate lang hatte sie sich ihr geliebtes Naschzeug verkniffen, fünf Monate lang ganz spartanisch von Pflaumen, Feigen, Nektarinen und vor allem Bananen gelebt. Naturelle würde eine Banane nie ohne ein Seufzen schälen können. Wie konnte irgendjemand ernsthaft auf Bananen stehen? Aber sie hatte sich die Mühe gemacht, sie hatte es geschafft, und am Tag des Marathons hielt sie durch, die Figur perfekt, die Puste gut, die Beine wunderbar am Pumpen. Während der Mann, mit dem sie zusammenlebte, der Mann, der sie zu lieben behauptete, in ihrem großen Bett am Pennen war oder leise in sein Handy quatschte oder zusah, wie irgendwelche Zeichentrickkatzen und -mäuse einander durch quietschbunte Häuser jagten.

Sie war stinksauer auf ihn, bis zur 81st Street, als sie hörte, wie er ihren Namen rief; als sie sich umsah, kam er hinter ihr hergelaufen.

»Himmel, hast du mich nicht gehört? Wie viele Naturelles gibt's denn, verdammt?«

Eine Gruppe Zuschauer am Straßenrand fing zu lachen an, und Monty starrte sie an und schmunzelte dann selbst. Er hatte ein weißes T-Shirt und Jeans an und sah aus, als ginge er noch zur High School. Sie joggten Schulter an Schulter.

»Hunger? Hier.« Er hatte eine Orange geschält und in Viertel geteilt; drei angematschte Stücke hielt er ihr hin. »Eins hab ich gegessen«, sagte er. Naturelle lachte und aß sie aus seiner Hand. »Gut«, sagte er. »Du bist schon fast zu Hause. Denk immer daran: eine Stunde, und wir nehmen ein heißes Bad. Bis nachher im Park, ja?«

»Ja?«

»Scheiße, zweiundvierzig Kilometer. Du hast ein Rad ab.« Er schlug ihr sanft auf den Hintern, und sie lief weiter, ihr Gaumen süß vom Orangensaft.

Ein schöner Tag. Später saßen sie in der Wanne, und Monty massierte ihr die Waden, während sie mit geschlossenen Augen dalag. Das heiße Wasser, Montys Hände, Aretha Franklin im Radio ... Naturelle schmunzelt, als sie daran denkt, dann lacht sie laut auf, weil ihr klar wird, wie anstrengend es für Monty gewesen sein muss, dermaßen lieb zu sein. Er hat nicht lange durchgehalten, er hat ihr Bein aus dem Wasser gehoben und ist mit dem Finger die puerto-ricanische Flagge entlanggefahren, die sie auf ihren Knöchel tätowiert hat.

»Nicht das schon wieder«, murmelte sie, um ihm zuvorzukommen.

»Du bist in Amerika zur Welt gekommen, du hast dein ganzes Leben in Amerika verbracht, du bist zweimal in Puerto Rico gewesen, im Urlaub. Was soll das? Soll ich mir eine irische Flagge auf den Arsch tätowieren lassen, bloß weil meine Großeltern da herkommen?«

»Du hast gar nicht genug *Platz* auf deinem Arsch für eine Tätowierung.«

»Ach, so ist das?« Er stach sie in die Rippen. »Tatsache, ja?«

»Du mit deinem kleinen dürren weißen Arsch«, sagte sie und kniff ihn verächtlich hinein.

»Wenn man uns beide so ansieht, werden unsere Kinder genau richtig sein.«

Monty machte immer Witze über ihre zukünftigen Kinder, Naturelle nicht. Sie konnte sich Monty nicht vorstellen als Vater. Dass er jemanden schwängerte, das konnte sie sich vorstellen, aber nicht, dass er Vater war. Die Vorstellung, dass Monty mit einem Kleinkind auf den Schultern durch den Park spazierte, war lachhaft, unmöglich.

Naturelle und Doyle sind mit ihren Runden fertig und laufen in östlicher Richtung vom Reservoir weg. An der Fifth Avenue zieht sie die Leine aus der Jackentasche, aber Doyle macht einen Schlenker. Naturelle weiß, was dieser Schlenker bedeutet; sie zieht einen Plastikbeutel aus der Jackentasche und wartet. Unten auf einen Laternenpfahl ist der Name SANE SMITH gesprüht, und ihr fällt wieder ein, was Monty gesagt hat, dass Sane Smith tot sei, im East River ertrunken.

Als Doyle sich hinsetzt und den sauberen Schnee am Straßenrand verunreinigt, vermeidet er es, sie anzusehen; er schämt sich anscheinend immer ein bisschen, wenn er sein Geschäft verrichtet. Naturelle fragt sich, ob Doyle als schamhafter Hund auf die Welt gekommen ist oder ob ihm seine Vorbesitzer diese Schamhaftigkeit eingeprügelt haben. Bis zum heutigen Tag duckt er sich weg, wenn jemand Fremdes ihn streicheln will.

Als das Ritual vollzogen ist, joggen sie weiter zur Lexington Avenue, wo Naturelle den Hund an den Pfosten eines Münztelefons bindet und das Papaya King betritt. »Hey, Luis. Einmal Kokosnuss-Champagner, bitte. Groß.«

An ihrem Strohhalm kauend, sitzt Naturelle auf einem Hocker und schaut durch die Glastür. Doyle wartet im Schnee und besieht sich traurig die Passanten. »Eine Minute nur, Doyle«, flüstert sie. Naturelle nimmt kleine Schlucke von ihrem süßen Drink und sieht zu, wie der schwarze Hund in der Kälte zittert.

9

Mit zweiundzwanzig hätte Monty beinahe geholfen, den Filmstar Billy Marr zu ermorden. Monty hatte Kostya einen Monat vorher kennen gelernt, beim Abendessen in einem von Uncle Blues Restaurants in Brighton Beach. »Von jetzt an«, hatte Uncle Blue gesagt und sich den Bart mit einer roten Stoffserviette abgewischt, »arbeitet ihr beiden zusammen.« Er hat nie erklärt, warum er eine solche Zusammenarbeit für eine gute Idee hielt oder wie sie sich ihre Arbeit aufteilen sollten. Monty hatte Kostya zunächst nicht leiden können, es hatte ihn genervt, dass dieser Klotz ständig Witze reißen und große Sprüche klopfen musste, dass er sich einen antrank und dann auf der Straße Lieder von Bruce Springsteen zum Besten gab oder vor einer heruntergekommenen Kellnerin auf die Knie fiel und russische Gedichte deklamierte. Aber Kostya hatte Monty noch am ersten Abend »Freund« genannt; er ignorierte Montys schlechte Laune; er klopfte Monty weich mit seiner Gewissheit, dass sie dazu bestimmt waren, Kameraden zu werden. Monty wusste, dass der Ukrainer gefährlich war – im Türkischen Bad hatte er eines Abends die grobe Narbe gesehen, die auf Kostyas Bauch prangte, und Kostya war der Einzige, den er kannte, der tatsächlich mit einer Automatik unterm Kopfkissen schlief –, aber er brauchte jemand Gefährliches an seiner Seite. Monty allein war ein zu leichtes Ziel. Es gab Hunderte von *sugar bandits* in New York, Leute, die ihr Geld damit verdienten, dass sie Dealer ausraubten, *sugar men*. Dealer waren beliebte Opfer, sie schleppten kiloweise Geld mit sich herum und riefen nie die Polizei, wenn man sie ausnahm. Mit Kostya hatte Monty einen Leibwächter; allein seine Gegenwart wirkte schon einschüchternd.

Sie waren zu Billy Marrs Wohnung in Chelsea gefahren. Monty lehnte sich im Flur an die Wand und sah Kostya dabei zu, wie er an die Tür klopfte und die Klingel drückte und leise vor sich hin fluchte. Nach fünf Minuten Geklingel und Geklopfe ließ ein Mädchen, das Monty auf achtzehn schätzte, sie schließlich ein in eine Riesen-Fabriketage mit Betonböden und sieben Meter hohen Decken. Die Kleine hatte einen Morgenmantel aus schwarzer Seide an, der hinten mit einem chinesischen Drachen bestickt war; ein grünes Handtuch war um ihren Kopf gewickelt. Sie führte sie zu einer Sitzecke und verschwand, ohne ein Wort zu sagen. Sämtliche Möbel waren weiß. Über dem Kamin hingen drei mit Silberstift gezeichnete Frauenakte. Auf dem einen Sofa hingen drei dünne junge Männer herum, jeder eine große Flasche Bier im Schoß. Sie sahen Monty und Kostya kurz an und wandten sich dann wieder dem Fernseher zu, der einen Videozusammenschnitt von Flugzeugabstürzen zeigte: zwei Propellermaschinen, die über einer Rollbahn kollidierten; ein Kampfflugzeug, das in die Nase einer Transportmaschine krachte; ein Mann, dessen Fallschirm nicht aufgehen wollte, während er fiel und fiel und fiel. Die Kamera sah ihm vom Boden aus zu: Erst war der Mann nur ein kleiner Fleck am Himmel, dann wurde er größer und größer, bis in der Sekunde vor dem Aufschlag ganz groß und deutlich sein aufgerissener Mund zu sehen war. Der Mann schlug so hart auf den Wüstenboden auf, dass er wieder hochprallte.

»Autsch«, sagte Kostya. »Weiß von euch einer, wo Billy Marr ist?«

»Und wer seid ihr?«, fragte der eine Dünne, ohne den Blick vom Fernseher abzuwenden.

»Er hat uns angerufen«, sagte Monty. »Wir sind Freunde von Uncle Blue.«

Die Kleine in dem Morgenmantel war wieder aufgetaucht, sie schälte eine Mandarine. Der Frotteeturban war verschwunden. Sie hatte kurze, aschblonde Haare. »Hey«, sagte sie, »der *sugar man*.«

»Klasse«, meinte der Dünne und setzte sich auf. »Billy ist nicht da, Mann. Wir können so lange für ihn darauf aufpassen.«

Monty ignorierte ihn und wandte sich an die Kleine. »Uncle hat gesagt, wir sollen uns mit Billy treffen. Weißt du, wann er wieder da ist?«

»Er ist den ganzen Abend unterwegs«, sagte sie, ließ die Schalen auf den Boden fallen und brach die Mandarine durch. »Um wie viel geht's denn? Gianni, habt ihr Geld dabei?«

Die drei jungen Männer machten eine halbherzige Anstrengung, in ihren Hosentaschen zu wühlen.

»Zwölftausend Dollar«, sagte Monty. Die drei jungen Männer hörten mit ihrer Suche auf.

Die Kleine zuckte die Schultern. Bei dieser Bewegung ging das V ihres Morgenmantels weiter auf, und Monty bekam ein bisschen weiße Brust zu sehen. Er sah ihr wieder in die gelangweilten blauen Augen. Er wollte, dass die Kleine ihm ein Stück Mandarine anbot, aber das tat sie nicht.

»Warum lasst ihr es nicht einfach für ihn hier?«, sagte sie. »Auf ihn ist Verlass. Ist immerhin Billy Marr.«

Kostya lachte. »Auf gar keinen Fall.«

Sie spuckte einen Kern aus und ging Richtung Nebenzimmer. »Wenn ihr einen Moment wartet, mach ich ein paar Anrufe. Irgendwo wird er ja stecken.«

Es lief darauf hinaus, dass sie eine Stunde warteten. Gianni und seine Freunde zogen sich in ein anderes Zimmer zurück, und sie schnappten sich das Sofa. Kostya legte einen Arm um Montys Schultern und flüsterte dem Jüngeren ins Ohr: »Sehr dumm, was du gemacht hast.«

Monty konnte die Minze von Kostyas Mundwasser riechen und darunter Knoblauch. »Was hab ich denn gemacht?«

»Wir kennen diese Leute nicht, und du sagst ihnen: ›Zwölftausend Dollar‹. Du sagst ihnen: ›Wir sind Freunde von Uncle.‹ Du hast sie noch nie gesehen, und du sagst ihnen, was wir machen. Sehr dumm. Arsch mich nicht an, hörst du? Du weißt, dass ich schon zwei Mal drin gewesen bin. Ich will nicht den Rest meines Lebens in Gefängniswäscherei arbeiten.«

Sie sahen zu, wie ein Drachenflieger in Mexiko in eine Bergwand krachte, ein Hubschrauber in einen Fluss stürzte, einem Militärtransporter bei der Landung der Vorderreifen platzte und das Ding auf der Nase in einen Hangar rutschte.

»Herr im Himmel«, sagte Kostya. »Wer guckt sich so was an?«

Schließlich erschien die Kleine wieder, in schwarzen Nylon-Sportsachen und Basketballschuhen.

»Er hat gerade angerufen, er ist im Pierre. Habt ihr ein Auto? Ich kann euch die Zimmernummer geben.«

»Wir haben ein Auto«, sagte Kostya und stand auf. »Dann mal auf zu Mister Movie Star.«

Als sie vor Billy Marrs Zimmer im vierten Stock des Pierre Hotels ankamen, wurde die Tür von einem Wagen des Zimmerservice offen gehalten. Ein gänzlich unversehrter Hummer lag auf einem Algenbett, der eine leblose Fühler in eine Schale mit geschmolzener und wieder erstarrter Butter gesackt.

»Arme Sau«, sagte Kostya. »Völlig umsonst gestorben.«

Sie schoben den Wagen in den Flur und machten die Tür hinter sich zu. Drinnen war es dunkel. Billy Marr stand beim Fenster, rauchte eine Zigarette und sah sich den nächtlichen Verkehr auf der Fifth Avenue an. Er trug ein weißes T-Shirt und schwarze Jeans. Er war in Montys Alter, schlank und feingliedrig und berühmt für ein Lächeln, bei dem die Frauen alles vergaßen. Aber in der Dunkelheit sah er nichts sagend aus, ein schmaler Schatten. Er wandte sich um und winkte seine Besucher näher.

»Ihr seid von hier?«

»New York?«, fragte Monty.

Billy Marr lachte. »Dass ihr nicht vom Pierre Hotel seid, hab ich mir schon gedacht.«

»Ich bin aus Ukraine«, sagte Kostya. »Mein Freund, er ist aus New York.«

»Wo ist das Dakota?«, fragte der Schauspieler und zeigte zum Fenster.

Monty zeigte auf eine Reihe Gebäude am anderen Ende des dunklen Central Parks. »Da drüben. Wo genau, weiß ich nicht.«

»Da hat John Lennon gewohnt, zusammen mit Yoko Ono. Da ist er erschossen worden. Ich will da morgen mit meiner Freundin hin. John Lennon war ein Gott.«

Toller Gott, dachte Monty, der sich in seinem eigenen Block über den Haufen schießen lässt.

»Hört zu, Brüder«, sagte Billy Marr. »Ich fall jeden Moment um. Vor zehn Stunden war ich noch in London am Saufen.«

»Wir sind so weit, wenn Sie es sind«, sagte Kostya und lächelte. Seine falschen Vorderzähne leuchteten unnatürlich weiß.

Billy Marr starrte sie für einen Moment an, dann lachte er. »Ach klar, das Geld. Mein Gehirn ist immer noch in England.« Er zog seine Brieftasche aus der Gesäßtasche und holte einen Scheck heraus.

Nun war es an Kostya zu lachen. »Wir nehmen keine Schecks, Mr. Marr.«

»Ihr macht Witze.« Der Schauspieler runzelte die Stirn. »In LA bezahl ich immer mit Scheck.«

Kostya zuckte die Schultern. »Aber uns nicht, bitte.«

»Ihr denkt, er wäre nicht gedeckt? Ich wisch mir den Arsch ab mit Zwölftausend-Dollar-Schecks.«

»Wir nehmen American Express«, sagte Monty.

»Im Ernst?«

»Nein, nicht im Ernst. Wir haben uns drei Stunden lang den Arsch aufgerissen, um dich aufzutreiben. Was soll das?«

»Ruhig bleiben«, sagte Kostya und legte Monty eine schwere Hand auf die Schulter.

»Weißt du, wer ich bin?«, fragte der Schauspieler und sah Monty aus zusammengekniffenen Augen an. »Weißt du, mit wem du es zu tun hast. Ich bin Billy Marr.«

»Und ich bin Montgomery Brogan.«

»Ja, klasse. Hört zu«, sagte der Schauspieler zu Kostya. »Geld ist kein Thema. Falls es hier ein Problem gibt, vielleicht gibt's ja eins, vielleicht ist das eine Vertrauenssache, aber Geld ist kein Thema.«

»Das Thema«, sagte Kostya, »ist Geld.«

Billy Marr atmete geräuschvoll aus, dann stieß er Monty

seinen Zeigefinger in die Brust. »Ich will dir mal was zeigen, Bruder. Komm mit.«

Kostya ließ Montys Schulter los, und die drei gingen zu einer Seitentür, die das Wohnzimmer mit dem Schlafzimmer verband. »Dass ihr mir ja leise seid«, sagte der Schauspieler und schob die Tür auf.

Der Fernseher war an und goss sein blaues Licht über ein Vierpfostenbett: weiße Laken, Chintz-Federbett, schlafende Frau auf der Seite. Billy Marr ging auf Zehenspitzen zu ihr und sah ihr ins Gesicht. Langsam, langsam zog er ihr das Laken vom Körper, entblößte sie in ihrer schlafenden Nacktheit.

Sie war sehr schön, ihr Gesicht sah in dem Licht sehr zart aus. Ihr Brustkorb hob und senkte sich. Monty hatte das Gefühl, es wäre besser wegzuschauen, aber er schaute trotzdem hin: Er betrachtete ihre Schenkel, den Übergang zur Hüfte, ihre Brüste, die halb von einem Arm verborgen waren, ihren Mund, dessen Lippen leicht geöffnet waren, als wollte sie in dem Traum, den sie vielleicht gerade träumte, etwas sagen. Billy Marr lächelte Monty und Kostya an. Monty wandte sich ab und verließ das Schlafzimmer.

Kostya folgte ihm eine Minute später, kopfschüttelnd. Er trat ganz dicht an Monty heran und flüsterte: »Sie sieht aus wie meine Cousine Zoya. Ich hab dir Fotos gezeigt, nicht? Meine erste Liebe, Zoya. Sie hat einen Arm verloren, war schlimmer Unfall, sehr schlimm. In Fabrik. Aber sie ist immer noch schön. Nur ein Arm, aber schön.«

»Das ist Cassie Whitelaw.«

»Wer?«

»Cassie Whitelaw. Aus dem Fernsehen. Sag bloß, du kennst sie nicht! *St. James Infirmary?*«

»Der Song von Louis Armstrong?«

»Nein, das ist eine Fernsehserie. Sie ist eine Krankenschwester; sie ist in einen der Ärzte verliebt.«

»Hey«, sagte Billy Marr und schloss leise die Schlafzimmertür hinter sich. »Seht ihr, was mich erwartet, Jungs?«

»Deine Freundin?«, fragte Kostya.

»Zwölftausend Dollar sind ein Klacks für mich«, sagte Billy Marr. »Wenn ihr versteht, was ich meine.«

»Nein«, sagte Kostya. »Bis jetzt nicht.«

»Ich meine Folgendes: Nehmt das Zeug nicht einfach wieder mit. Jede Seite hat was, das die andere gern haben möchte. Oder liege ich da falsch?«

Kostya runzelte die Stirn und sah zu der geschlossenen Zwischentür. »Sie ist Nutte? Sie ist schön, ja, aber niemand ist zwölftausend Dollar schön.«

»Nein«, sagte der Schauspieler. »Ich geb euch das Geld morgen. Das ist sozusagen eine Anzahlung. Sie ist eine Freundin von mir. Ich sag ihr, dass ihr alte Kumpels von mir seid; dann ist sie nett zu euch. Sie ist keine Nutte, sie ist eine Scheiß-Schauspielerin. Sie amüsiert sich gern. Na, wie sieht's aus? Abgemacht?«

Monty spuckte aus. »Du kleiner Wichser«, sagte er, »hier Cassie Whitelaws Arsch zu verhökern.«

»Hast du sie noch alle? Scheiße, weißt du überhaupt, mit wem du es zu tun hast?«

»Mit einem kleinen Wichser, der kein Geld hat und in schlechten Filmen mitspielt.«

Billy Marr ballte die Fäuste und trat vor Monty hin. Monty stand da, und der Schauspieler blieb plötzlich stehen und lachte. »Das ist doch hirnlos. Du bist ein Nichts, Mann. Du bist ein popeliger kleiner Dealer, der sich irgendeinen russischen Schläger als Leibwächter mitgebracht hat.«

»Ukrainischen«, sagte Kostya.

»Morgen früh flieg ich nach LA und werde am Flughafen mit einer Limousine abgeholt. Morgen Nachmittag werde ich an meinem Pool in der Sonne sitzen und Champagner schlürfen, und du wirst an der Ecke stehen und irgendwelchen Teenagern deinen Dreck verkaufen. Das ist dein Leben. Du bist Geschichte. Den nächsten Film mit mir schaust du dir im Gefängnis an. Irgendein Dreihundert-Pfund-Nigger wird dir sein Ding in den Arsch rammen, und du wirst mein Gesicht im Fernsehen sehen, und ich werde mir einen grinsen, du Sackgesicht; lachen werd ich.«

»Außer ich knall dich ab heute Abend«, sagte Kostya.

Billy Marr sah den großen Mann an und blinzelte. »Hey«, sagte er. »Schon gut, hey. Das ist nicht so gut gelaufen heute Abend, stimmt's? Wir haben's richtig vermasselt, aber jetzt, wo wir Bescheid wissen, wird uns das nicht noch mal passieren. Stimmt's?«

»Mein Freund hier knallt gern Leute ab, mit denen es nicht so gut läuft«, sagte Monty. »Das macht man so in der Ukraine.«

Billy Marr schwieg für einen Moment. Kostya hatte eine Hand in die Manteltasche gesteckt, und der Schauspieler starrte auf die Manteltasche und schüttelte den Kopf. »Ich geh ins Bett, ja? Ich geh ins Bett, ich geh schlafen, und morgen haben wir die ganze Sache vergessen. Ja?« Er schob die Zwischentür auf und schlüpfte hindurch, machte sie zu und schloss hinter sich ab.

Als Kostya und Monty das Zimmer verließen, nahm Kostya den Hummer vom Servierwagen. Er versuchte ihn sich in die Manteltasche zu stecken, aber der Hummer war zu groß. Also trug er ihn in der Hand, während sie mit dem Fahrstuhl nach unten fuhren, während sie durch die Halle gingen, während der Hausdiener den Wagen holte.

»Hallo, wie geht's?«, fragte Kostya und schüttelte dem Hummer die Schere. »Ja ja, dieser Filmstar hat dich verarscht, ich weiß. Uns auch. Aber diese Frau, die war schön. Wenn du diese Frau gesehen hättest, ach, du wärst glücklich gestorben.«

Der Hausdiener fuhr mit Montys Corvette vor, und Monty gab ihm zehn Dollar Trinkgeld.

Ein Jahr darauf überfuhr Billy Marr die schöne Cassie Whitelaw und zermalmte ihr beide Beine, als sie ihm nach einer achtzehnstündigen Sauftour die Wagenschlüssel wegzunehmen versuchte. In der Folge musste er eine sechsmonatige Haftstrafe verbüßen, zwei Monate davon in einem nordkalifornischen Rehabilitationszentrum mit heißen Bädern und Beach-Volleyball-Platz.

10

Die Fußgängerampel schaltet um, und Slattery tritt auf die Straße. Jakob packt ihn beim Ellbogen. Ein getunter viertüriger Pick-up biegt mit hoher Geschwindigkeit um die Ecke und zieht eine Fahne schwerer Bassklänge hinter sich her, ein Nachbild der lachenden Gesichter des Fahrers und seiner Passagiere.

»Hab dir das Leben gerettet«, sagt Jakob und lächelt. Es gefällt ihm sehr, dass *er* das Auto hat kommen sehen, dass wider alle Erwartungen *er* derjenige mit den schnellen Reaktionen gewesen ist. Aber Slattery zeigt keine Dankbarkeit; er starrt dem davonschießenden Truck wütend hinterher.

»Hast du das gesehen? Sie haben uns ausgelacht! Diese kleinen Scheißer fahren uns fast über den Haufen, und dann lachen sie uns auch noch aus!«

»Idioten«, sagt Jakob. »Teenager.« Er fragt sich, ob es wohl welche von seinen Schülern gewesen sind, irgendeine Clique, die mit ihren Noten unzufrieden ist. Womöglich von Mary D'Annunzio angeheuert.

»Diese kleinen Arschlöcher.« Slattery steht immer noch am Bordstein und starrt durch den fallenden Schnee in die Richtung, in der der Truck verschwunden ist. »Kommen sich wohl stark vor hinter zwei Tonnen Stahl.«

Zehn Minuten später sitzen sie in einem chinesischen Restaurant am Fenster, und Slattery redet immer noch davon. »Diese Gören können nicht einmal ihre Namen schreiben, die sind in den *Achtzigern* geboren, Scheiße noch mal, und trotzdem heißt es: Ja, klar, haut rein, hier ist ein Führerschein, schnappt euch einen großen Truck und heizt richtig los, macht richtig einen drauf und kümmert euch nicht um dieses weiße Zeug, das ist bloß Schnee, fahrt so schnell, wie ihr Lust habt. Sollen sie wegen mir auch ruhig machen, zu Hause in Jersey oder sonst wo, wenn sie ihr Auto unbedingt zu Klump fahren wollen. Aber müssen sie nach New York kommen und *mein* Leben aufs Spiel setzen?«

Jakob sieht aus dem Fenster. Eine Frau kämpft mit ihrem Regenschirm, versucht ihn wieder zurückzustülpen, während der Schnee sich in ihren verwirrten roten Haaren sammelt. Jakob sieht, wie sie sich abmüht, und verliebt sich in sie. Jakob verliebt sich ständig in Frauen, denen er durchs Fenster zusieht, wie sie mit ernster Entschlossenheit drauflos marschieren, wohin auch immer. Jedenfalls nicht zu mir, denkt er trübsinnig und verdreht dann die Augen über so viel Selbstmitleid. Er schenkt Slattery und sich Tee ein.

Der Ober kommt, um ihre Bestellung aufzunehmen. Er macht ein finsteres Gesicht, als er ihre Wahl hört, und greift sich wortlos die Speisekarten. Jakob stellt sich den Ober als den großen Dichter seiner Generation vor, der wegen seiner regimekritischen Äußerungen zur Flucht aus China gezwungen gewesen ist und sich nun seinen Lebensunterhalt damit verdienen muss, kulturlosen Leuten geschmackloses Essen aufzutischen.

Slattery zeigt mit dem Kinn zum Fenster. »Kommt ganz schön was runter.«

»Sie haben dreißig Zentimeter angesagt«, erwidert Jakob. Er versucht, aus den wirbelnden Blättchen am Boden seiner Tasse die Zukunft zu lesen. Was wird aus Monty werden? Wo ist er gerade, draußen im Schnee oder irgendwo im Warmen, und was denkt er gerade, und hat er Angst? Er muss Angst haben, nur dass Jakob sich gar nicht vorstellen kann, dass Monty Angst hat, dass Monty ein ängstliches Gesicht macht. Nicht dass er so mutig wäre – eher fehlt ihm etwas. Manchmal fragt Jakob sich, ob Monty andere Menschen überhaupt als real begreift, als gefährlich.

Slattery betrachtet sein geisterhaftes Spiegelbild im Fenster, ein Gespenst im Schnee, dem die Haare ausgehen. Er betrachtet Jakob mit seiner Haarpracht. Was für eine Verschwendung, denkt Slattery.

»Neulich hab ich diese Berechnungen angestellt, und da rangierst du bei Zweiundsechzig.«

Jakob sieht auf. »Bei was?«

»Bei Zweiundsechzig. Alle Junggesellen von New York, also alle, die nicht schwul sind, kämpfen um die vorhandenen Frauen, stimmt's? Genauso wie High School-Abgänger um die guten Studienplätze kämpfen.«

Jakob macht den Mund auf, um etwas zu sagen, macht ihn zu, macht ihn wieder auf. »Und ich rangiere bei Zweiundsechzig?«

»Genau.«

»Mit anderen Worten, ich bin besser als zweiundsechzig Prozent der New Yorker Junggesellen.«

»Du rangierst über ihnen, genau.«

»Aber schlechter als ... wie viel, achtunddreißig Prozent?«

»Siebenunddreißig. Hundert Prozent geht ja nicht.«

Der Ober kommt mit einem Tablett zugedeckter Servierplatten aus Aluminium. Er arrangiert die Platten auf dem Tisch und nimmt die Deckel ab: ein traurig vor sich hin dampfender Gemüseberg für Jakob, ein glitzernder Haufen Fleischstücke für Slattery.

Jakob bricht sein Paar Holzstäbchen entzwei. »Und warum ausgerechnet bei Zweiundsechzig?«

»Dort rangierst du eben. Das ist eine hochkomplizierte Berechnung.«

»Ach so, das ist eine hochkomplizierte Berechnung. Na, dann ist's ja gut. Wenn es nur eine hochkomplizierte Berechnung ist. Und wo rangierst du? Was ist bei dir herausgekommen?«

»Neunundneunzig«, sagt Slattery, greift sich mit den Fingern einen Kloß und taucht ihn in den Sojasoßensee auf seiner Platte.

»Donnerwetter. Und wer hat diese Berechnungen angestellt?«

»Ich.«

»Ach so, verstehe. Du hast diese Berechnungen angestellt. Und du rangierst bei Neunundneunzig. Ist ja hochinteressant. Und worauf basieren diese Berechnungen? Welche wissenschaftliche Grundlage haben ...«

»Jetzt reg dich bloß nicht auf«, sagt Slattery durch einen Mundvoll Schweinefleisch und Lauch. »Es ist ein System. Das heißt doch nicht, dass du irgendwie minderwertig bist.«

»Als Junggeselle eben.«

»Nein. Da bist du besser als der Durchschnitt.« Slattery bläst Dampf in die vor den Mund gehaltenen Hände. »Heiß. Du hast dir diesen Haufen Grünzeug bestellt, und jetzt isst du gar nichts.«

Jakob spießt ein Stück Ruten-Kohl mit dem Ess-Stäbchen auf. »Und was sind die Kriterien?«

»Willst du auch einen Kloß …? Also, zunächst einmal Geld. Du machst keins. Damit kommst du schon mal nicht unter die oberen zehn Prozent.«

»Die oberen zehn Prozent von was? Die oberen zehn Prozent der Börsenzocker?«

»Die oberen zehn Prozent, Punkt. Zweitens, du bist zu klein. Keine Beleidigung, aber eine Menge Frauen wollen nicht mit jemandem zusammen sein, der kleiner ist als sie. Warum regst du dich so auf? Das ist eine Tatsache. Wie groß bist du, einsfünfundsechzig?«

»Ich bin einssiebzig.«

»Du bist nicht einssiebzig.«

Jakob schleudert mit seinem Ess-Stäbchen ein Stück Ruten-Kohl nach Slatterys Gesicht; Slattery fängt das Blatt in der Luft auf und stopft es sich in den Mund.

»Leck mich«, sagt Jakob, aber es klingt nicht. Wenn Jakob flucht, dann mit Verzögerung; jedes Leckmich und Scheißdrauf kommt als bewusst ausgewählt rüber. In Montys und Slatterys Rede wimmelt es von Flüchen, und bei ihnen klingt es ganz natürlich.

Slattery zuckt die Schultern. »So ist das eben, Mann. Lass dich doch davon nicht runterziehen.«

Aber Jakob hat sich schon runterziehen lassen. In der High School hat er sich damit getröstet, ein Spätentwickler zu sein, der pickelige Jungmann, der im Film immer von merkwürdig aussehenden Jungs mit Hosenträgern verkörpert wird, die die erste Spule lang nur gehänselt und gedemütigt werden, um ihre Unschuld bis zum Abspann an eine Schulschönheit zu verlieren. Jakob findet, dass auch ihm dieses Ende zusteht; er wartet jetzt seit zehn Jahren geduldig darauf. Natürlich ist er kein Jungmann mehr – Jakob hat mit drei verschiedenen Frauen geschlafen, die alle nett und auch irgendwie attraktiv gewesen sind. Aber nur *drei?* Mit sechsundzwanzig Jahren bloß drei Frauen? Sicher, er sollte da nicht statistisch rangehen, er will ja nicht Hank Aarons Homerun-Rekord brechen. Aber es ist hart, wenn die eigenen Freunde im ersten Jahr auf der High School kräftig am Rummachen sind und man selbst sich im Kabel irgendeine Nudisten-Talkshow ansehen darf; es ist hart, *Der große Gatsby* zu unterrichten und über Daisy zu reden und festzustellen, dass bei den eigenen Schülern mehr abgeht als bei einem selber; es ist hart, mit sechsundzwanzig Jahren immer noch den pickeligen Jungmann abzugeben, bloß dass man nicht mehr pickelig und kein Jungmann mehr ist.

In den letzten drei Wochen hat sich sein allabendliches Wichsen um Mary D'Annunzio gedreht, und das macht Jakob zutiefst fertig. Ich bin kein Perversling, sagt er sich, aber es fällt ihm schwer, das zu glauben. Sie ist zu jung, er weiß, dass sie zu jung ist, er weiß, dass er sie nicht anrühren wird, aber Herrgott noch mal, sie will ihm nicht aus dem Kopf. Und wenn ich drei Jahre warte?, denkt er. Ich könnte so lange warten. Könnte zu dem College hochfahren, auf dem sie dann ist, und ihren Namen im Verzeichnis der Studierenden nachschlagen. Und dann … was? Sie einfach anrufen? Was würde ich dann sagen?

Hallo, Mary? Mary D'Annunzio? Hier ist … erkennen Sie meine Stimme? Nein? Ich bin's, Mr. Elinsky! Von der Campbell-Sawyer.

Herrgott, ist das blöd, denkt Jakob. Lieber rauskriegen, wo sie wohnt, und dafür sorgen, dass ich ihr zufällig über den Weg laufe.

Mary? Mary D'Annunzio? Meine Güte, was machen Sie denn hier? Sie studieren hier, ja klar, das hatte ich vollkommen … Ach, ich besuche nur gerade ein paar Freunde. Was für eine nette Über-

raschung, Ihnen mal wieder über den Weg zu laufen ... Bitte? ... Natürlich, Sie können mir alles sagen, was Sie wollen ... Nein, sagen Sie es mir ruhig, ich bitte Sie darum. Bei mir sind Geheimnisse gut aufgehoben. ... Sie sind damals in mich verknallt gewesen? Im Ernst ...? Nein. Nein, das muss Ihnen nicht peinlich – das ist doch ... na ja, ob so viele Mädchen, weiß ich nicht. Ein paar vielleicht.

»Was grinst du denn so?«, fragt Slattery.

»Und wieso rangierst du bei Neunundneunzig? Das möcht ich gern wissen.«

»Na ja, ich ...«

»Abgesehen von deinem Einkommen.«

Slattery zögert. »Also ...«

»Dein Haarausfall müsste doch Punktabzug geben, oder nicht?«

»Nein, ganz und gar nicht. Der würde eine Frau bloß stören, wenn er mich stört.«

»Er stört dich doch«, sagt Jakob.

»Nein, tut er nicht.«

»Natürlich stört er dich. Wenn er dich nicht stören würde, würdest du dir doch nicht zweimal am Tag dieses Zeug auf den Kopf schmieren.«

Jakob weiß, dass es gefährlich wird, auf einer Sache weiter herumzureiten, wenn Slattery diesen Blick mobilisiert, wenn er einen anschaut, als wäre man eine Fliege, die über den Fernseher läuft, aber Jakob weiß auch, dass er damit durchkommt. Ihm würde Slattery nie eine knallen. Trotzdem muss Jakob wieder daran denken, wie Slattery einmal in der Verlängerung einen Ringkampf verloren hat, im letzten Jahr, seinen ersten Kampf als Mannschaftskapitän. Anschließend saßen sie nebeneinander in der Umkleide, und Jakob versuchte seinen Freund aufzubauen. Slattery wiegte sich mit geschlossenen Augen vor und zurück, ein weißes Handtuch über dem Kopf, und der Schweiß lief ihm das nackte Kreuz hinunter. Er ächzte, ein langes, dumpfes Ächzen, dann beugte er sich vor und knallte seine Linke in den gegenüberliegenden Spind. Ohne etwas zu sagen stand er auf und ging unter die

Dusche. Jakob saß da, allein auf der Holzbank, und starrte die eingedrückte Spindtür an. Das obere Scharnier war komplett abgerissen.

Slattery fischt mit den Fingern ein nicht aufgequollenes Korn aus seinem gebratenen Reis, inspiziert es und schnippt es weg. »Haare sind kein Thema.«

»Sind Tischmanieren ein Thema? Dieses glänzende Teil links neben deinem Teller ist eine Gabel. Reis isst man mit Stäbchen oder mit der Gabel – oder meinetwegen auch mit einem Löffel –, aber Erwachsene essen ihren gebratenen Reis jedenfalls nicht mit den Fingern. Du weißt überhaupt nicht, wie man sich benimmt. Du verbringst die ganze Woche damit, irgendwelche ausländischen Staatshaushalte zu ruinieren oder was du da sonst so treibst, und wenn du dann rauskommst aus deinem Büro und wieder in dieser merkwürdigen Welt bist, die man *Realität* nennt, dann hast du keine Ahnung, wie du dich benehmen sollst. Und wie steht's mit Monty? Wo rangiert der auf deiner tollen Skala?«

»Monty? Monty geht ins Gefängnis. Das macht eine glatte Null.« Slattery hebt sich halb aus dem Stuhl und streckt sein linkes Bein durch, bis es leise *plopp!* macht.

»Geht's dir gut?«, fragt Jakob. »Die Kriegsverletzung wieder?«

Aber Slatterys Gesicht ist dunkel, seine Nüstern beben. »Diese kleinen Scheißer hätten mich fast umgebracht.«

»Wer?«

»Diese Idioten in dem Edel-Pick-up. Die wollten mich über den Haufen fahren.«

»Da wirst du jetzt den ganzen Abend drauf rumreiten, stimmt's?«

»Ich würd sie gern in die Finger kriegen. Bei Gott. Wollen wir doch mal sehen, wie hart sie dann drauf sind. Gib mir mit jedem von ihnen fünf Minuten in einem abgeschlossenen Raum. Nur fünf Minuten. Dann wollen wir mal sehen.«

»Komm und iss deine Rippchen. Sie werden kalt.«

Ich bin von lauter Irren umgeben, denkt Jakob. Der Ober ist ein zorniger Exilant; mein bester Freund ist ein Berserker;

der Mann, der gerade am Fenster vorbeigeht, ist auf dem Weg nach Hause, um seine Frau umzubringen. Diese Stadt ist ein Irrenhaus. Was hab ich hier verloren?

Aber Jakob ist sich darüber im Klaren, dass er nie von New York wegziehen wird. Er hat nach dem College für ein Jahr in Seattle gelebt, und das hat es nicht gebracht. Er kam sich wie ein lebendes Klischee seiner Generation vor – er hat in einem Coffee Shop gearbeitet, Herrgott noch mal, und sich sogar einen Zickenbart stehen lassen. Nach einer Weile ging ihm auf, dass ihm die Musik, die er angeblich so toll fand, eigentlich überhaupt nicht gefiel, dass ihm aus lauter Vorfreude auf die zehntausend Kilometer Mountainbike-Strecken im Umland eben doch keiner abging, dass er sich in der Gegenwart seiner tätowierten und gepiercten Mit-Espressomahler vorkam wie die Ulknummer in einem längst aus der Mode gekommenen Musikvideo. Er fuhr vor dem Passahfest zum Sederabend nach Haus und begriff, dass er sich nach der Stadt sehnte und dass mit *Stadt* immer nur eine gemeint sein konnte. Wohin er auch ging, überall flehten ihn die Leute an, wieder zurückzukommen. Komm zurück, sagte die lederbehoste Schönheit an der Kasse einer Boutique auf der Madison Avenue; komm zurück, sangen die ekelhaften Vorzeigeangestellten im U-Bahnhof Union Square; komm zurück, riefen die Hotdog-Verkäufer draußen vor dem Metropolitan Museum; komm zurück, Jakob, komm zurück, schrie die ganze Stadt, komm zurück, und wir schreiben deinen Namen mit der Fensterbeleuchtung auf das Empire State Building.

Slattery brütet über seinem Teller Knochen. Seine Mundwinkel zucken. »Wie läuft's auf der Arbeit?«, fragt Jakob. Er hat das Gefühl, seinen Freund von dessen Gewaltfantasien ablenken zu müssen. Slattery scheint in der kalten Jahreszeit immer am mürrischsten zu sein: auf der High School hat er sich jeden Winter auf ein bestimmtes Gewicht runtergehungert, auf dem College auch. Das scheint ihm immer noch in den Knochen zu stecken.

Ein paar Sekunden lang sagt Slattery nichts. Dann: »Toll. Alle fahren voll auf mich ab.«

»Du hast Senf am Kinn«, sagt Jakob.

Slattery wischt ihn mit dem Handrücken ab. »Wir müssen los. Ich hab Monty gesagt, dass wir uns um zehn mit ihm treffen.« Er macht den Ober auf sich aufmerksam und deutet das Unterschreiben einer Rechnung an.

»Das heißt um halb zwölf, nach M.B.Z.«

»Ich sag dir was, mit der Monty-Brogan-Zeit hat es sich bald. Noch ein paar Stunden, und für ihn gilt die Bundeszeit.«

Jakob schüttelt den Kopf und sieht zu, wie auf der Sixth Avenue der Verkehr durch den Schnee rollt. »Ich find es einfach irgendwie nicht fair.«

»Was denn?«

»Irgendein Typ sticht seiner Frau ein Messer in den Kopf«, sagt Jakob, »und nach drei Jahren ist er wieder draußen. Monty hat vorher nie irgendwelchen Ärger gemacht, er hat niemanden erschossen, er hat niemandem einen Baseballschläger über den Kopf gezogen, und jetzt soll er für sieben Jahre hinter Gitter? Das ist nicht richtig.«

Slattery lässt sich vom Ober die Rechnung geben, überfliegt kurz die Posten und gibt ihm seine Kreditkarte.

»Wie viel schulde ich dir?«, fragt Jakob.

»Lass gut sein.«

»Nein, wieso? Ich kann doch ...«

»Lass gut sein, Jake. Ist schon in Ordnung.«

Jakob lässt sich in seinen Stuhl zurückfallen. »Jedenfalls finde ich es einfach nicht fair.«

»Das sagtest du bereits. Du sagst seit zwei Wochen nichts anderes. Trotzdem ist es Schwachsinn.«

»Schwachsinn? Findest du das etwa gerecht? Findest du etwa, dass Monty das verdient hat ...«

»Hey, wir waren doch zusammen auf Aaron Haddads Beerdigung. Weißt du noch wie seine Mutter ausssah? Sie mussten sie praktisch reintragen.«

»Weiß ich noch.«

»Die Bank, in der wir gesessen haben, hat gebebt. Den ganzen Gottesdienst hindurch hat die Bank gebebt. Und ich hab gedacht – unter uns fährt keine U-Bahn, wir sind auf der

Madison Avenue. Warum also bebt diese Bank so? Und dann seh ich die Bank runter, und da sitzen diese drei Mädchen, diese drei hübschen Mädchen, und heulen sich die Augen aus. Sie waren dermaßen am Heulen, dass die ganze Bank gebebt hat. Tja, und das Dreckszeug, das Aaron umgebracht hat, ist genau das Dreckszeug, das Monty vertickt. Also hör auf mir zu erzählen, wie unfair es ist, dass der arme Monty in den Knast muss.«

Der Ober kehrt mit der Kreditkartenabrechnung an ihren Tisch zurück. Slattery unterschreibt und steckt die zweite Ausfertigung ein.

»Als ich das mit Aaron erfahren habe«, sagt Jakob, »da hab ich nicht gedacht: Junge, ich hoffe, sie finden den Typen, der ihm das Zeug verkauft hat. Ich hab gedacht: Dieser blöde Hund, hat sein Leben einfach weggeworfen. Niemand hat Aaron zu irgendwas gezwungen. Er hat seine Wahl getroffen und sich alles versaut. Weißt du was? Es tut mir Leid, ich weiß, wie fies das klingt, aber scheiß auf Aaron. Mike Feaney hat Knochenkrebs gekriegt und ist vier Jahre lang daran verreckt, und er hat die ganze Zeit lang gekämpft. Und Aaron schmeißt sein Leben einfach weg. Scheiß auf Aaron.«

»Na toll, und scheiß auf seine Mutter auch gleich noch oder was. Der Junge hat einen Fehler gemacht. Herrgott, Jakob, man macht eben Fehler, wenn man jung ist. Deshalb ist man doch noch kein schlechter Mensch.«

»Ich hab nicht gesagt, dass er deshalb ein schlechter Mensch gewesen ist«, sagt Jakob.

»Und deshalb hat er es auch nicht verdient zu sterben. Wie oft hab ich mir auf dem College richtig die Kante gegeben und mich dann ins Auto gesetzt und Pizza geholt? Jedes Wochenende? Und wenn ich mich auf dem Freeway zu Matsch gefahren hätte, hättest du dann auch gesagt: Scheiß auf Slattery, der hat's nicht anders verdient?«

»Wenn du betrunken Auto gefahren wärst, klar. Blöder Idiot, hätte ich gedacht. Aber gefehlt hättest du mir trotzdem. Und ich würde dem Barmann nicht vorwerfen, dass er dir Bier verkauft hat.«

Slattery schließt die Augen und reibt sich die Nasenwurzel. »Red keinen Scheiß. Monty hat sein Geld mit der Abhängigkeit anderer Leute verdient. Er hat eine Corvette gefahren, die Süchtige bezahlt haben. Und wenn du mir noch so viel Blödsinn erzählst, so sieht es nun mal aus. Und er hat sich schnappen lassen, und er kommt in den Knast, und weißt du was? Er ist mein bester Freund auf der ganzen Welt – du und er, ihr seid meine besten Freunde auf der ganzen Welt –, und ich liebe ihn wie einen Bruder, und leck mich, verdient hat er's trotzdem.«

Aber Jakob weiß, dass es nur einen besten Freund geben kann, nur einen, der die Hochzeit ausrichtet. Er wirft die Hände in die Luft. »Klasse. Wirst du ihm das sagen? Wirst du sagen: Hey, Monty, tut mir Leid wegen morgen, Bruder, aber du hast es nicht anders verdient?«

»Nein«, sagt Slattery und steht auf. »Das sag ich dir, und es bleibt unter uns. Und jetzt auf zu ihm.«

11

»Pass auf«, sagt Kostya. Er macht den Rücken rund und feuert zwei linke Jabs ab, so wuchtig, dass seine beringte Faust dabei verschwimmt. »Siehst du? Ganz gerade Linie. Du willst nicht im Bogen herumkommen. Das gibt's bloß im Kino, nicht? Sylvester Stallone feuert *Riiiesen*-Schlag ab, so ...« Er führt den ungeeigneten wilden Schwinger vor. »Du willst schnell sein, nicht? Schnell. Was ist der schnellste Weg von A nach B?«

»Die gerade Linie«, sagt Volandes.

»Die gerade Linie. Ja. Punkt A ist meine Faust hier, Punkt B ist sein Kinn. Siehst du? Warte, ich will mir nicht ins Hemd schwitzen.« Kostya knöpft sich das orangefarbene Seidenhemd auf. »Das hab ich in Miami gekauft.«

»Hey, willst du dich in meinem Büro nackt ausziehen, oder was?« Volandes sitzt am Schreibtisch seines engen, fensterlosen Büros und hat die Hände hinter dem Kopf verschränkt. Die Wände sind mit gerahmten Fotografien von Volandes und der New Yorker Halbprominenz behängt: der Wetterfrosch eines lokalen Fernsehsenders, der Bürgermeister der Bronx, ein Fänger der New York Yankees, ein Radio-Deejay, Models, Schauspieler, Sängerinnen. Auf sämtlichen Bildern stellt Volandes, ein kleiner Mann mit einer schwarzen Lockenmähne, das immer gleiche Zahnlückengrinsen zur Schau, das Nachtklubgeschäftsführergrinsen. Die Prominenten lächeln müde in die Kamera.

»Du hast keine Ahnung von guter Kleidung, mein Freund. In Seide schwitzt man nicht.«

Kostya legt das Hemd sorgfältig zusammen und deponiert es auf Volandes leerem Schreibtisch.

»Ich trag keine Seide. Zu mühsam zu waschen. Du wirst fett, Novotny.« Volandes kann die Augen nicht von dem Holster hinten an Kostyas Gürtel abwenden. Aus dem unten offenen Leder lugt der schwarze Stahllauf einer Automatik hervor.

»Seide ist wie Haut vom Schenkel einer Jungfrau«, sagt Kostya und streckt die dicken Arme über den Kopf. »Frauen sehen einen Mann in Seide, und sie wissen, er hat Stil. Sie wissen, er hat Geld. Jetzt pass auf.«

Volandes lacht. »Sie wissen, er hat Stil, weil er die Haut vom Schenkel einer Jungfrau trägt?«

»Pass auf. Amerikanische Boxer, sie lernen im Ghetto kämpfen. Sie sind Streetfighter. Manche sind sehr gute Streetfighter, aber ohne Technik, ohne Kunst. Das hier ist amerikanischer Boxer.« Kostya feuert eine Links-Rechts-Links-Kombination ab, mit hoch erhobenem Kopf. »Gute Schläge, ja, aber guck.« Er wiederholt die Kombination. Sein behaarter Bauch schaukelt sachte dabei. »Keine Deckung. Siehst du? Gesicht ist ...«

»Ungeschützt.«

»Ja, Gesicht ist ungeschützt. Körper auch! Amerikanische Boxer, sie zielen nie auf Körper. Jeder will Knockout schlagen. Sie wollen den Treffer der Treffer landen. Keine Disziplin, diese Kämpfer. Wo ich herkomme, Ukraine, wir trainieren von klein auf, und wir lernen Technik. Amerikanische Boxer sehr gute Athleten. Aber Technik, nein.«

»Wie kommt's dann, dass es keine ukrainischen Champions gibt?«

»Amateurchampions haben wir. Aber unsere Boxer kämpfen erst seit fünf, sechs Jahren in andere Länder. Bald werden wir Champion haben.«

»Der wirst aber nicht du sein, Kumpel. Nicht mit der Wampe.«

Kostya zuckt die Schultern. »Frauen mögen Männer mit Fleisch auf Rippen. Siehst du die hier?« Er fährt mit den Fingern eine lange, grobe Narbe entlang, von seinem Nabel hinunter zum Bund seiner Wollhose. »Als ich zwölf war, ich erwische Soldaten, wie er meine Mutter vergewaltigt. Ich schreie, ich schlag ihn, ich versuche ihm in die Eier zu treten. Er zieht Messer und schlitzt mich auf. Meine Mutter, sie versucht, sie mir wieder reinzuschieben. Meine … wie sagt man, Schlingen?« Kostya malt mit dem Finger Schlingen in die Luft.

»Därme?«

»Meine Därme kommen raus. Also schiebt sie sie wieder rein. Sehr schlimm. Aber guck …« Kostya schlägt sich mit der Faust auf die Brust. »Ich hab's überlebt. Bin großer Mann jetzt. Später erfahre ich, er hat meine Mutter nicht vergewaltigt. Tja. Was soll ich sagen? Er war gar nicht so schlechter Mensch. Er hat mich in Krankenhaus gefahren.«

»Nachdem er dich aufgeschlitzt hat?«

»Ja, aber er hat sich große Vorwürfe gemacht. Ich hab ihm Schrecken eingejagt. Er ist frisch aus Afghanistan zurück. Also schlitzt er mich auf, ja, aber dann er fährt mich in Krankenhaus, und wir werden Freunde.«

Volandes pfeift. »Und ich dachte, die Bronx wär Scheiße.«

»Dieser Mann, dieser Soldat, er ist jetzt mein Schwiegervater.«

»Dein Schwiegervater?«

»Nein nein, wie sagt man, wenn er meine Mutter heiratet …«

»Stiefvater?«

»Stiefvater! Ja. Er ist mein Stiefvater. Immer noch in Ukraine, mit meiner Mutter zusammen. Guter Mann. Ich schick ihnen Geld; es geht ihnen gut. Kein Geld in Ukraine.«

»Wo wir grad von Geld reden«, sagt Volandes, »erzähl mir von heute Abend.«

»Frauen sind verrückt nach Narben«, sagt Kostya und reibt sich die zerklüftete Haut.

»Du weißt alles über Frauen, was? Wenn du so viel über Frauen weißt, wie kommt's dann, dass du nachts um fünf immer mit irgend so 'ner Mutter abziehst?«

»Frauen sind verrückt nach Narben«, sagt Kostya noch einmal. »Sie wissen, ein Mann hat Narbe, er hat was erlebt.«

»Du meinst also … Warte mal, ich will sehen, ob ich das kapiert habe. Du meinst also, Frauen stehen auf fette Kerle im Seidenhemd, die Narben haben? Aknenarben, zählen die auch?« Volandes fährt mit den Händen über seine pockennarbigen Wangen. »Das Fett hab ich ebenfalls. Gut, jetzt erzähl mir, was heute Abend laufen soll.«

»Wir brauchen den VIP-Raum. Mit zwei Leuten Personal. Wer ist an der Tür, Khari?«

»Es ist Donnerstagabend. Du willst, dass ich den VIP-Raum die ganze Nacht dicht mache?«

»Uncle Blue will den VIP-Raum.«

Volandes seufzt. »Na schön. Wenn er unbedingt will – ist ja sein Laden. Wird mordsmäßig was los sein heute Abend. Dieser Deejay, den ich gebucht habe, irgendso 'n Bursche aus Queens, der ist wie Jesus Christus grade. Egal wo er ist, er schart immer seine Jünger um sich. Die Kinder von sämtlichen High Schools der fünf Boroughs werden heute Abend hier rein wollen.«

Kostya nimmt sein orangefarbenes Hemd und schlüpft hinein. »Minderjährige? Sehr gefährlich. Willst du, dass Polizei kommt?«

»Nein«, sagt Volandes. »Ich hab gesagt, dass sie rein wollen. Ich hab nicht gesagt, dass sie auch reinkommen.«

»Macht Khari den VIP-Raum heute?«

»Nein, Khari arbeitet vorne. Ich brauch ihn draußen – bei der Hölle, die da los sein wird. Wenn du früher damit gekommen wärst, hätte ich gesagt, macht das an einem anderen Abend. Die drehen komplett durch, wenn dieser Deejay auflegt.«

»An einem anderen Abend?«, fragt Kostya und schiebt sich das zugeknöpfte Hemd in die Hose. »Montgomery geht morgen ins Gefängnis. Du willst, dass wir die Party für ihn morgen machen?«

»Wie wär's mit gestern gewesen? Gestern war nichts los hier.«

Kostya macht ein finsteres Gesicht. »Mein Freund geht morgen für sieben Jahre ins Gefängnis. Und du erzählst mir was von voll? Von deinem Deejay?«

»Schon gut«, sagt Volandes und hebt die Hände. »Tut mir Leid. Ich kann Monty gut leiden; er ist in Ordnung. Also gut, zwei Leute für den VIP-Raum. Ich werd Oscar an die Tür stellen. Mädchen?«

»Zwei Mädchen. Vielleicht auch drei. Er steht auf – er steht auf alle möglichen, aber am meisten auf kleine, dunkle. Puerto-Ricanerinnen. Er steht auf Puerto-Ricanerinnen.«

»Lässt sich machen.« Volandes greift zum Hörer und drückt einen Knopf. »Roz und Maggie sollen kommen ... Was? Wo ist sie abgeblieben ...? Ach, du Kacke. Dann treibt sie auf, ja? Und sag Roz, dass sie bei mir vorbeischauen soll.« Er legt den Hörer wieder auf die Gabel.

»Champagner«, sagt Kostya. »Er steht auf Champagner.«

»Was meinst du, sechs Flaschen?«

»Zwei Kartons. Cristal.« Volandes lächelt. »Hat einen teuren Geschmack, dieser Monty. Wenn ihr Cristal wollt, will ich das von Uncle hören. Dieses Zeug ist zu ...«

Kostya legt die schweren Hände auf Volandes Tisch und sieht dem kleinen Mann ins Gesicht. »Mein Freund geht morgen für sieben Jahre nach Otisville. Und du sitzt hier ...«

»Ist ja schon gut«, sagt Volandes.

»Zwei Kartons.«

»Meinetwegen. Was noch?« Volandes tippt sich an den Nasenflügel.

»Nein«, sagt Kostya. »Das nicht.«

Eine schlanke Frau mit bronzefarbener Haut und gebleichten Haaren kommt herein.

»Himmel, Roz«, sagt Volandes. »Was hast du mit deinem Kopf angestellt?«

»Ich hab mir gestern die Haare gefärbt.«

»Du hast dir gestern die Haare gefärbt. Ja, klasse. Wer hat gesagt, dass du das machen sollst? Schon gut, vergiss es. Du hast Glück heute Abend – du wirst einen Freund von uns kennen lernen. Der sieht wie ein Filmstar aus, unser Freund. Was bist du, Puerto-Ricanerin?«

»Jemenitin«, sagt sie.

»Jemenitin?« Volandes hebt die Brauen. »Na, was soll's. Du erzählst ihm jedenfalls, dass du Puerto-Ricanerin bist. Unser Freund steht auf Latinas.«

»Ich bin keine Puerto-Ricanerin.«

»Ich weiß, dass du keine Puerto-Ricanerin bist. Du brauchst ja auch nicht groß zu schauspielern. Halt einfach den Mund, wenn du mit ihm zusammen bist, ja? Nein, hey, Mund halten. Fang gleich mal an zu üben. Kein Gequatsche, ja?«

»Jemen«, sagt Kostya. »Jemen grenzt an Saudi-Arabien und Oman. Ja?«

Roz schmunzelt. »Du bist kein Amerikaner.«

»Ich bin aus Ukraine.«

»Amerikaner«, sagt Roz, »haben keine Ahnung, wo was liegt.«

»Hoppla«, sagt Volandes. »Wenn der Jemen und die Ukraine so toll sind, warum seid ihr dann beide hier?«

»Bildung«, sagt Kostya, »ist sehr schlecht in Amerika. Ihr kennt eure eigene Geschichte nicht. Weißt du, wann euer Bürgerkrieg war?«

»Unser Bürgerkrieg, von wegen«, sagt Volandes. »Meine Eltern sind 1959 hergekommen.«

»Dieses Hemd«, sagt Roz und reibt das Gewebe von Kostyas Hemd zwischen Daumen und Zeigefinger, »sehr schön.«

»Gefällt's dir? Seide.«

»Sehr schön.«

»Dieses Hemd hab ich in Hongkong gekauft. Die machen beste Hemden der Welt in Hongkong.«

»In Miami machen sie auch ganz gute Hemden«, sagt Volandes.

»Euer Freund«, sagt Roz. »Er ist bekannter Schauspieler?«

Kostya nickt. »Sehr bekannt. Viele Filme. Schaust du gerne Filme an?«

»Gute Filme schon.«

»Ich glaube«, sagt Kostya, »wir zwei können heute Abend eine Menge Spaß haben.«

»Wir zwei und Freund?« Roz sieht zu Volandes und schüttelt den Kopf. »Nein, zu viel.«

»Nein«, sagt Kostya. »Nur wir zwei.« Er zieht einen prallvollen Geldclip aus seiner Gesäßtasche und wirft ihn auf

Volandes Schreibtisch. »Wir zwei haben Spaß heute Abend. Ich zeig dir was«, sagt er und fängt an, sein Hemd aufzuknöpfen.

»Was hast du vor?«, fragt Volandes. »Willst du den Champagner auch gleich noch trinken oder was?«

»Sie ist keine Puerto-Ricanerin. Montgomery kann jemenitische Mädchen nicht ausstehen.«

Volandes schüttelt den Kopf und greift wieder zum Hörer. »Hey, habt ihr sie inzwischen aufgetrieben …? Herrgott noch mal. Jede Woche dasselbe Theater. Treibt ihr mir bitte zwei puerto-ricanische Mädchen auf …? Was? Was? Wir sind in New York, verdammt. Das kann doch nicht so schwer sein. Zwei Mädchen aus Puerto-Rico. Und, hey, ruf Eddie an und sieh zu, dass im VIP-Raum sechs Flaschen Cristal stehen.« Volandes schaut auf und sieht, dass Kostya mit Roz redet und ihr in die Taille zwickt. »Keinen Jahrgangs.«

Kostya schlüpft in sein Hemd und zieht den Bauch ein. »Ich war Boxer«, sagt er zu Roz. »Hier, probier meine Nase.«

Roz reibt Kostyas flach gedrückte Nase. »Ja«, sagt sie. »Der größte Boxer von allen ist Jemenit. Prinz Nasim.«

»Siehst du die?«, fragt er sie und zeigt auf seine Narbe.

»Ja, wie sagt man dazu? Schnitt?«

»Narbe«, sagt Kostya. Er beugt sich herunter und flüstert ihr ins Ohr. »Narbe.«

Roz lächelt. Sie fährt mit den Fingerspitzen die Narbe entlang, vom Nabel bis zu der Stelle, wo sie unter der Gürtellinie verschwindet. Kostya grinst Volandes an. »Große Narbe.«

»Ganzer Mann groß«, sagt Roz und tätschelt Kostya den muskulösen Arm. »Sehr groß.«

»Ja«, sagt Kostya und spannt den Muskel an. »Ganzer Mann groß.«

12

Montgomery findet seine Stadt am schönsten, wenn es schneit, wenn sich auf den Bürgersteigen die Fußspuren überlappen und die Spitzen der hohen Gebäude von den Wolken verschluckt werden. An den Autos auf der Houston drehen die Räder durch, als die Ampel umschaltet; alles rutscht und hupt und schlittert. Monty hat vergessen, sich die passenden Stiefel anzuziehen; das feine Leder seiner Schuhe ist bereits durchweicht. Aber der Kamelhaarmantel hält seinen Körper trocken, und die dunkelblaue Strickmütze hält seinen Kopf warm. Monty sieht allen Männern und Frauen ins Gesicht, die ihm entgegenkommen. Er fragt sich, wo sie hingehen, was sie vorhaben heute Nacht. Ein indisches Paar kommt vorbeigeschlendert, Arm in Arm. Der Mann hält mit der freien Hand einen schwarzen Regenschirm über ihre Köpfe. Monty hört nur den Akzent, britisch, und einen Satzfetzen, *Hopfen und Malz verloren*. Die Frau hat es gesagt, mit der Betonung auf *Hopfen*, vorwurfsvoll, aber nicht gegen ihren Gefährten, gegen irgendjemand oder irgendetwas anderes, und Monty würde gern wissen, was zur Debatte steht, Film oder Chef oder Freundin.

Wo du heute Nacht auch schlafen magst, Frau, wo du dich hinlegen magst, dort möchte ich sein. In den Wänden wartet ein Gewirr schadhafter Kabel darauf, zum richtigen Zeitpunkt durchzuschmoren, und du wirst weiterschlafen in diesem Gestank von geschmolzenem Kupfer und schwelendem Kunststoff, du wirst weiterschlafen, während die ersten kleinen Flammen nach deinem Zimmer greifen, bis die Vorhänge sich entzünden und unter der Decke Rauchwolken wogen und du schließlich die Augen aufschlägst. Dann, wenn die Tapete auf den Wänden Blasen schlägt, werde ich kommen. Durch die brennende Tür werde ich kommen, und hinter mir wird schon die Decke einstürzen. Ich werde dich aus dem

Bett heben und zum Fenster tragen, werde dich mir über die Schulter legen und die Feuertreppe hinuntersteigen und dich den Ärzten übergeben. Weil es stimmt: Aus mir hätte ein toller Feuerwehrmann werden können.

Monty bleibt vor dem Schaufenster einer Bäckerei stehen. Er ist hier schon einmal vorbeigekommen, hat gesehen, wie Naturelle einen traurigen Blick auf das Gebäck geworfen hat und weitergestapft ist. Er starrt die Süßwaren auf ihren silbernen Tabletts an, das üppige Angebot von Naschereien, mit dem die Passanten angelockt werden sollen: die Windbeutel und Cremetörtchen, die Baisers und Madeleines, die Erdbeertörtchen und Honigplätzchen. Monty ist nie weniger hungrig gewesen als jetzt, aber er bewundert die Kunstfertigkeit, die Anordnung. Er fragt sich, wer dieses Arrangement kreiert hat, wer in dem Fenster gesessen und jedes süße Stück mit diesem Auge für Farben und Formen an seinen Platz gestellt hat. Und er fragt sich, wo sie jetzt ist, denn Monty ist sich sicher, dass es eine Frau gewesen ist. Er stellt sie sich vor, in ihrer Wohnung hoch über der Stadt, immer noch in ihrer weißen Bäckerschürze, die Fingerspitzen schwarz von getrocknetem Schokoguss. *Back mir 'nen Kuchen, Lady.*

Er wendet sich vom Fenster ab und geht Richtung Osten. Ein junger Sportler sprintet vorbei. Uni-Sportjacke, dicker Nacken, kurzgeschorene Haare, vor der Brust einen Strauß roter Rosen, in Plastikfolie eingeschlagen. Ich könnte sie dir ausspannen, denkt Monty. Ich könnte jetzt dorthin gehen, wo ihr euch treffen wollt, könnte mich zu ihr setzen auf die rotgepolsterte Sitzbank und sie dir wegschnappen. Monty weiß, dass er sie kriegen würde, er kennt die Zauberworte. Obwohl, wer weiß; ein Mädchen, das auf einen Typen mit kurzgeschorenen Haaren und roten Rosen wartet, ist nicht gerade Montgomery-Stil. Trotzdem, die Möglichkeit besteht immer. Ihre Blicke würden sich begegnen für einen flüchtigen Moment, und er würde wissen, welche Chancen er hätte.

Monty kann sich nicht erinnern, dass die Frauen irgendwann einmal nicht auf ihn geflogen sind. Er ist schon immer schön gewesen. Als jemand, der in Bensonhurst aufgewachsen ist, hat er immer wieder beweisen müssen, dass er trotzdem ein ganzer Kerl war. Seine Augen waren zu grün, seine Wimpern zu lang, seine Nase war zu schmal. Da waren die Jungs schon aus Prinzip misstrauisch. In jüngeren Jahren hat Monty sich darum verstellt und verkleidet. Hat seine dichten schwarzen Haare unter einer Baseballmütze versteckt. Hat nie gelächelt, weil seine Zähne perfekt waren, absolut gleichmäßig, so dass er keine Spange brauchte. Aber die Tarnung hat nie funktioniert; er fiel trotzdem auf, und die anderen Kinder hatten es auf ihn abgesehen. Also hat Monty gekämpft, und er hat gut gekämpft. Ein Faustkampf unter Heranwachsenden hat nicht viel mit Kunst zu tun. Monty hat als erster zugeschlagen, er hat hart zugeschlagen und nicht wieder damit aufgehört. Er hat jeden Treffer seines Gegner weggesteckt. Ein blaues Auge war ein Zeichen von Mut; dann wussten die anderen Jungs wenigstens, dass er sich nicht herumschubsen ließ.

Später ging ihm auf, dass sein Gesicht von Nutzen sein konnte. Mädchen, denen er auf der Straße begegnete, stießen einander an und kicherten. Ältere Frauen, Lehrerinnen und die Mütter seiner Freunde scharwenzelten um ihn herum und hingen gebannt an seinen Lippen, vor allem wenn sie erfuhren, dass seine Mutter gestorben war. Viele seiner Klassenkameraden auf der High School verübelten ihm seinen Status als Frauenheld vom Dienst, aber sie verübelten ihn ihm im Stillen. In Bensonhurst wurde Monty als ein Junge angesehen, der einer Schlägerei nicht auswich, der bereit war, sich Respekt zu verschaffen, dem es aber nie darum ging, andere einzuschüchtern. Auf der Campbell-Sawyer, auf der oft Monate vergingen, ohne dass jemand einen Faustschlag austeilte, war Monty bald für seine Gewalttätigkeit bekannt.

In seinem zweiten Jahr wurde er Starting Point Guard des Basketballteams der Schule. Während eines wichtigen Ligaspiels hatte ihn ein gegnerischer Forward auf dem Kieker. Jedes Mal, wenn Monty an den Korb ging, verpasste der Forward ihm eins mit dem Ellbogen oder der Hüfte. Ein paar

Fouls sahen die Schiedsrichter, aber etliche nicht, und so wurde Monty immer wütender, bis er schließlich für einen Rebound hochsprang und ihm die Beine weggerissen wurden. Er krachte schwer aufs Kreuz. Noch im Aufstehen schlug er zu. Darauf hatte der Forward schon das ganze Spiel über gewartet. Er brachte vierzig Pfund mehr auf die Waage als Monty und war mindestens eine Handbreit größer. Zu dem Zeitpunkt, als die Trainer und die Schiedsrichter die beiden Gegner trennten, lag auf der Hand, dass Monty den Kampf verloren hätte. Beide Spieler wurden auf die Bank geschickt, aber die Trainer bestanden darauf, dass sie sich zuerst noch die Hand gaben. Der Forward hielt ihm seine hin, und Monty trieb ihm die Faust in den Mund, dass der Größere schwer zu Boden ging.

Er wurde aus dem Team geworfen und verlor ohne Basketball rasch das Interesse an der Schule. Das Lernen, das ihm auf seinen früheren Schulen immer leicht gefallen war, erforderte nun eifriges Arbeiten, und Monty war nur zu kurzen Ausbrüchen von Feuereifer in der Lage. Zu Beginn seines zweiten Jahres saß er während der großen Pause bei ein paar älteren Schülern am Tisch und aß Pizza, während sie ihr Vorhaben diskutierten, einen Beutel Marihuana zu erstehen. Einer der Jungen meinte, dass sie achtzig Dollar würden aufbringen müssen, und Monty, der ihnen kaum zugehört hatte, sagte: »Die nehmen euch aus.«

»Ach ja? Wie viel bezahlst du denn?«

Monty zuckte die Schultern, als würde er ständig Kunden anwerben, dabei hatte er zu dem Zeitpunkt noch nie irgendwelche Drogen gekauft oder verkauft oder eine solche Möglichkeit auch nur erwogen. »Ich könnte es euch für die Hälfte besorgen«, sagte er. Und so gaben die Älteren ihm vierzig Dollar, und Monty, dem klar war, dass sein Ruf als harter Bursche auf dem Spiel stand, sprach mit ein paar Freunden in Bensonhurst und lieferte pünktlich. Er hatte zwar noch zwanzig Dollar drauflegen müssen, aber bald kamen alle aus den höheren Klassen zu ihm, und dann fing die Sache sich zu lohnen an.

Am Ende des Schuljahres erfuhren die Trainer der Campbell-Sawyer durch ein paar jüngere Sportler von Montys Geschäften. Die Schulleitung wurde informiert, und eines Nachmittags nach der großen Pause öffnete man Montys Schließfach und fand eine braune Papiertüte, die verschreibungspflichtige Schmerzmittel und Ecstasy-Pillen enthielt. Am nächsten Tag wurde er offiziell »vom Schulbetrieb ausgeschlossen« und auf Dauer des Schulgeländes verwiesen. Alle Eltern erhielten einen Brief, in dem ihnen dringend empfohlen wurde, ihren Kindern den Umgang mit Montgomery Brogan zu untersagen. Da sein Datensatz noch nicht deaktiviert worden war, ging ein solcher Brief auch an Mr. Brogan, der prompt nach Manhattan fuhr und dem Direktor mit einem Anwalt oder einer Tracht Prügel oder beidem drohte, weil er sich absolut nicht vorstellen konnte, dass sein Sohn ein Krimineller sein sollte.

Eine solche Aufregung hatte es auf der Campbell-Sawyer seit Jahren nicht gegeben, genauer gesagt seit dem Tag nicht, an dem man den Leiter des Fachbereichs Geschichte auf dem Klo bei Fellatiospielchen mit dem Herausgeber des Jahrbuchs erwischt hatte, aber falls Monty beunruhigt war, so zeigte er es jedenfalls nicht. Er versuchte nie herauszufinden, wer ihn verpfiffen hatte – wozu auch? Er räumte sein Schließfach leer, sagte tschüs und ging.

Zu dem Zeitpunkt, als seine Freunde mit ihren Quadrathüten und schwarzen Gewändern am Podium vorbeizogen, hatte Monty in Yorkville ein Apartment angemietet, fuhr eine geleaste Corvette und verdiente genug Geld, um für seine Ex-Klassenkameraden in einem edlen Club vierzig Stockwerke über der Straße die verschwenderischste Abschlussparty des Jahres zu schmeißen. Bauchtänzerinnen strichen an den befrackten jungen Männern vorbei. Monty schlenderte von Raum zu Raum, an seiner Seite die schönste Sechzehnjährige von ganz Bensonhurst, eine Brünette mit blauen Augen, deren Vater und Brüder allesamt Polizisten waren und glaubten, dass man Monty gerade an der Columbia angenommen hatte.

Unter den Teenagern, die an jenem Abend dort versammelt waren und sich schon auf einen Sommer voller Strandpartys und Bong-Sessions freuten, bevor es aufs College ging, war Monty bereits eine Legende, ein cooler Draufgänger. Alle kannten sie die Geschichten: wie er einmal über die U-Bahngleise gelaufen war, um ein Mädchen auf dem anderen Bahnsteig zu küssen; wie er auf dem Basketballcourt einmal einen gegnerischen Spieler umgenietet hatte (in den späteren Versionen brach Monty ihm mit einem einzigen Faustschlag den Unterkiefer); wie er einmal die Französischlehrerin, Mlle. Cendrars, verführt und sie nackt und schnurrend im Sprachlabor liegen gelassen hatte (ein Märchen, das auf Jakob Elinsky zurückgeht, der einen Großteil seines letzten Jahres masturbierend auf dem Klo der Bücherei zugebracht hat, aber sich nicht einmal in seiner Fantasie dazu durchringen konnte, es mit der Französin selbst zu treiben).

Die Party wurde legendär. Wenn Monty einem Ehemaligen von der Campbell-Sawyer über den Weg läuft, kommt der garantiert auf diese Nacht und die Bauchtänzerinnen zu sprechen. »… und wer war noch mal diese Kleine, diese Brünette? Mensch, wo ist die bloß abgeblieben!« Auf der Strecke geblieben ist sie, als ihre Brüder bei der Columbia nachfragten und feststellten, dass dort kein Montgomery Brogan eingeschrieben war, als sie Mutmaßungen über Montys tatsächlichen Broterwerb anstellten und ihrer Schwester klar machten, dass sie sich diesen dunklen Iren besser aus dem Kopf schlagen sollte. Sie schloss sich in ihr Zimmer ein und ging für drei Tage in Hungerstreik, aber Monty beließ es dabei, weil er mit einer Familie voll wütender Cops lieber nicht dauerhaft verbandelt sein wollte.

Donatella Bruno. Wo sie jetzt wohl ist? Monty bleibt stehen und wischt sich den Schnee vom Kragen. Er klopft sich das Gesäß ab und tastet nach dem harten Umriss unter dem Kamelhaar, nach der Pistole an seinem Gürtel. Monty fährt auf seine 40er ab, auf ihr Gewicht, die Klarheit ihrer Linien, die Eindeutigkeit ihres Zweckes. Mit einer Waffe herumzulaufen heißt mit Macht herumzulaufen. Er hat sich das Schießen auf einem Schießstand in Brooklyn selbst beigebracht, zusammen mit seinem Vater, der eine uralte 9-Millimeter-Browning unter dem Tresen liegen hat. Montys schwarzes Lederholster ist von einem zwergenhaften Kalabrier in Bensonhurst handgefertigt worden: mit einem großen B für Brogan, das dem alten Schriftzug der Brooklyn Dodgers nachempfunden wurde.

Monty starrt durch eine weitere Tafelglasscheibe, an goldenen Buchstaben vorbei in ein Restaurant mit weißgedeckten Tischen und butterfarbenem Licht, auf Leute, die es warm und gemütlich und gut haben, Rotweinflaschen neben den Brotkörben. Die Empfangsdame telefoniert, sie wirbelt lachend einen Stift zwischen den Fingerspitzen.

Wo will ich hin?, fragt Monty sich. In eine Bar, mich mit meinen Freunden treffen? Was machen wir dann, rumsitzen und trinken und alte Geschichten aufwärmen? Was zum Teufel soll das? Und was könnte armseliger sein als das peinliche Schweigen zwischendurch, die Solidaritätsbekundungen, die ernste und mitleidsvolle Geselligkeit?

Er betritt das Restaurant und stellt sich vor die Empfangsdame, die Strickmütze in den Händen. Sie sagt leise *»bon soir«* in den Hörer und legt auf.

»Guten Abend«, sagt sie.

Schön ist sie nicht, denkt Monty, aber sie hat was: groß, elegant, graue Augen, Europäerin. Die Worte *bon soir* hängen in der Luft wie ein ausgefallenes Parfum.

»Guten Abend«, sagt Monty und starrt sie an. Er hat die Zauberworte verlernt. Es ist sein Spiel, und er hat vergessen, wie es geht. Er starrt sie an, und sie lächelt, schlägt die Augen nieder und trägt einen Namen in das Reservierungsbuch ein.

Jetzt aber, sagt Monty sich. Er geht die alten Taktiken durch und entscheidet sich für einen Klassiker.

»Ich hab da eine Theorie«, erklärt er der Frau. Erst einmal ködern. Nicht aggressiv, nicht drängend. Mach sie neugierig. »Meine Theorie – sagen Sie's mir, wenn ich falsch liege damit –, ich habe diese Theorie, dass es in Wirklichkeit überhaupt keine Rolle spielt, was ein Mann zu einer Frau sagt …

zu Anfang, meine ich. Es spielt keine Rolle, er könnte das Vaterunser aufsagen oder so, weil sie nämlich längst weiß, was sie will.«

Die Empfangsdame hebt eine Braue. »Das Vaterunser?«

»Sie hat sich längst entschieden. Bis er den Mund aufmacht, hat sie sich längst entschieden, ja oder nein, Daumen hoch oder Daumen runter. Sagen Sie's mir, wenn ich falsch liege damit.«

Sie schüttelt langsam den Kopf. »Sie hat sich längst entschieden, ob er eine Chance hat. Aber sie will noch überzeugt werden.«

»Na schön, das stimmt. Mehr kann man nicht verlangen. Wenn ich also sagen würde, dass ich Sie gern wieder sehen möchte, dass ich gern einmal mit Ihnen ausgehen möchte, was würden Sie davon halten?«

»Was ich davon halten würde? Oder was ich dazu sagen würde?«

»Was Sie dazu sagen würden.«

»Ich würde sagen, dass ich in festen Händen bin.«

»Oh.«

»Sind Sie zum Essen hier?«, fragt sie und lächelt.

Monty knetet die Mütze in seinen Händen. Die Wolle ist nass von den schmelzenden Schneeklumpen. »Ich hab schon gegessen.« Nun kommt er sich blöd vor; ein zurückgewiesener Romeo, der auf den Teppich tropft. »Könnte ich kurz Ihre Toilette benutzen?«

Mit dieser Frage hat die Empfangsdame nicht gerechnet. »Sie sind hier hereingekommen, weil Sie die Toilette benutzen möchten?«

»Nein, ich bin hier hereingekommen, weil ich mich mit Ihnen verabreden wollte. Aber jetzt muss ich mal.«

»Hinten«, sagt sie und zeigt dorthin. Sie sieht ihm nach, wie er zwischen den Tischen hindurchgeht und einen Ober an der Schulter berührt, damit der ihn durchlässt.

Monty schließt die Tür der kleinen Toilette ab und setzt sich auf den heruntergeklappten Deckel. Über den Papierhalter hat jemand mit silbernem Marker *Ich scheiß auf euch alle* geschrieben. Klar doch, denkt Monty. Und ich scheiß auf dich. Ich scheiß auf alle hier. Auf die französische Empfangsdame, auf die Gäste, die ihren Wein trinken, die Ober, die ihre Bestellungen aufnehmen. Ich scheiß auf diese Stadt und jeden, der hier wohnt. Auf die Penner, die einen an der Straßenecke angrinsen und nach Kleingeld fragen. Die Turban-Sikhs und die dreckigen Pakistani, die mit ihren Taxis die Avenues runterrasen. Die Chelsea-Tucken mit ihrer ausgezupften Brustbehaarung und ihren aufgepumpten Oberarmen. Ich scheiß auf die Koreaner mit ihren Pyramiden aus überteuertem Obst, ihren Tulpen und Rosen in Klarsichtfolie. Die Nigerianer in ihren weißen Gewändern, die einem auf der Fifth Avenue gefälschte Gucci-Klamotten andrehen wollen. Die Russen in Brighton Beach, die ihren Tee aus Gläsern trinken und sich dazu ein Stück Zucker zwischen die Zähne klemmen. Ich scheiß auf die Hasidim in ihren schmuddeligen Gabardineanzügen und ihren schwarzen Hüten, die auf der 47th Street Diamanten verkaufen und ihr Geld zählen, während sie auf den Meshiach warten. Scheiß auf die verkrüppelten Bettler mit ihren verdrehten Gliedern und spastischen Zuckungen. Die rausgeputzten, nach Rasierwasser riechenden Wall-Street-Broker, die in der U-Bahn ihre schön zusammengefalteten Zeitungen lesen. Scheiß auf die Skateboard-Punks im Washington Square Park mit ihren Portemonnaie-Ketten, die immer losrasseln, sobald sie über irgendeine Kante zischen. Die Puerto-Ricaner in ihren Autos, aus deren Fenstern Fahnen hängen und Boxen kreischen. Die Italiener in Bensonhurst mit ihren Schmalzlocken und Nylon-Sportanzügen und Hl.-Antonius-Medaillen. Die Hausfrauen der Upper East Side mit ihren verkniffenen Mündern und geliftteten Gesichtern, mit ihren Halstüchern von Hermès und ihren Artischocken von Balducci. Scheiß auf die Uptown-Typen, die nie den Ball abgeben, die nie in der Defense spielen, die bei jedem Vorstoß auf den Korb vier Schritte machen. Scheiß auf die High School-Junkies, die in Daddys Küche Shit rauchen, sobald der Alte wieder nach Tokyo düst. Scheiß auf die Polizei, diese Schläger in Blau mit ihrem stiernackigen Gehabe, die jede rote Ampel überfahren, sobald sie scharf auf ein paar Donuts sind. Scheiß auf die Knicks – Patrick Ewing und seinen verhunzten Finger Roll gegen Indiana, Charles Smith und seine misslungenen Korbleger gegen Chicago, John Starks und seine tausend Fehlwürfe gegen Houston – scheiß auf die Typen, die werden Jordan nie schlagen, die schlagen Jordan nie. Scheiß auf Jakob Elinsky, dieses winselnde Männlein. Scheiß auf Frank Slattery, der meiner Freundin ständig auf den Arsch glotzt. Scheiß auf Naturelle Rosario, die wieder zu haben ist, sobald ich morgen eingefahren bin. Scheiß auf Kostya Novotny; ich hab ihm vertraut, und er hat mich verschachert. Scheiß auf meinen Vater in seiner Dunkelkammer, wie er Abzüge zum Trocknen aufhängt. Scheiß auf meine Mutter, die vor sich hin fault unterm Schnee. Scheiß auf Jesus Christus, der so leicht davongekommen ist; ein Nachmittag am Kreuz, ein Wochenende in der Hölle und dann die Hallelujas dieser ganzen Engelsscharen. Scheiß auf diese Stadt und alle, die hier wohnen – von den Reihenhäusern in Astoria bis zu den zweistöckigen Wohnungen auf der Park Avenue, von den Bauvorhaben in Brownsville bis zu den Lofts in Soho, vom Bellevue Hospital über die Mietskasernen in Alphabet City zu den Sandsteinhäusern in Park Slope – sollen die Araber es alles in Stücke bomben, sollen die Wasser steigen und diese ganze durchgeknallte Stadt verschlingen, soll ein Erdbeben die Hochhäuser in Schutt und Asche legen, unkontrollierte Brände überall, Flammen, Feuer, Vernichtung. Und scheiß auf dich, Montgomery Brogan, du hast es versaut.

Jemand wummert an die Toilettentür, und Monty steht auf, geht zum Waschbecken und wäscht sich die Hände. Er starrt sein Gesicht im Spiegel an. Und was hat es dir nun genützt, denkt er. Grüne Augen, hohe Wangenknochen, gerade Nase, perfekte weiße Zähne. Hübscher weißer Kerl. Augen, Knochen, Nase, Zähne. Wieder das Wummern an der Tür. Und Monty weiß, was er zu tun hat. »Scheiß drauf«, flüstert er und winkt dem Gesicht im Spiegel zum Abschied zu.

13

Uncle Blue greift zu seinem Besteck mit den Holzgriffen, schneidet sein Steak mittendurch und begutachtet das Fleisch. Das Lendensteak hat zu lange gebraten, es ist rosafarben statt rot in der Mitte, und Uncle Blue winkt seinen Ober mit dem Finger heran. Der Ober kommt angeschossen.

»Es ist nicht blutig. Ich möchte gern ein anderes.«

»Tut mir Leid, kommt sofort. Ich habe blutig draufgeschrieben.«

»Fein. Und noch ein Glas Wein.«

Der Mann, mit dem Uncle Blue zusammensitzt, ist braun gebrannt und trägt einen schönen blauen Anzug. Die weißen Manschetten schauen genau zwei Zentimeter aus den Ärmeln hervor, seine Fingernägel sind gepflegt und poliert. Vor ihm steht ein Teller mit gegrilltem Tintenfisch.

»Bitte«, sagt Uncle Blue, »essen Sie.«

»Man sollte meinen, dass der Besitzer eines Restaurants ein anständig gebratenes Steak bekommt.« Der braun gebrannte Mann beträufelt seinen Tintenfisch mit Zitronensaft. »Aber das hier scheint gut zu sein.«

»Das hoffe ich, Mr. Gedny. Der Koch hat das Rezept von mir.«

»Mhm. Sehr gut. Und auch eine ordentliche Portion.«

Uncle Blue schmunzelt. »Normalerweise sind die Portionen nicht so groß; sonst würden wir nichts dran verdienen.«

»Aber ich esse mit dem Boss.« Gedny tupft sich den Mund mit der Serviette ab und sieht aus dem Fenster. »Schauen Sie nur, was da herunterkommt. Mein Auto wird völlig zuschneien.«

Sie sitzen auf dem privaten Balkon über dem Restaurant. Weißgekalkte Wände, Lehmsteinfliesen, bunte Plakate mit dem Parthenon bei Sonnenaufgang und Santorini am Abend. Die Tische unten im Hauptraum – Glasplatten auf kleinen dorischen Säulen – sind unbesetzt und nicht gedeckt; die Leute bleiben zu Hause heute Abend, sie haben keine Lust, mit dem Auto oder zu Fuß in einem Schneesturm unterwegs zu sein.

»Haben Sie heute Morgen mit Brogan gesprochen?«, fragt Uncle Blue.

»Hab ich, ja.«

»Wie war Ihr Eindruck?«

Gedny greift zu seinem Wein. »Im Augenblick liebt er das Leben natürlich nicht …, aber ich weiß nicht. Er ist schwer zu durchschauen.«

»Das weiß ich. Das ist es ja, was mich stört.«

»Also einen Deal haben sie mit dem Jungen nicht gemacht. Mit hundertprozentiger Sicherheit nicht. Dann würden sie ihn doch nicht nach Otisville schicken.«

»Wir reden über menschliches Verhalten, Mr. Gedny. Da gibt es keine hundertprozentige Sicherheit. Denken Sie nicht, das wären Idioten. Denken Sie nicht, die würden uns nicht austricksen wollen.«

»Das ist es doch gerade«, sagt Gedny. »Das sind keine Idioten. Die würden ihn doch auf gar keinen Fall hier frei herumlaufen lassen, wenn sie einen Deal mit ihm gemacht hätten. Da wäre er doch *sofort* von der Bildfläche verschwunden. Da würde er doch nicht mehr in mein Büro spaziert kommen. Wer einen Deal auf Bundesebene macht, landet doch nicht in Otisville. Nein, der Junge hat dichtgehalten.«

»Bis jetzt.«

Gedny nickt, den Mund voller Tintenfisch. »Bis jetzt. Ich mache mir nicht allzu viele Sorgen wegen ihm. Der Bursche ist fit. Er hat was im Kopf.«

»Und seine Freundin, was machen die Bullen mit der?«

»Sie haben einen Haufen Lärm gemacht, dass sie sie wegen Beihilfe anklagen würden, aber dann ist nichts passiert. Sie hat ihnen gesagt, dass sie von nichts gewusst habe, und sie haben ihr kein Wort geglaubt und sich nicht weiter darum gekümmert. Sie ist draußen aus der Sache.«

Uncle Blue sieht zu, wie der Ober mit mehreren Tellern auf dem Arm die Wendeltreppe heraufkommt.

»Hier ist Ihr Steak. Der Koch lässt sein Bedauern ausrichten. Er bittet Sie, dies hier einmal zu probieren, die Garnelen. Er hätte gern Ihre Meinung zu der Soße gewusst.«

»Gut, Dankeschön.«

»Darf ich den Herren noch etwas bringen?«

»Im Augenblick nicht. Vielen Dank, Jeremy. Sag Victor, dass ich später mit ihm sprechen möchte.« Der Ober nickt und geht wieder. Uncle Blue schneidet das Steak auf und begutachtet die Farbe.

»Und? Richtig diesmal?«, fragt Gedny.

»Perfekt. Was sagten Sie gerade?«

»Brogan. Der Bursche ist fit. Er wird das schon machen.«

»Er ist weich«, sagt Uncle Blue und sieht auf die Uhr. »Er wird nicht lange durchhalten da drin.«

»Er wird nicht drum herum kommen. Bundesgefängnis, das heißt einen Tag Haftverkürzung für jeden Monat mit guter Führung. Wir reden von achtundvierzig Tagen in sieben Jahren. So schnell kommt Ihr Junge nicht wieder heraus.«

»Nein«, sagt Uncle Blue.

»Sehen Sie ihn noch einmal, vorher?«

»Später – heute Abend.«

»Eine Abschiedsparty, ja?« Gedny nickt. »Wo denn, im VelVet? Das wird Spaß machen. Mir ist einiges zu Ohren gekommen über die Partys dort.«

»Sie werden nicht dabei sein, Mr. Gedny.«

»Ich weiß, ich sag ja nur, dass sie bestimmt Spaß machen. Was muss ich tun, um mich für eine dieser besonderen VelVet-Partys zu qualifizieren? Außer mich für sieben Jahre hinter Gitter zu bringen.«

Einen Moment lang kaut Uncle Blue schweigend sein Steak und spült es mit Rotwein hinunter. »Gewinnen Sie mehr Prozesse.«

Gedny leckt sich die Lippen. »Hören Sie, die haben sechshundertfünfzig Gramm in dem Sofakissen von Ihrem Jungen gefunden. Die haben jeden weißen Junkie auf der East Side dazu gekriegt, Brogan als den Dealer zu benennen. Dumm gelaufen. Was soll ich da machen? Es ist Bundesrecht; da git's nichts zu streiten. Mit wem soll ich mich denn streiten, mit den Scheiß-Gitterstäben oder was? Achtundsiebzig bis siebenundneunzig Monate, automatisch. Der Richter sagt vierundachtzig, also sind's vierundachtzig. Ich hab dem Jungen die U-Haft erspart, hab ihm noch ein paar zusätzliche Monate draußen verschafft. Mehr als das …«

»*Die* haben ihm die U-Haft erspart. Das macht mir Sorgen. Als sie Maravai schuldig gesprochen haben, wurden ihm noch im Gerichtssaal die Handschellen angelegt und zack, saß er in der Zelle. Brogan darf als freier Mann aus der Tür spazieren. Vor der Verkündung des Strafmaßes ist er frei, und nach der Verkündung des Strafmaßes ist er frei, bis zu seinem Haftantritt. Die Gefängnisbehörde hat ihm aufgetragen, sich direkt bei der Strafanstalt zu melden. Das erscheint mir ungewöhnlich.«

»So ungewöhnlich nun auch wieder nicht«, erwidert Gedny und schenkt sich Wein nach. »So lange es nicht um Gewaltverbrechen geht, passiert das sogar ziemlich häufig. Maravai …«

»Es macht mich misstrauisch, Mr. Gedny. Es lässt mich denken, dass das DEA den Richter vielleicht darum gebeten hat. Es lässt mich denken, dass sie ihn immer noch umzudrehen versuchen. Er geht täglich zu einem Bewährungshelfer des Bundes, nicht? Worüber reden die da?«

Der Anwalt zuckt die Schultern. »Über so gut wie gar nichts. Er muss sich melden. Sie wollen einfach sichergehen, dass er in der Gegend bleibt. Wissen Sie, warum Maravai in U-Haft gehen musste? Er ist schwarz und vorbestraft. Brogan ist nie wegen irgendetwas angeklagt worden. Er ist weiß, sieht gut aus, und der Richter fand ihn sympathisch, der Richter fand seinen Dad sympathisch. Sein Dad hat die eigene Kneipe als Kaution gestellt, das zählt enorm. Ich glaube nicht, dass das DEA irgendetwas damit zu schaffen hat.«

»Die wissen mehr, als Sie glauben, Mr. Gedny. Die sind schnurstracks zu Brogans Sofa spaziert. Die haben genau gewusst, wo sie suchen mussten. Wenn Brogan die Wahrheit sagt, dann ist er verpfiffen worden.«

Gedny zeigt erst an die Decke und dann auf sein Ohr. »Wir sollten nach dem Essen ein bisschen spazieren gehen. Unsere Überschuhe anziehen und einen kleinen Spaziergang machen.«

»Das Restaurant ist sauber.«

Gedny spießt mit der Gabel eine Garnele auf, befördert sie auf seinen Teller, schneidet den Schwanz ab. »Oh, ganz bestimmt. Und ganz bestimmt haben auch alle gedacht, das Ravenite wäre sauber. Aber ich würde trotzdem gern spazieren gehen. Muss ja nicht weit sein … Ihre Vermutung trifft zu.« Gedny beißt von der Garnele ab und hebt die Brauen. »Das ist eine ganz hervorragende Garnele.«

14

Bis Slattery seinen langen Kaschmirmantel vom Schnee befreit und aufgehängt hat, steht auf dem Tresen schon ein Whiskey für ihn bereit.

»Hey, Jody«, sagt er und ist endlich wieder guter Laune. Dies ist ein wichtiger Moment seines Lebens: zum ersten Mal hat ihn eine Barfrau beim Hereinkommen erkannt und ihm seinen Drink eingeschenkt, ohne erst die Bestellung abzuwarten. Wenn es jetzt noch die richtige Marke ist, überlegt er, dann bedenke ich sie in meinem Testament. Gott segne sie, es ist Jameson's.

»Ich muss mal eben telefonieren«, sagt Jakob und verschwindet schlurfend Richtung Hinterzimmer, schlägt sich dabei die feuchte Yankees-Mütze gegen die Hüfte.

»Riesensturm da draußen«, sagt Jody und lehnt sich auf den Tresen, eine routinierte Bewegung, die ihre Oberweite in das Gespräch mit einbezieht: *Hallo allerseits*. »Der erste in diesem Jahr.« Hinter ihr schimmern die Flaschen verführerisch; auf den Holzregalen darüber stehen große Einweckgläser. Jedes Glas enthält ein totes Krabbeltier: riesige Kakerlaken, Motten, Hirschkäfer und Tausendfüßler.

»Die da ist neu, oder?«, fragt Slattery.

Jody sieht zu dem Glas, auf das er zeigt. Slattery nutzt die Gunst des Augenblicks und wirft einen Blick auf ihre Brüste. Es sind tolle Brüste. Ein beglückender Anblick.

»Welche, die Bananenspinne? Ja, die hat Linda aus Florida mitgebracht. Sieht aus wie eine Tarantula, stimmt's? Mit ihren behaarten Beinen und so.«

»Sieht gut aus. Hat sie gut hingekriegt.«

Jody sieht ihn an und schmunzelt. »Du machst mich nervös, wenn du die Krabbelviecher so bewunderst. Schlechtes Zeichen, mein Freund.«

Jody wird ans andere Ende des Tresens gerufen, und Slat-

Monty Brogan *(Edward Norton)* mit seinem Hund Doyle.

»Monty hat schon hundert Mal auf dieser Bank gesessen, aber heute sieht er sich die Aussicht ganz genau an.«

Noch einmal durchläuft er die Straßen seiner Stadt, sieht sich alles genau an, versucht jede Einzelheit aufzunehmen.

Frank Slattery *(Barry Pepper)* hat es zum Wall-Street-Börsenmakler gebracht, aber ist das der Traum vom Leben?

Jakob Elinsky *(Philip Seymour Hoffman)*
führt ein tristes Leben als Highschool-Lehrer.

Mary D'Annunzio *(Anna Paquin)* ist eine von Jakobs Schülerinnen, die ihn mit ihrer direkten Art mächtig in Verlegenheit bringt.

Oben: Montys Freundin Naturelle *(Rosario Dawson)* erwartet ihn vor dem Haus. Unten: Noch wollen sie nicht wahrhaben, dass dies ihre vorerst letzte gemeinsame Nacht ist.

»Hier haben sie ihn drangekriegt,
genau hier, beim Sofa, hier haben sie ihn fertig gemacht.«

Oben: Frank sagt: »Monty hat drei Möglichkeiten, und die sind alle beschissen.« Unten: Monty trifft sich mit seinem Vater James Brogan *(Brian Cox)*, um sich zu verabschieden.

Oben: Die drei besten Freunde läuten eine lange Nacht ein.
Unten: Im VIP-Raum von Montys Stammclub soll die Abschiedsparty steigen.

Oben: Auch Mary ist mit von der Partie.
Unten: »Scheiße, Naturelle, ich bin sein bester Freund, und ich hab bloß dagesessen und zugeschaut, wie er sich ruiniert.«

»Es ist vorbei, Bruder. Schluss, Ende, aus.«

Die 24 Stunden sind rum – gibt es noch einen Ausweg?

tery schaut zur Tür. Monty wird den Laden hassen; es ist überhaupt kein Laden für ihn. Die meisten Leute hier sind Stammgäste, behäbige Weiße, die wegen der Countrymusik und der hübschen Barfrauen kommen. Eine dicke schwarze Fliege brummt an Slatterys Gesicht vorbei, und er schlägt halbherzig nach ihr.

Die Bug Bar gibt es schon ewig. Ein paar Monate lang ist sie mal schwer angesagt gewesen – zwischendurch, nachdem auf der Toilette ein berühmter Scheidungsanwalt erschossen worden ist, aber die Zeiten sind längst wieder vorbei. Der Linoleumboden ist mit Sägemehl bestreut. Hinten übt ein bärtiger Mann in einer Tarnjacke Trickschüsse auf einem Pool-Tisch, der mit rotem Filz bespannt ist. Der Filz wimmelt von Dreiangeln und Falten und Bierflecken. Eine Gruppe Studenten hat ihre eigenen Pfeile mit silberner Befiederung mitgebracht und spielt Dart. Der Fernseher über dem Tresen zeigt die Höhepunkte der heutigen Basketball-Spiele. Ein fettnackiger alter Mann beugt sich über das blinkende Video-Pokerspiel neben der Tür zu den Klos. Die Jukebox neben dem Fenster spielt Jerry Jeff Walker:

It's up against the wall, redneck mothers,
Mother, who has raised her son so well (so what! so what!),
He's thirty-four and drinking in a honky-tonk,
Kicking hippies' asses and raising hell.

Manchmal wäre Slattery gern ein Redneck. Er kennt keine Rednecks – gerade mal Tex im Büro, der ist aus Oklahoma; aber Tex hat in Harvard studiert, und Slattery ist sich ziemlich sicher, dass Tex damit ausfällt, auch wenn er Kautabak kaut und Röhrenjeans trägt. Der Hundertsiebenundsiebzigpfünder in Slatterys Ringermannschaft auf dem College, Zeke irgendwas, stammte aus dem tiefsten Pennsylvania, hinterwäldlerischer ging es kaum. Wie war noch sein Nachname? Er trug eine Mütze, auf der *Cat Diesel Power* stand, und sagte ständig Sachen wie: »Ach komm, Big Frank, du willst mich wohl vergackeiern?« Slattery konnte es nicht ab, wenn ihn einer Big Frank nannte; er genoss es, Zeke die ganzen zwei Stunden ihres morgendlichen Trainings hindurch immer wieder in die Matte zu rammen. Zeke schien es sogar noch mehr zu genießen; er war kein besonders guter Ringer, besaß aber eine beunruhigend hohe Schmerzschwelle. Vielleicht war Zeke ein Redneck, aber Slattery wäre nicht gern Zeke; er wäre gern der Redneck aus dem Song, der sich in irgendwelchen Spelunken einen ansäuft, Hippies aufmischt und mit seinem Pick-up-Truck nach Hause fährt, neben sich immer irgendein gutes altes Mädel mit einem Bindestrichvornamen. Rednecks haben es drauf.

Jakob kommt aus dem Hinterzimmer zurück, die Yankees-Mütze tief in die Stirn gezogen. Slattery sieht zu, wie er direkt vor einem gerade ausholenden Dartspieler durchläuft, blind für jede Gefahr. Der Dartspieler schaut zu seinen Freunden und tut so, als werfe er den Pfeil nach Jakobs Hinterkopf. Slattery spürt das altbekannte Ziehen in den Eingeweiden, die Ahnung einer bevorstehenden Prügelei. Er würde Jakob am liebsten dafür durchschütteln, dass er ständig solche achtlosen Provokationen vom Stapel lässt, würde dem Dartspieler am liebsten dafür eins aufs Maul geben, dass er Jakob bedroht hat. Er starrt den Burschen finster an, aber der ignoriert ihn. Slattery fragt sich zum tausendsten Mal, wie Jakob es schafft, in dieser Stadt auch nur einen Tag zu überleben.

Jakob setzt sich auf den Hocker neben Slattery. »Es ist nicht zu fassen. Meine Mutter sagt: ›Du solltest heute Abend nicht unterwegs sein. Das ist der schlimmste Schneesturm des Jahres.‹ Und ich sage: ›Mom, ehrlich; ich bin sechsundzwanzig Jahre alt.‹«

»Und warum rufst du sie dann überhaupt an?« Die dicke Fliege ist auf dem Tresen gelandet, und Slattery sieht zu, wie sie die Vorderbeine aneinander reibt, ein Penner, der sich die Hände über einem brennenden Mülleimer wärmt. Er lässt seine Faust hinunterkrachen, aber die Fliege saust unbeschadet davon.

»Du kennst meine Mutter. Sie sagt, sie könne nicht einschlafen, so lange ich mich nicht gemeldet habe. Du solltest dir diese Gespräche mal anhören. ›Hast du dieses Ding für das Ding schon besorgt?‹ Und ich sage: ›Ja, Mom, vor zwei Wochen.‹ Verstehst du? Ich meine, was soll das sein? Das Ding für das Ding? Sie benutzt überhaupt keine richtigen Wörter, aber ich verstehe sie trotzdem.«

Jody kommt zurück und blinzelt Slattery zu. »Dein kleiner Bruder, Frank? Er ist süß.«

»Mit mir vergeuden Sie bloß Ihre Zeit«, sagt Jakob. »Ich rangiere bei Zweiundsechzig.«

Jody nickt und zapft Bier in beschlagene Gläser. »Aber das liegt wahrscheinlich bloß daran, dass Sie nicht an der Wall Street arbeiten. Die Skala ist voll aufs Geld ausgerichtet.«

Jakob starrt erst sie an, dann Slattery. »Kennt sich etwa die ganze Stadt damit aus?«

»Die ganze Stadt nicht«, sagt Jody und stellt ihnen die Biere hin. »Nur die ganze Kneipe.« Sie streckt Slattery die Zunge heraus und zieht sich ans andere Ende des Tresens zurück, zu den älteren Männern, die dort sitzen und schweigend auf ihre Rückkehr warten.

»Eine tolle Art, Freundschaften zu knüpfen«, murmelt Jakob, stützt sich mit verschränkten Armen auf den Tresen und bläst Muster in die Schaumkrone seines Biers.

Slattery konzentriert sich auf Jody, auf ihren Arsch vor allem, der in abgeschnittenen Jeans steckt. Weiße Fäden schaukeln an ihren Schenkeln. »Was hältst du von ihr?«

»Von wer? Von *wem?*«

»Von Jody«, sagt Slattery. »Die Barfrau. Draußen geht ein Schneesturm ab, und sie trägt Hotpants. Findest du, dass sie süß ist?«

Jakob mustert Jody und zuckt die Schultern. »Sie ist hübsch. Sie ist hübsch, bloß dass ihr Gesicht ...«

»Sie ist hübsch, bloß ihr Gesicht nicht?«

»Ihr Gesicht sieht irgendwie komisch aus.« Die Fliege landet auf Jakobs Ohr, und Jakob zuckt zur Seite, dass er beinahe vom Barhocker fällt.

»Sie ist hübsch, bloß dass ihr Gesicht irgendwie komisch aussieht?«

»Ja ja, schon gut«, sagt Jakob und setzt sich wieder gerade hin. »Sie ist hübsch.« Er nimmt die feuchte Mütze ab, biegt den Schirm zurecht, fährt mit den Fingerspitzen die NY-Stickerei entlang. »Hängt doch alles vom Betrachter ab. Einer der Typen an der Schule, dieser Biolehrer, Terry – kennst du Terry?«

»Nein.«

»Ich glaube doch. Er war auf meiner Geburtstagsparty letztes Jahr. Jedenfalls fährt er also voll auf diese Kleine ab. Irgendwie so …«

»Diese Kleine«, sagt Slattery. »Was meinst du damit, eine Schülerin?«

»Eine Schülerin, ja. Unterstufe. Das ist es ja gerade, ich meine, die Kleine ist *sechzehn*. Vielleicht auch siebzehn, keine Ahnung, aber wahrscheinlich eher sechzehn. Aber du müsstest sie mal sehen. Hübsch ist sie eigentlich nicht, aber – ich weiß nicht, sie hat was.«

»Aha«, sagt Slattery und sieht den Basketballern im Fernsehen zu.

»Ich hab ihm gesagt – ich hab Terry gesagt, dass er gar nicht daran denken soll, dass er sie sich aus dem Kopf schlagen soll, aber er denkt an die Zukunft, er denkt langfristig. Ist ein bisschen gruselig, wenn er davon erzählt. Er meint: ›Noch fünf Jahre, dann ist sie fast mit dem College fertig. Und ich bin dann einunddreißig. Nichts dran auszusetzen.‹«

»Miami hat schon wieder gewonnen«, sagt Slattery. Er sieht Jakob an. »Aber gevögelt habt ihr noch nicht, oder?«

Jakob reißt die Augen auf. »Hey, wenn du zugehört hättest, würdest du wissen, dass ich von Terry rede. Terry ist derjenige …«

»Weißt du noch, als Mr. Green dabei erwischt worden ist, wie er Eddie Arabian auf dem Klo einen geblasen hat? Das hat mich echt schockiert. Ich hatte keine Ahnung, dass Green schwul war.«

»Dir ist klar, dass wir über Terry reden, ja?«, fragt Jakob. »Und nicht über mich?«

»Warum Eddie Arabian? Von allen Jungen in der Schule

ausgerechnet Eddie Arabian? Der Knabe hat doch immer gestunken wie ein Thunfisch. Ja hallo, wen haben wir denn da?«

Naturelle steht hinter ihnen, einen feuchten Mantel über dem Arm zusammengelegt. Sie schimmert in ihrem silbernen Kleid. Slattery kennt dieses Kleid, er hat sich dieses Kleid eingeprägt, er hat unter der Dusche gestanden und dieses Kleid verflucht, die Art, wie der Stoff ihr über die Hüften gleitet, die Art, wie er sich über ihrem Bauch in Falten legt, wenn sie sich setzt.

»Francis Xavier Slattery.« Sie gibt ihm einen Kuss auf die Wange, während er halb von seinem Hocker aufsteht. »Hey, Jakob«, sagt sie und gibt auch ihm einen Kuss.

Slattery zieht ihr einen Hocker heran, und sie setzt sich zwischen die beiden. Die Knie der drei berühren sich. »Was treibt ihr Burschen denn so?«, fragt sie.

»Frank ist gerade dabei …«, setzt Jakob an.

Die Fliege zischt vorbei, Slattery schlägt mit der flachen Hand nach ihr und erwischt Naturelle fast am Kiefer.

»Sachte, Killer«, sagt sie und pikst ihn in den Bauch.

»Frank ist gerade dabei, die Barfrau unter die Lupe zu nehmen«, sagt Jakob.

Naturelle sieht den Tresen hinab zu Jody, die einen Brandy Sour mixt. »Ja? Wie lautet das Urteil?«

»Schuldig«, sagt Slattery. »Des guten Aussehens.«

Jakob und Naturelle sehen sich feixend an, und dann schlägt sie Slattery auf den Schenkel. »Sie hat doch bloß große Titten, Frank.«

»Wie auch immer«, sagt er und beäugt Jodys kurze Jeans. »Die Frau platzt schier vor Sinnlichkeit.«

Naturelle nimmt Jakobs Bier und trinkt einen Schluck. »Die eine oder andere Naht könnte jedenfalls gleich platzen.«

Slattery verzieht das Gesicht und sieht Naturelle an. »Mir ist aufgefallen, dass eine Frau bloß große Titten zu haben braucht, und schon halten die anderen Frauen sie für eine fette Schlampe. Warum eigentlich?«

»Mit dieser Frage habe ich mich ehrlich gesagt noch nicht auseinander gesetzt.«

Slattery denkt einen Moment nach und klirrt mit seinem leeren Glas auf dem Messinghandlauf herum. »Frauen werden mir immer ein Rätsel bleiben. Ein Beispiel gefällig? Wie wär's mit Reden im Kino. Warum müssen Frauen immer reden, während man sich einen Film anguckt. Oder wie kommt's, dass ich, wenn ich bloß anrufen und ihr sagen will, wo wir uns zum Essen treffen, die nächsten zwanzig Minuten nicht vom Telefon wegkomme? Es ist wie eine Krankheit. Warum weinen Frauen immer, wenn sie gerade Sex hatten? Was soll der Quatsch?«

Naturelle und Jakob starren Slattery mehrere Sekunden lang mit hochgezogenen Brauen an. Dann brechen sie in heftiges Lachen aus. Jakob verschluckt sich schwer an seinem Bier, Naturelle hält sich am Handlauf fest, damit sie nicht vom Hocker fällt.

»Was denn?«, fragt Slattery. »Was denn?« Er macht ein finsteres Gesicht. »Ich meine, nicht *immer*, aber manchmal, manchmal. Komm, sag bloß, du tust das nie?«

Naturelle schnappt nach Luft und verwuschelt Slattery die Haare. »Du bist einfach bloß zum Heulen schlecht im Bett, Frank.«

Jakob bricht erneut in Gelächter aus und trommelt auf die Seite seines Hockers ein. »So viel zu deiner Neunundneunzig, Kumpel.«

Slattery ist auf sich selbst wütend, weil er sich wie ein Volltrottel angehört hat, und das auch noch, wo es um Sex ging. Das ist Jakobs Rolle. Jakob ist es gewesen, der mit *neunzehn* wissen wollte, wo die Klitoris sitzt. »Ungefähr zwei Zentimeter tief im Arsch«, hat Slattery geantwortet und sich schwer das Lachen verkniffen, als Jakob nachdenklich genickt hat. Oder wie Jakob einmal gefragt hat: »Findest du nicht, dass eine Vagina wie der Mund eines Aliens aussieht?« Slattery ist noch Monate lang auf dieser Bemerkung herumgeritten, obwohl er, als er darüber nachdachte, zugeben musste, dass eine Vagina durchaus wie der Mund eines Aliens aussah – oder wie seine Kiemen oder so. Slattery machte den Fehler, diesen Gedanken mit Monty zu teilen, der den Kopf schüttelte und sagte: »Wie steht's mit dem Anus, Frank? Gefällt dir der Anus besser?« Niemand kann Slattery schneller das Gefühl geben ein Volltrottel zu sein, als Monty, und Slattery hat den Verdacht, dass niemand Jakob schneller das Gefühl geben kann ein Volltrottel zu sein, als Slattery. So läuft es zwischen ihnen dreien, seit der neunten Klasse. Der kleine Fisch wird vom großen Fisch gefressen und der große vom ganz großen – bis heute, wo der größte Fisch von allen kurz davor steht, Monty in einem Stück zu verschlingen.

Eines möchte Slattery vor allem vermeiden, dass er vor Naturelle als Volltrottel dasteht. Nicht, dass er Monty die Frau ausspannen möchte, er möchte nur einmal mit ihr vögeln, einmal nur. Seit Jahren hat er ihren Körper jetzt vor der Nase, in einem Bikini am Jones Beach, in zerfetzten Jeans in den Downtown-Kneipen, in schwarzen Radfahrerhosen im Central Park, in eng anliegenden Kleidern in den Clubs. Wenn Naturelle tanzt, versucht Slattery nicht hinzusehen.

Einmal hat er mit Monty im Riverside Park Basketball gespielt. Slattery ist immer ein ehrgeiziger Sportler gewesen; er betätigt sich nicht gern in Sportarten, für die er kein Talent hat. Trotzdem hat er sich an diesem Nachmittag ordentlich reingekniet, ist nach jedem Ballwechsel zurück auf seinen Platz unterm Korb gelaufen und hat verbissen jedem, der zu nahe stand, eins mit dem Ellbogen verpasst. Alle Männer hatten nackte Oberkörper, ob sie nun gerade spielten oder an der Seitenlinie standen und warteten, dass sie drankamen. Die Frauen standen draußen vorm Court, die Finger durch den Maschendraht gesteckt, und quatschten laut über den Trommelschlag der springenden Bälle und schlitternden Schuhe hinweg. Naturelle hatte einen Rock an, der so kurz war, dass Slattery sich fragte: Wozu dann überhaupt noch einen Rock anziehen? »Dieser Rock ist völlig daneben«, sagte er zu Monty. »Ich kann ja schon ihre Arschbacken sehen.« Monty zuckte bloß die Schultern. »Und ich kann deinen Bauchnabel sehen«, sagte Monty, und Slattery starrte auf sein Bäuchlein hinab.

Naturelle nimmt noch einen Schluck von Jakobs Bier. »Woran denkst du gerade, Frank?«

Slattery lässt sein Daumengelenk krachen. »Ich hab mich bloß gefragt, wo er bleibt.«

»Als ob er sonst immer pünktlich wäre, ja?«

»Morgen ist er besser pünktlich«, sagt Slattery. »Wenn du da nicht aufkreuzt, wann du aufkreuzen solltest, ist es eine Straftat.«

Die Fliege schwirrt vor Naturelles Gesicht herum. Naturelle spitzt die Lippen und pustet sie weg. »Das wird er schon. Geht ja schließlich um die Kneipe von seinem Dad.«

»Wie geht's seinem Dad eigentlich?«, fragt Jakob.

»Er ist in den letzten paar Monaten um zwanzig Jahre gealtert.«

»Ich fand ihn immer sympathisch«, sagt Jakob. »Er war immer richtig nett zu mir. Himmel, er hat echt was einstecken müssen.«

Naturelle nickt. »Es ist schrecklich, so was zu sagen, aber ich glaube nicht, dass Mr. Brogan sieben Jahre durchhalten wird. Er hat ja niemanden mehr.«

Slattery klopft dreimal an die Seite seines Barhockers. »Hört mal, was soll das? Wollen wir hier rumsitzen und uns erzählen, wie traurig das alles ist? So ist es nun mal, und Punkt. Unser Bursche hat noch zehn Stunden; was wollen wir da machen, rumsitzen und heulen und Händchen halten?«

Naturelle steht von ihrem Hocker auf und streicht sich das Kleid glatt. »Du hast Recht. Gib uns noch ein paar Sextipps, das wird uns aufheitern. Wo ist die Toilette?«

»Sehr witzig«, sagt Slattery.

»Ganz hinten«, erklärt Jakob. Sie schauen zu, wie sie an den Dartspielern vorbeigeht, die einander anstoßen und lachen, als ihr Anführer so tut, als stoße er sich einen Dolch ins Herz. Gut aussehende Frauen sind selten in der Bug Bar.

»Ich wette, *sie* weint, wenn sie es getrieben hat«, sagt Slattery und starrt die Studenten eindringlich an, aber sie beachten ihn nicht. Er zeigt Jody sein leeres Glas, aber sie sieht zur

Tür. Ohne sich umzudrehen, weiß er, dass Monty endlich da ist. Wenn Monty irgendwo reinkommt, sehen die Frauen immer zur Tür.

Jakob und Slattery stehen auf und umarmen ihn nacheinander. Montys Gesicht ist von der Kälte gerötet, seine Strickmütze und sein Kamelhaarmantel sind mit Schnee bedeckt. Die Arme um die Schultern seiner Freunde gelegt, lächelt er Jody an und bestellt drei Jameson's.

»Nat ist auf der Toilette«, sagt Slattery.

Monty nickt. »Schon lange hier?«

»Nee.«

»Im VelVet schmeißen sie eine Party für mich. Da sollten wir demnächst aufkreuzen.« Monty lässt seine Freunde los und sieht sich in der Kneipe um. »Was ist das für ein Laden?«

»Frank wär gern ein Redneck«, sagt Jakob. »Er kommt hierher, und beim Pinkeln pfeift er Dixie.«

Jody reiht drei Glas Whiskey auf. »Ihr Jungs solltet Sonntag mal reingucken, zum Super Bowl. Wir stellen einen Großbildprojektor auf. Linda hat einen Cousin, der für die Packers spielt. Er sieht genauso aus wie sie, nur dass er sechshundert Pfund wiegt.«

Slatterty reibt sich die Hornhaut an der Handfläche, und Jakob starrt schweigend zu Boden.

Jody lacht. »Ihr müsst nicht kommen. War bloß ein Spruch.«

Monty klatscht laut in die Hände. Alle starren ihn an. Er nimmt eine Papierserviette vom Tresen und wischt sich die zerquetschte Fliege von der Handfläche, dann knüllt er die Serviette zusammen und wirft sie in den Papierkorb unter der Registrierkasse. Er lächelt und prostet Jody zu. »Scheiß auf Sonntag«, sagt er, als wäre es ein Trinkspruch, dann kippt er seinen Whiskey hinunter.

15

»Die ganze Stadt ist zum Tschüs sagen gekommen«, sagt Monty und steigt aus dem Taxi.

Eine aufgekratzte Meute hat den Block besetzt, Hunderte von Teenagern, die die massiven roten Türen des VelVet belagern. Trauben von Rauchern lehnen an dem Gebäude, schützen ihre brennenden Zigaretten vor dem herunterfallenden Schnee oder wölben die Hände um das Feuerzeug, damit es nicht ausgeht. Andere sitzen auf den geparkten Autos und trinken Bier aus Literflaschen in braunen Papiertüten. Niemand ist dem Wetter angemessen bekleidet, und niemandem scheint das etwas auszumachen.

»Du hast ja Unmengen von jungen Fans«, sagt Naturelle. »Ich glaube, wir sind die Ältesten hier.«

»Wartet mal kurz«, sagt Monty und schlüpft durch das Gewirr aus Körpern und Gesichtern, zwischen Jungen und Mädchen hindurch, die leicht gelangweilt miteinander reden, zäh und bruchstückhaft.

»Bei Tosh soll heute was los sein, aber *Tosh*, ich meine …«

»Ja, genau. Ich kann diesen Blick nicht ab. Ständig glotzt sie mich so an …«

»… schon zehn Zentimeter. Seb will morgen mit dem Snowboard rauf in die Berge …«

»Ich hab mir die erste geholt. Die geht mehr Richtung Jungle. Seine neuen Sachen sind ja nicht mehr so junglemäßig.«

»Das ist gutes Skunk, echt gutes Skunk …«

»Die Linie R ist die Hölle, Mann. Voll die Bummelbahn. Ich brauch 'ne Woche bis nach Hause.«

Monty bahnt sich seinen Weg zu den roten Seilen. Ein Berg von einem Mann, der genau den gleichen Kamelhaarmantel wie Monty trägt, überprüft die Namen auf einer Gästeliste.

»Schöner Mantel, du Arsch«, sagt Monty.

Der Türsteher macht ein finsteres Gesicht, schaut auf und bricht in ein breites Lächeln aus. »Da ist er ja. Da ist er ja endlich. Und hat meinen Mantel an.«

»Nein, nein, nein«, sagt Monty. »Meinen Mantel. Den hab ich mir vor zwei Jahren zugelegt.«

»Beim Sonderverkauf bei Woolworth, was? Zusammen mit einem Besteck-Set?«

»Khari, du Nougatnase, das ist ein Mantel von Paul Stuart. Paul Stuart sagt dir vielleicht was. Das ist der Laden, in den du nicht reinkommst, weil sie beim ersten Blick auf deinen polyestergewandeten Arsch dermaßen zu lachen anfangen, dass es dich wieder nach Queens haut.«

Khari lächelt. »Ich hoffe, du hast für diesen Mantel von Paul Stuart ein paar Mottenkugeln, die sieben Jahre durchhalten.«

Monty zögert und lacht dann, weil es ihm so herum besser gefällt; er hat die Nase voll von Leuten, die ihn behandeln, als würde er morgen früh tot umfallen. »Was wollen die ganzen Kinder hier?«

»Ich hab ein paar richtig gute gefälschte Ausweise zu sehen bekommen«, sagt Khari. »Dieser eine Knabe hat es fast geschafft, Führerschein des Staates New York, alles perfekt, bloß dass als Geburtsdatum irgendwas mit 1947 dasteht. Ich guck ihn an und sage: ›Kumpel, nie im Leben bist du fünfzig Jahre alt.‹ Und er sagt bloß: ›Scheiße, jedes Mal. Jedes Mal macht dieser Sack einen Zahlendreher.‹ Es hatte 1974 heißen sollen.«

»Was läuft heute Abend?«

»Der legendäre D. J. Dust legt auf. Mein Homeboy aus Hollis. Der Knabe ist siebzehn Jahre alt. Er kriegt die Girlys zum Tanzen. Und ansonsten haben sie euch den VIP-Raum fertig gemacht.«

»Meine Leute warten draußen auf der Straße. Sollen sie sich hier durchquetschen?«

»Nee«, sagt Khari. »Bring sie rüber zum anderen Eingang. Du weißt, welchen ich meine?« Er wirft das Funkgerät hoch und fängt es mit seiner riesigen Hand wieder auf. »Ich sag ihnen, dass ihr kommt.«

»Danke, Khari.«

»Klar doch. Wann fährst du ein?«

»Um zwölf.«

»Otisville, ja?«

Monty nickt.

»Hat Uncle dort Leute sitzen?«

»Niemanden, den zu kennen sich lohnen würde«, sagt Monty.

»Mein Kumpel Etienne ist in Otisville. Merk dir diesen Namen: Etienne Michaux. Er hat da drin was zu sagen. Hast du dir den Namen gemerkt?«

»Etienne Michaux. Wo kommt er her, aus Haiti?«

»Nee, aus Paris. Sag ihm, du wärst ein Freund von Khari. Er wird dir zu einem guten Start verhelfen. Er steht sich gut mit den Kerkermeistern.«

»Den Kerkermeistern?«

»Mit den Wärtern, Mann, den Wärtern. Die Bundestypen sind gemütlicher drauf. Viel gemütlicher als die Staats.«

Monty lächelt. »Ich bin ein Glückskind.«

»Das Glück der Iren, was?«

»Das Glück der Iren.«

Khari packt Monty bei der Schulter. »Hör mal – reg dich nicht auf, bis es Zeit wird, dich aufzuregen. Hast du gehört?«

»Alles klar«, sagt Monty. »Wir sehen uns später.« Er schlüpft durch das Gedränge und winkt seine Freunde zu sich.

Jakob betritt den Bürgersteig und plant seine Route. Er sieht verächtlich zu, wie Slattery den Kopf senkt und drauflos marschiert, so dass die Teenies ausweichen müssen, wenn sie nicht über den Haufen gerannt werden wollen. Stillos, denkt Jakob. Das Tragische daran ist, findet er, dass niemand mein eines großes Talent zu würdigen weiß. Er kann sich nicht erinnern, je ein Kompliment für seine fußgängerischen Manöver bekommen zu haben. Heute Abend ist der Schwierigkeitsgrad beachtlich: vier Drinks (sechs, wenn man die beiden mit LoBianco mitzählt), der Bürgersteig total voll, dazu rutschiger Schnee, der alle Seitwärtsbewegungen problematisch werden lässt. Monty ist ein guter Geher; das gesteht ihm Jakob durchaus zu. Monty ist elegant. Aber es liegt auf der Hand, dass Monty nie ernsthaft über seine Art zu gehen nachdenkt; es ist reiner Instinkt. Naturelle hält sich an Slattery; sie lässt ihn die Meute durchpflügen und folgt ihm dann den geschlagenen Pfad hinab, während die Jungen sich zu ihr umdrehen. Jakob folgt den beiden achtsam und umrundet dabei ein bekifftes, schwankendes Mädchen, das zum Himmel schaut und mit der Zunge Schneeflocken einzufangen versucht.

»Hey, Elinsky! Mr. Elinsky! Hey!«

Jakob erstarrt für einen Moment. Das verheißt nichts Gutes. Er geht weiter.

»Elinsky! Ha, das ist Elinsky!«

Eine Hand packt ihn beim Ärmel, und Jakob ist gezwungen, sich umzudrehen, ist gezwungen, Mary D'Annunzio in die unnatürlich leuchtenden Augen zu schauen.

Jakob sagt: »Oh.« Beinahe wird ein *Oh nein* daraus, aber Jakob macht den Mund zu, bevor ihm das *nein* entschlüpft.

»Was machen Sie denn hier? Himmel, ich wusste gar nicht, dass Sie überhaupt mal aus der Schule rauskommen. Ich dachte, Sie hätten ein Bett im Heizungsraum stehen oder so.«

Jakob blättert im Geiste mögliche Fluchtpläne durch. Er bleibt kurz bei *Ich bin nicht der, für den Sie mich halten; ich bin Jakob Elinskys Zwillingsbruder* hängen – aber als er es mit diesem Satz das letzte Mal probiert hat, wollte ihm niemand glauben, und dann hat er erst richtig in Schwierigkeiten gesteckt.

»Mary D'Annunzio«, sagt er, um Zeit zu schinden. Sie trägt ein paar altmodische schwarze Jeans, die sie bis über die schwarzen Stiefel hochgekrempelt hat, einen falschen Waschbärpelzmantel und keine Kopfbedeckung; die feuchten schwarzen Haare ringeln sich ihr die Stirn und den Nacken hinab. Der schwarze Lidschatten ist ihr die Wangen hinuntergelaufen.

»Ja, genau. Mary Zwei-plus D'Annunzio.« Sie missversteht sein entsetztes Gesicht und fügt hinzu: »War nur ein

Witz, ist halb so schlimm. Die Story war ehrlich gesagt ziemlicher Schrott.«

»Ich muss gehen«, sagt Jakob. »Ich bin mit Freunden hier.«

»Ja, mit dem Typen, der mit dem Türsteher gesprochen hat, stimmt's? Was meinen Sie, könnte er uns reinschleusen?«

»Ähm, ich ...«

»Die wollen niemanden reinlassen, weil es angeblich schon zu voll ist. Ich muss da aber unbedingt rein. Sind Sie ein Dusk-Fan?«

»Natürlich.«

»Er ist der absolute Bringer, nicht? Er bringt's total. Ich fass es nicht, dass Sie auf Dusk stehen! Keine Beleidigung, aber ich dachte, Sie stünden mehr auf Flöten oder ...«

»Ich finde Dusk sehr gut«, sagt Jakob, »obwohl mir seine frühen Sachen besser gefallen.«

»Seine frühen Sachen?«

»Jake, was treibst du da?« Monty hat kehrtgemacht und bedeutet Jakob, sich zu beeilen. »Die halten extra die Tür für uns auf.«

»Ich bin Mary D'Annunzio«, sagt sie und lässt den Ärmel von Jakobs Mantel nicht los.

»Toll«, sagt Monty. »Komm, auf geht's, Kumpel.«

»Ich gehör zu Jake«, sagt Mary und legt ihren Kopf an Jakobs Brust. »Wir lieben uns.«

Jakob schließt die Augen.

Monty grinst. »Im Ernst. Hab ich gar nicht mitgekriegt, dass ihr zwei zusammen seid. Na, dann komm mit, drinnen ist Platz genug.«

»Moment«, sagt Mary. »Ich bin noch mit drei Freundinnen hier.«

Monty starrt sie an. »Du bist noch mit drei Freundinnen hier? Dich haben sie wohl zu heiß gebadet. Willst du nun mit rein oder nicht?«

»Alles klar«, sagt sie. »Lieber eine als keine.«

Jakob hat die Augen immer noch geschlossen.

»Dann mal los«, sagt Monty zu ihr. »Setz deinen Liebsten in Bewegung und komm mit.«

»Die kommen gleich nach«, sagt Naturelle und führt Slattery eine Treppe hinauf.

»Weißt du, wo du hingehst?« Slattery hat sich ihre beiden Mäntel über den Arm gelegt.

»Ich bin hier schon viel zu oft gewesen«, erklärt sie. »Aber die Musik ist gut.« Slattery ermahnt sich, den Blick auf die Stufen zu richten und nicht auf Naturelles silbergewandetes Hinterteil. Auf dem dritten Absatz missachtet er seine Ermahnung kurz, und schon ist er verloren, verliert er sich in dem prächtigen Geglitzer vor seinen Augen.

»Monty benimmt sich komisch«, sagt Naturelle.

»Ja.«

»Wir müssen ihn im Auge behalten. Ja? Frank?« Sie dreht sich um und schaut auf ihn hinunter. Er sieht zu ihr hoch und lächelt. »Hörst du mir zu?«

»Ihn im Auge behalten. Machen wir. Aber was meinst du mit komisch?«

Sie zuckt die Schultern und steigt weiter die Treppe hinauf. »Er benimmt sich eben total komisch. Findest du nicht, dass er sich komisch benimmt?«

»Ein paar Stunden noch, und er geht ins Gefängnis, Nat. Wie sollte er sich da deiner Meinung nach benehmen?«

»Er sollte sich so benehmen, als ob er Angst hat.« Sie führt Slattery durch eine graue Stahltür, und die Musik brandet über sie hinweg, eine Woge von Basstönen. Sie stehen auf einem langen Balkon, fünfzehn Meter über der Tanzfläche; sie halten sich am Geländer fest und schauen auf das Gewimmel von sich windenden Leibern hinunter.

»So voll hab ich den Laden noch nie erlebt«, sagt Naturelle. Slattery schüttelt den Kopf, die Musik übertönt alles. »Komm!«, ruft sie. »Hier lang!«

Er folgt ihr zum anderen Ende des Balkons, eine kurze Treppe hinab. Vor einem Samtvorhang steht ein Mann mit einer scheußlichen Brandnarbe auf der einen Gesichtshälfte, die Haut ist unnatürlich straff und glänzt von irgendeiner Salbe. Der Mann lächelt, beugt sich hinunter und gibt Naturelle einen Kuss auf die Wange.

»Wo bleibt er denn?!«, fragt er brüllend in ihr Ohr.

»Er muss gleich da sein! Oscar, das ist Frank!«

Slattery und der Türsteher nicken einander zu. Naturelle schiebt den Vorhang zur Seite und betritt den leeren VIP-Raum. »Wir werden hier wohl unter uns bleiben. Na ja, wenigstens ist es ein bisschen leiser.«

»Was ist mit seinem Gesicht passiert?«, flüstert Slattery.

»Keine Ahnung. Ich hab Monty gefragt, und er hat gesagt: ›Er hat sich verbrannt.‹« Sie schüttelt den Kopf. »Vielen Dank auch für die Auskunft, Montgomery.«

Slattery kann Clubs nicht ab. Er kann diese ultrahippen Kinder nicht ab, die neunzig Pfund wiegen und filterlose Zigaretten rauchen, diese Typen auf dem Klo, die zehn Minuten vor dem Spiegel stehen und an ihren Haaren rummachen und probehalber ein Lächeln aufsetzen und den Schritt ihrer Hosen zurechtziehen. Und wenn er sich jetzt so umschaut, dann kann er auch diesen VIP-Raum nicht ab. Die Wände sind mit gecrushtem rotem Samt bedeckt. Die Sofas sind mit rotem Samt bezogen, die bombastischen Sessel sind mit rotem Samt bezogen, der Teppich macht einen auf roten Samt. Eine kleine Bar in der gegenüberliegenden Ecke ist mit rotem Samt bezogen. Hinter der Bar steht eine blasse Frau in einem grünen Kleid und winkt Naturelle zu. In der Mitte des Raumes hängt ein Fragezeichen aus schwarzem Stahl von der Decke; der Punkt baumelt zwei Meter über dem Boden. Aus den Boxen an der Wand wummern die Bässe von D. J. Dusk.

»Guck mich nicht so an«, sagt Naturelle. »Damit hab ich nichts zu tun.«

»Bring mir was zu trinken mit«, sagt Slattery. Er lässt sich in einen Sessel fallen und schließt die Augen. Seit halb sechs ist er auf den Beinen. Diese Nacht wird nie rumgehen.

»Und woher kennst du Jake?«, fragt Mary und folgt Monty die Stufen hinauf. Jakob übernimmt das Schlusslicht. Er weiß immer noch nicht recht, was hier läuft.

»Wir sind zusammen zur Schule gegangen«, sagt Monty.

»Echt? Auf die Campbell-Sawyer? Du bist auf die Campbell-Sawyer gegangen? So siehst du überhaupt nicht aus.«

»Das fanden sie auch.«

»Ich kann den Laden nicht ab. Elin – Jake ist in Ordnung, aber ansonsten …«

Monty bleibt stehen und dreht sich um. »Wie alt bist du?«

»Einundzwanzig«, sagt Mary, ohne zu zögern. »Ich bin später eingeschult worden.«

»Wie alt bist du wirklich?«

»Siebzehn.«

Monty schmunzelt. »Und Mr. Elinsky hier ist dein Lehrer?«

»Jawoll.« Mary dreht sich um und tätschelt Jakob den Arm. »Ich bin seine Lieblingsschülerin.«

»Hör mal«, sagt Jakob, »sie ist siebzehn. Wir können sie hier nicht mit reinnehmen.«

»Warum nicht?«, fragt Monty. »Wir sind doch schon drin.«

»Wo ist das Problem? Ich hab 'nen Ausweis.«

»Du bringst die Leute hier in Schwierigkeiten«, sagt Jakob. »Wegen dir könnte der Club geschlossen werden.«

Monty schnaubt und geht weiter die Treppe hinauf. »Scheiß auf den Club. Wie heißt du noch mal? Mary D'Agostino?«

»D'Annunzio.«

»Was hältst du von Mr. Elinsky?«

»Er ist in Ordnung.« Sie dreht sich um und grinst Jakob an. »Auch wenn er manchmal so tut, als wär er ein alter Opa.«

»Das stimmt, das tut er. Ich finde, Mr. Elinsky sollte heute mal richtig was erleben. Ich finde, wir sollten dafür sorgen, dass Mr. Elinsky endlich mal richtig einen draufmacht.«

»Meinetwegen«, sagt Mary. »Dann seid ihr also auf die C-S gegangen, als da nur Jungs drauf waren, ja?«

Monty öffnet die Feuertür und führt sie auf den Balkon hinaus. »Nur Jungs«, sagt er, aber seine Worte gehen in dem Lärm unter.

»Oh, hört euch das an! Hört ihr's? Dusk ist der absolute Bringer! Wir müssen tanzen!«

»Jetzt nicht«, sagt Monty. »Erst geht's noch auf eine Party.« Sie können ihn über der Musik nicht hören, aber sie folgen ihm zum VIP-Raum hinunter, wo Monty und Oscar sich die Hände geben.

»Ich sag Bescheid, dass du da bist!«, ruft Oscar.

»Lass mir 'ne Stunde Zeit! Hab momentan den ganzen Aufriss noch nicht drauf.«

Naturelle sitzt an der roten Samtbar und redet mit der Barfrau in dem grünen Kleid. Sie sehen sich beide um, als Monty hereinkommt. Er reckt die Fäuste wie ein Boxchampion, dann tätschelt er Slattery den Kopf.

»Aufwachen, Junge! Was machst du denn?«

Slattery öffnet die Augen. »Ich bin wach. Dieser Raum – ich komm mir vor, als hätt mich ein Wal verschluckt. Was geht ab?«

»Was abgeht? Meine Abschiedsparty fängt an. Daphne! Champagner! Komm und setz dich mit zu uns. D'Annunzio, das ist Slattery.«

»Hey«, sagt Mary. Sie setzt sich auf die Kante des nächstbesten Sofas und sieht sich um. »Ich hab schon Fotos von diesem Raum gesehen«, sagt sie. »Die Smashing Pumpkins sind hier mal drin gewesen.« Sie starrt Monty an. »Wer bist du? Jemand Berühmtes?«

Monty nickt. »Tu uns einen Gefallen, Mary D'Annunzio. Quatsch nicht so viel.«

Daphne, die Barfrau in dem grünen Kleid, bringt zwei Flaschen Champagner in einem Kühler, gefolgt von Naturelle, die ein Tablett mit Flötengläsern trägt. Monty küsst Daphne auf die Wange, zieht eine tropfende Flasche aus dem Kühler und fängt an, sie aufzumachen.

»Wo ist die Toilette?«, fragt Slattery und steht auf. Finger zeigen zu der entsprechenden Tür, und er geht darauf zu. »Wenn die Klobrille auch noch mit rotem Samt bezogen ist, gibt's Tote.«

Daphne stellt den Kühler auf einen schwarzen Stahltisch und geht wieder zur Bar zurück. Monty lässt den Korken fliegen, etwas Champagner tropft auf den roten Teppich.

Monty presst sich die Flasche an die Stirn. Eine Ader pulst gegen das kalte Glas. Als er merkt, dass ihn alle ansehen, grinst er und schenkt den Champagner ein, verteilt die Gläser und lässt sich auf das Sofa fallen. Er bedeutet Jakob, sich zu ihm zu setzen.

»Ich muss jetzt tanzen«, sagt Mary und schüttelt sich aus ihrem Waschbärmantel. Sie trägt ein weißes Tank-Top mit einem Tweety-Bild. Tätowierte Rosen ranken sich um ihr linkes Handgelenk. Sie greift sich Jakobs Yankees-Mütze, zu schnell für seine verlangsamten Reflexe, und setzt sie sich verkehrt herum auf. »Will jemand tanzen?«

»Ich«, sagt Naturelle. »Kommst du mit uns tanzen?«, fragt sie Monty.

»Ein bisschen später. Jake und ich müssen reden.«

»Ich bin Naturelle«, sagt sie und geht mit Mary aus dem Raum.

»Ich bin Mary D'Annunzio. Ich bin Jakes Freundin.«

Jakob plumpst neben Monty und legt sich einen Arm über die Augen. »Was tust du mir an?«

Monty grinst. »Die ist süß, Kumpel. Sie quatscht zu viel, aber sie ist süß.«

»Du sorgst dafür, dass ich rausfliege. Bist du dir darüber im Klaren? Sie wird es ihren Freundinnen erzählen, und die werden es ihren Freundinnen erzählen, und bald weiß die ganze Schule, dass Mary D'Annunzio und Mr. Elinsky zusammen in einem Club gewesen sind.«

»Ja und? Dann seid ihr eben in einem Club gewesen. Sag ihnen, dass dein Freund Geburtstag hatte und du sie mit reingenommen hast. Damit hast du doch nichts verbrochen, oder? Bis jetzt jedenfalls.«

Jakob setzt sich auf. »Bis jetzt? Was soll das denn heißen?«

»Du bist scharf auf die Kleine, stimmt's?«

»Scheiße, Monty, sie ist siebzehn! Sie ist meine Schülerin. Da fang ich doch nichts mit ihr an.«

»Ich schon, wenn ich du wäre«, sagt Monty. »Sie hat was. Ich steh auf kleine Mädchen mit Tätowierungen.«

»Na, klasse.«

»Ich krieg dich kaum noch zu sehen. Unsere Wege haben sich irgendwie getrennt.«

»Scheint so.«

»Echt schade. Du hast mehr im Kopf als die Leute, mit denen ich sonst so zu tun habe. Hier«, sagt Monty und hebt sein Glas. »Bring mir einen Toast aus.«

Jakob hebt sein Glas. »Ich soll dir einen Toast ausbringen?«

»Ja. Komm schon, wir werden uns eine Weile nicht zu sehen kriegen. Sag was Nettes.«

Jakob schaut sich die aufsteigenden Bläschen an. »Himmel, ich hab irgendwie einen Aussetzer.«

»Na schön«, sagt Monty. »Auf Doyle.«

»Auf Doyle? Meinetwegen, auf Doyle.« Sie stoßen an und trinken.

»Ist jetzt dein Hund«, sagt Monty.

»Was?«

Monty lässt den Champagner einen Moment auf seiner Zunge prickeln, bevor er ihn hinunterschluckt. »Er braucht ein Zuhause. Und er mag dich.«

»Ja, schon … aber ich weiß nicht. Du weißt doch, wie klein meine Wohnung ist.«

»Armer Doyle, muss in einer kleinen Wohnung wohnen. Hey, das ist ein harter Brocken. Er wird sich daran gewöhnen.«

»Warum kann ihn Nat nicht nehmen?«

»Sie zieht zu ihrer Mutter. Die Frau kann ihn nicht ab. Und gegen Frank hat Doyle was. Und mein Vater ist allergisch.«

»Was ist mit Kostya?«

Monty fährt sich mit den Fingern über den Kopf, silberne Ringe durchpflügen die schwarzen Haare. »Kostya ist so gut wie weg. Und damit hat sich's. Ich kann niemand anderes darum bitten.«

»Ich weiß nicht«, sagt Jakob.

Monty schenkt ihm nach. »Sie fahren echt alles für mich auf, hm? Cristal. Ich bin ein Glückspilz, dass ich mit so fürsorglichen Leuten zusammenarbeiten darf.«

»Noch ein Glas, und ich bin offiziell betrunken.«

»Jetzt hör mal«, sagt Monty. »Das ist mir wichtig. Doyle ist mir wichtig. Für mich ist er kein Haustier, er ist ein Freund. Ich weiß, wie sich das anhört. Ich weiß, dass es sich komisch anhört. Aber hör mal, als ich ihn gefunden habe, da hat er keinem Menschen getraut. Wenn ihn einer streicheln wollte, hätte er ihm am liebsten die Hand abgebissen. Ich hab ihn gefunden, und er war so gut wie tot, ein paar Stunden länger, und ihn hätten die Ratten gefressen. Die Typen, denen er gehört hat, die haben ihre Zigaretten auf ihm ausgedrückt, die haben ihn mit Ketten verprügelt oder so. Und Hundekämpfe mit ihm gemacht, dabei hat er sein eines Ohr verloren.«

»Ja, das hast du mir erzählt.«

»Doyle ist der härteste Brocken, den ich kenne. Er hat da neben dem Highway gelegen und auf den Tod gewartet. Er hat gewusst, dass er sterben wird. Und er hat keinen Mucksser gemacht. Er hat einfach dagesessen und gesagt, scheiß auf die Schmerzen, er hat gesagt, scheiß aufs Sterben; scheiß auf den Typen, hat er gesagt, als ich ankam und ihm helfen wollte. Aber ich hab ihm trotzdem geholfen. Ist dir das klar? Ist dir klar, dass es das Beste war, was ich im Leben je getan habe? Lass dir das mal durch den Kopf gehen. Es stimmt. Das Beste, was ich in meinem ganzen Leben je getan habe, war es, diesen kleinen schwarzen Köter zu retten. Jeden Tag, den er seitdem hatte, hat er wegen mir gehabt. Jedes Mal, wenn er durch den Park rennt – wegen mir. Jedes Eichhörnchen, das er jagt, jede Hündin, die er bespringt, jeder Knochen, den er kaut – wegen mir. Ich hab ihn gerettet. Und es ist genau andersrum, als man denken würde, weißt du das? Weil es nämlich nicht Doyle ist, der dankbar ist. Nee, Doyle liebt mich, aber er kann sich an das alles nicht erinnern. Das Komische daran ist, dass ich es bin, der dankbar ist. Weil ich ihn herumrennen sehe, weil ich ihn bellen höre, weil es das Beste ist, was ich je getan habe, und er verkörpert es. Auf gar keinen Fall geb ich ihn ins Tierheim. Scheiße, Doyle ist der hässlichste Hund in allen fünf Boroughs. Wer würde ihn nehmen? Kannst du dir vorstellen, dass irgendeine Mom und irgendein Pop ihn da rausholen und mit nach Hause zu ihrem

Töchterchen nehmen: Guck, Schatz, ein Hündchen für dich! Kannst du dir vorstellen, wie die Kleine dann zu heulen anfängt? Herrgott, Doyle sieht aus, als wär er in der Hölle groß geworden. Und ich sag's dir, ich werd nicht zulassen, dass irgendein Tierarzt eine Nadel in ihn reinsticht und ihn tot macht. Ich hab ihm das Leben gerettet, ja? Ich bin für ihn verantwortlich. Ich hab das alles doch nicht durchgemacht, damit er jetzt eingeschläfert wird. Wenn es so weit kommt, dann mach ich es selbst. Dann schieß ich ihm heute Nacht eine Kugel ins Ohr. Und darum frag ich dich, Jake – um meinetwillen, weil du mir damit einen Gefallen tun würdest, und zwar einen Riesengefallen, aber ich frag dich trotzdem – nimmst du ihn? Nimmst du ihn bei dir auf?«

Jakob schweigt, reibt mit den Handflächen über die roten Samtpolster.

»Soll ich dir was sagen?«, sagt er schließlich. »Es wäre mir eine Ehre.«

Monty lächelt, und er hat Tränen in den Augen. »Ich hab gehofft, dass du das sagen würdest. Ehrlich.«

»Na, nach der Ansprache, Herrgott, wie könnte ich da Nein sagen?«

»Gut«, meint Monty und strahlt. »Jetzt müssen wir dich bloß noch mit dieser kleinen D'Annunzio zusammenbekommen, und dann ändert sich dein ganzes Leben.«

»Hey, das ist nicht witzig. Sie ist meine Schülerin, Monty. Das wäre wirklich finster.«

»Klar«, sagt Monty, legt seinen Kopf auf die Rückenlehne und schließt die Augen. »Na und?«

Slattery kommt von der Toilette zurück und setzt sich zu ihnen. »Ich geh nie wieder zum Chinesen«, sagt er und reibt sich den Magen. »Nie wieder.«

»Ja gut«, sagt Jakob und klopft Monty auf die Schulter. »Ich möchte, dass du mir eine Frage beantwortest.«

»Welche denn?«

»Findest du …?«

»Wenn du ihn fragst, ob du wie ein Frettchen aussieht«, sagt Slattery, »dann brat ich dir eine über.«

Jakob hält inne, dann schüttelt er den Kopf. »Das wollte ich nicht fragen.«

»Wer findet, dass du wie ein Frettchen aussiehst?«, fragt Monty.

»Die Gören auf der Campbell-Sawyer«, sagt Slattery.

»Nein, finden sie nicht«, sagt Jakob. »So ein Quatsch. Außerdem wollte ich etwas ganz anderes fragen.«

»Jake ist schon den ganzen Abend so schlecht drauf«, sagt Slattery. »Der Knabe braucht was fürs Bett.«

»Das hüpft unten auf der Tanzfläche rum«, sagt Monty, die Augen immer noch geschlossen. Er klopft die Rhythmen von D. J. Dusk auf den Sofakissen mit. Seltsame, bedrohliche Musik. Gegen die schneller werdenden Trommeln sind gesampelte Orgelklänge gesetzt. An manchen Stellen scheint das Thema sich jeden Moment in Dissonanzen aufzulösen, als drohe Dusk seinem Publikum mit der Möglichkeit des Chaos – aber dann zieht er die Trommeln kurz herunter, und das einsame Brummen der Orgel veranlasst den ganzen Club, die Ohren zu spitzen.

»Was meinst du, Frank?«, fragt Monty und öffnet die Augen. »Sie sieht ziemlich gut aus, oder?«

»Wer, die Kleine? Wer ist das?«

»Sie ist meine Schülerin«, sagt Jakob. »Versteht ihr? Meine Schülerin.«

»Findet sie etwa, dass du wie ein Frettchen aussiehst?«, fragt Slattery.

Das Licht geht aus, und Monty steht halb vom Sofa auf und fasst nach der Waffe, die er hinten am Gürtel trägt.

Das Licht geht wieder an. Bei den Samtvorhängen steht Kostya, eine Hand am Lichtschalter. »Fängt die Party etwa ohne mich an?«

Monty lässt den Griff seiner Pistole los und steht auf. »Ich hätte dich erschießen sollen, du blöder russischer Fettsack.«

Kostya schlendert herüber und wedelt mit dem Finger. »Ukrainischer. Blöder ukrainischer Fettsack.« Er drückt Monty an seine Brust und küsst ihm die Wangen. Monty lässt die Umarmung des großen Mannes steif über sich ergehen.

Anschließend wischt er sich das Gesicht mit dem Ärmel seines schwarzen Pullovers ab.

»Montgomery – mein Freund. Bist du schon lange hier? Und machst Champagner ohne mich auf? Frank! Hallo, Frank!«

»Hey, Konstantin.«

»Kostya. Bitte, Kostya. Mir geht's gut, ja. Und« – er legt Monty seine fleischige Hand auf die Schulter – »wie gut es mir erst gehen wird, wenn mein Freund dann wieder bei uns ist. Ja, hallo … Jason, richtig?«

»Jakob«, sagt Jakob. Sie haben schon mindestens fünf Mal miteinander zu tun gehabt. Jakob kann Kostya nicht leiden. Der Ukrainer ist ihm zu groß, zu laut. Jakob kann seine Seidenhemden nicht leiden, seine goldenen Ringe, sein nikotinfleckiges Lächeln. Kostya hat keine Vorderzähne mehr, er trägt eine Brücke; wenn er betrunken ist, nimmt er sie immer heraus, um Frauen lüstern angrinsen und Erdnüsse durch den Raum spucken zu können.

»Ist alles für dich bereit«, sagt Kostya zu Monty. Er zwinkert. »Sehr nettes Mädchen für dich.«

»Ich bin nicht in Stimmung.«

»Ach, wenn du sie siehst, bist du in Stimmung. Ich hab sie extra für dich ausgesucht.«

»Das letzte Mädchen, das du für mich ausgesucht hast, hatte nur noch drei Zähne im Mund.«

Kostya lacht laut auf. »Witzig, dass du sagst das …« Alle warten auf den Rest.

Schließlich fragt Monty: »Warum ist es witzig, dass ich das sage?«

Kostya zuckt die Schultern. »War eben witzig, dass du das gesagt hast.«

Stille. »Moment«, sagt Monty. »Wenn jemand mit ›Witzig, dass du das sagst‹ rauskommt, dann heißt das so viel wie: ›Das erinnert mich an diese andere witzige Geschichte.‹«

»Nein, nein, ich meine, was du gesagt hast, war witzig. ›Witzig, dass du das sagst.‹ Siehst du? Es war witzig, dass du das gesagt hast.«

Niemand sagt etwas.

»Komm«, sagt Kostya schließlich. »Willst du sie kennen lernen?«

»Glaube nicht. Naturelle ist unten am Tanzen.«

»Dann gehen wir schnell, jetzt gleich. Ja? Du musst sie dir anschauen, die Kleine. Ich hab sie extra für dich ausgesucht. Der Champagner ist gut?«

»Wie viele Mädchen hast du? Hast du jemand Nettes für meine Freunde?«

»Für mich nicht«, sagt Slattery. »Vielen Dank.«

Monty hält Slattery die Hand hin. »Komm mit runter. Wir müssen reden.«

»Das ist nicht mein Stil, Monty. Ehrlich ...«

»Nein, alles in Ordnung. Ich will dich bloß was fragen.«

Slattery ergreift Montys Hand und zieht sich hoch. »Na, dann. Du gehst vor.«

Jakob rutscht unruhig auf seinem Sitzplatz herum. »Und ich soll hier bleiben?«

»Du musst hier bleiben. Wer passt denn sonst auf Mary D'Agostino auf, wenn sie wiederkommt?«

»Soll ich Nat sagen, dass du unten Sex mit einer Prostituierten hast?«

»Nein«, sagt Kostya entsetzt. »Sag ihr das bloß nicht.«

Monty lächelt. »Sag ihr, was du willst. Aber setz dich nicht ab – wir gehen nach der Party zu mir und holen Doyle.«

Jakob sieht zu, wie die drei Männer den Raum verlassen. Drei Männer, denkt er. Alle haben sie körperliche Kraft, Präsenz; man geht mit diesen dreien irgendwo hin und fühlt sich sicher, beschützt. Jakob hat als Kind immer geglaubt, er würde eines Tages *groß* sein. Sein Vater ist groß gewachsen; sein älterer Bruder war im Ruderteam von Syracuse. Sogar seine kleine Schwester ist zwei Zentimeter größer als er. Was soll das für ein Mann sein, der kleiner als seine kleine Schwester ist?

Wie sieht die D'Annunzio wohl aus beim Tanzen?, fragt Jakob sich. Tanzt sie mit irgendeinem Jungen oder mit Naturelle? Mary D'Annunzio und Naturelle Rosario zusammen am Tanzen. Ein Anblick, der einen wärmen kann in einer Winternacht. Herrgott noch mal, die beiden sind die reinste Orgie aus Vokallauten.

Was darf ein Mann nie fragen, wenn er Reizwäsche kaufen geht? Und was zum Teufel bildet LoBianco sich ein, hier den Moralapostel zu spielen? Und wo steckt LoBianco wohl gerade? Hat er es sicher nach Hause geschafft oder liegt er jetzt schnarchend in der Ecke irgendeiner Alte-Männer-Bar auf der Christopher Street herum? Alt und schwul und arbeitslos. Frohes neues Jahr.

Die drei Männer stehen am Geländer und sehen auf die Tanzenden hinab. D. J. Dusk bearbeitet seine Turntables auf einer Plattform über der Tanzfläche. Er steht direkt unter einem gelben Scheinwerfer, flankiert von Monitorboxen und Trockennebelmaschinen; gewandt legt er den Tonabnehmer auf eine sich drehende Platte, und für einen Moment erhebt sich Keith Jarretts wildes Piano über die stampfenden Maschinenklänge.

»Guck dir die an!«, schreit der Ukrainer Monty ins Ohr und zeigt nach unten. »Die in dem schwarzen Tank-Top! Aus Schweden, oder? Ich hab noch nie Frau gevögelt, die blonden Bären hat! Du? Aber wen frag ich da?« Er stößt Monty mit dem Ellbogen an und zwinkert. »Mr. Puerto Rico persönlich!«

»Warum hältst du zur Abwechslung nicht mal das Maul«, sagt Monty.

Kostya kann ihn nicht hören, aber er sieht, was Monty für ein Gesicht macht. »Hab ich dich beleidigt? Entschuldige, mein Freund! Nicht böse sein!«

»Wo ist diese Kleine, die ich kennen lernen soll?«

»Unten im Blauen Zimmer! Bist du so weit? Ich geh mal nachschauen, dass sie auch wirklich da ist. Die wird dir gefallen, die Kleine! Sehr nett, die Kleine!«

»Alles klar, ich komm gleich nach.«

»Du gehst runter, du vögelst sie, du kommst wieder zurück und trinkst mit deinen Freunden. Das ist Party!«

»Bis gleich.«

Kostya klopft ihm auf den Rücken und geht. Monty sieht Slattery an, folgt dem Blick seines Freundes zu einer Ecke der Tanzfläche und entdeckt Naturelle und Mary in einer Traube von schwitzenden Leibern.

»Silber steht ihr gut«, sagt Monty gerade so laut, dass sein Freund ihn hören kann. »Findest du nicht auch?«

Slattery richtet sich auf, als hätte ihn jemand von hinten angetippt. »Wem, Nat?«

»Sie ist wunderschön. Sie ist die einzige Frau – das hab ich dir aber schon mal erzählt, stimmt's? – Naturelle ist die einzige Frau, über die ich auch noch herumfantasiere, nachdem wir miteinander geschlafen haben. Ist immer noch so. Manchmal sitz ich in der U-Bahn und kann an nichts anderes denken als daran, nach Hause zu kommen und sie aus ihren Klamotten zu kriegen. Ist wahrscheinlich ganz normal so.«

»Wahrscheinlich«, sagt Slattery. »Ganz normale Sache, das.«

Monty sieht ihr zu. Sie ist total selbstbewusst auf der Tanzfläche. Sie bewegt sich gut, und sie weiß, dass sie sich gut bewegt; die Musik überspringt Takte und ändert den Rhythmus, aber Naturelle kommt nie raus.

»Wie läuft's auf der Arbeit?«

Slattery schüttelt den Kopf und zeigt auf sein Ohr. Monty wiederholt die Frage, lauter.

Slattery nickt. »Gut. Heute Morgen war der reinste Hammer.« Er wartet, dass Monty ihn fragt, aber Monty fragt ihn nicht, also sagt Slattery: »Ich hab in neun Minuten zwei Millionen Dollar gemacht. Das dürfte fast der Rekord sein. Gibt nicht allzu viele Siebenundzwanzigjährige, die mit dermaßen viel Geld rummachen.«

Monty sieht zu, wie ein muskulöser Weißer mit freiem Oberkörper und völlig zutätowierten Armen sich seinen Weg zu Naturelle bahnt und mit ihr zu tanzen anfängt. »Und was davon bleibt für dich übrig?«

»Wie, du meinst als Provision? Es gibt keine Provision, so läuft das nicht.«

»Zwei Millionen für die Typen meint also nicht einen Dollar für dich?« Der Mann mit dem freien Oberkörper beugt sich vor und sagt etwas zu Naturelle. Sie zuckt die Schultern und dreht sich weg.

»Das läuft alles über den Bonus«, sagt Slattery. »Je mehr Geld ich für die Bank mache, desto mehr Geld mache ich für mich. Das nennt sich Kapitalismus, glaub ich. Scheint ganz gut zu funktionieren.«

Zwei junge Männer kommen den Balkon entlang. Als sie Monty erkennen, klopfen sie ihm auf den Rücken und rufen ihm etwas ins Ohr. Beide haben sie teure Anzüge an, keine Krawatten, die Hemden offen, dicke Goldketten um den Hals. Slattery sieht den Tanzenden zu. Nun sagt der Tätowierte etwas zu Mary. Mary packt ihn beim Gürtel und fängt an, ihm die Hüften gegen das Becken zu stoßen.

»Noch sechs Monate«, sagt Monty, nachdem seine Freunde gegangen sind.

»Sprich lauter!«, ruft Slattery, und Monty nickt.

»Noch sechs Monate, und ich wär zu dir gekommen und hätte gesagt: Guck mal, meine Kohle, was tu ich jetzt damit? Hätte dich machen lassen. Ein paar Aktien gekauft und aufgehört. Und zugeschaut, wie das Geld sich vermehrt. Sechs Monate noch. Ich bin zu gierig geworden. Das ist passiert. Ich bin zu gierig geworden, und dann hatten sie mich am Arsch.«

»Komm, hör auf, dir darüber Gedanken zu machen.«

»Quatsch. Ich *kann* überhaupt nicht aufhören, mir darüber Gedanken zu machen. Ich sag dir was, Frank«, entgegnet Monty leise. Slattery muss sich zu ihm hinüberbeugen, damit er etwas mitbekommt. »Ich überstehe das nicht. Ich hab mich immer für einen harten Burschen gehalten, ich hab immer gedacht, dass ich's mit jedem aufnehmen kann, aber das ist lachhaft. Ich werd's nicht überstehen. Da drin sind tausend Typen, die härter drauf sind als ich, und die werden mich fertig machen, die werden nichts von mir übriglassen. Schau mich an! Ich seh gut aus und bin weiß. Ich übersteh doch keine sieben Jahre da drin.«

»Doch, das wirst du. Dir wird nichts anderes übrig bleiben.«

»Du hörst mir nicht zu.«

»Du hast keine andere Wahl, Monty.«

»Was?«

»Du hast keine andere Wahl, hab ich gesagt!«

»Ich hab eine andere Wahl. Wenn ich mich dafür entscheide, dort morgen nicht hinzugehen, dann gehe ich dort morgen nicht hin.«

Slattery nickt. »Aber absetzen wirst du dich auch nicht. Wenn du dich hättest absetzen wollen, wärst du längst weg.«

»Ich setz mich nicht ab«, sagt Monty. »Es gibt noch einen anderen Ausweg.«

»Dummes Zeug«, sagt Slattery und schüttelt den Kopf. »Du musst stark sein ...«

»Stark? Es ist vorbei, Bruder. Schluss, Ende, aus. Für was soll ich stark sein? Was soll ich deiner Meinung nach machen, mir auf die Lippe beißen, wenn sie auf mich losgehen? Erzähl mir doch nichts von stark. Du hast doch keine Ahnung.«

»Du bist fitter als die alle zusammen«, sagt Slattery. »Hörst du: Du bist fitter. Eine Woche, und du weißt, wie es da läuft, du kennst die Namen, die Spielregeln. Mach einfach ...«

»Willst du wissen, was da abgehen wird in der ersten Nacht? Pass auf. In der ersten Nacht wird's überfüllt sein da, und sie werden im Kraftraum Feldbetten aufstellen, um alle unterzubringen. So weit alles klar? Als nächstes werd ich mitkriegen, wie die Wärter alle rausgehen, wie sie lachen und mich angucken und die Köpfe schütteln. *Hey, Weißkäse, da hast du dir aber was eingebrockt.* Bamm, lieg ich auf dem Boden und hab das Knie von irgendeinem Packer im Kreuz. Ich versuch wegzukommen, aber es sind zu viele. Einer von denen fängt an, mir mit 'nem Stück Rohr die Fresse zu polieren. Er schlägt mir die Zähne raus; ich verschluck mich an meinem eigenen Blut. Die treten mir in die Rippen, und ich muss kotzen, und da sind Zähne mit drin, ich seh meine Zähne da in der Kotze liegen. Die schlagen sie mir raus, die schlagen sie mir komplett raus. Weißt du warum? Damit ich ihnen die ganze Nacht lang einen blasen kann, ohne dass sie Angst haben müssen, dass ich ihnen was abbeiße. Die machen mich zum Sexspielzeug für jeden Schwulen, der da rumläuft. Und selbst wenn ich das alles überstehe, wenn ich sie durchhalte, diese sieben Jahre abzüglich vierundachtzig Tage für gute Führung. Was dann? Ich werd vierunddreißig sein, wenn ich rauskomme. Was hab ich dann wohl für Chancen? Als was soll ich dann arbeiten? Ich werd ein abgefuckter Ex-Sträfling mit 'nem Gebiss von der Fürsorge sein. Was für einen Scheiß redest du da eigentlich? Ich hab mir das genau angeschaut, Frank, kannst du glauben. Ich habe mir die Möglichkeiten genau angeschaut.«

»Vierunddreißig ist doch kein Alter. Hörst du? Hey, hör mir zu, bitte. Dann bist du immer noch jung. Ich werd's geschafft haben bis dahin, ich werd meine eigene Firma haben. Du und ich, wir werden zusammen was auf die Beine stellen. Nein, hey, hör zu. Ich werd arbeiten, Monty, sieben Jahre lang werd ich arbeiten. Ich werd härter arbeiten als diese ganzen Säcke von der Ivy League. Und wenn du wieder rauskommst ..., dann stellen wir was auf die Beine zusammen. Ich werd ein Restaurant kaufen oder eine Kneipe in der Upper West Side. Lässt sich eine Menge Geld verdienen mit einer anständigen Kneipe. Ich schieß die Kohle rein, und du führst den Laden, damit kriegen wir das ganze Viertel. Zwei irische Jungs aus Brooklyn, was soll da schief gehen, Herrgott noch mal? Jungbier am St. Paddy's Day und Montagabends zum Football Frei-Hotdogs. Scheiße, ich werd sogar einmal in der Woche an der Tür stehen, das hab ich seit dem College nicht mehr gemacht. Denk drüber nach. Altmodische Jukebox in der Ecke, hinten ein Pooltisch ...«

»Frank, kann ich dir mal was sagen? Ist wirklich ein nettes Angebot, ja? Aber ich kann mir nicht vorstellen, dass es so kommt. Ich kann mir nicht vorstellen, dass wir zwei zusammenarbeiten werden. Dass Jake und ich wieder um die Häuser ziehen werden. Dass ich noch mit Naturelle zusammen sein werde. Kann ich mir nicht vorstellen.«

»Von denen hab ich nichts gesagt«, sagt Slattery leise. Monty sieht ihn nicht an; er zeigt keinerlei Anzeichen, dass er es gehört hat, also spricht Slattery lauter. »Von Jake hab ich nichts gesagt. Und von Naturelle auch nicht.«

»Nur von dir, ja?«

»Jetzt sag mir bitte mal was, ja? Hab ich dir je was versprochen und es dann nicht gehalten? Hab ich das je getan? Hab ich je gesagt, ich wär da und da, und bin dann nicht da gewesen?«

Monty schweigt einen Moment lang, betrachtet seine Hände. »Nein.«

»Ich sage dir also, ich werde da sein, und dann werde ich auch da sein.«

»Gut«, entgegnet Monty. »Aber morgen wirst du nicht da sein.«

Slattery nickt und sagt nichts.

»Darum muss ich dich um etwas bitten. Du bist mein Bruder, stimmt's, mein bester Freund?«

»Das weißt du.«

»Du musst etwas für mich machen.«

Slattery wartet.

»Nicht hier«, sagt Monty. »Hier können wir das nicht machen. Kannst du später mit Jake und mir mitkommen? Ich geb ihm Doyle.«

Slattery lächelt. »Ich hatte Angst, du willst ihn mir geben.«

»Nee, Doyle kann dich nicht leiden. Wir hauen hier bald ab. Wir sehen uns im VIP-Raum, ja? Ich muss mich noch von ein paar Leuten verabschieden. Klingt das gut?«

»Was immer du willst«, sagt Slattery. »Das weißt du.«

»Gut.« Monty sieht wieder zu den Tanzenden. Der Mann mit dem freien Oberkörper liegt zusammengerollt auf dem Boden, die Hände zwischen den Beinen. Mary und Naturelle sind nirgendwo zu sehen. »Unser Freund Jake«, sagt Monty, »hat sich jemand Fittes ausgeguckt.«

16

Jakob starrt das schwarze Stahlfragezeichen an und nippt an seinem Champagner. Er wäre gern zu Hause, gemütlich im Bett ausgestreckt. Er ist schon zu lange auf.

Der rote Raum füllt sich allmählich. Jakob kennt niemanden von den Leuten, die sich durch den Samtvorhang schieben, keinen der laut sprechenden Männer mit Champagnerflöten in den beringten Händen, keine der schlanken Frauen, die ihre Köpfe zusammenstecken und sich leise unterhalten. Jakob sitzt allein auf dem Sofa und lauscht, versucht in den Gegenströmungen von Akzenten ein paar Satzfetzen aufzuschnappen: Brooklyn, New Jersey, Boston, Dominikanische Republik, Osteuropa, Puerto Rico, Brasilien. Der Name Monty wird in vier verschiedenen Sprachen, einem Dutzend Dialekten ausgesprochen, aber immer in demselben gedämpften Tonfall, in dem die Angehörigen während der Schiwah den Verstorbenen erwähnen.

Jakob überlegt, wie viele Leute sich wohl zu seiner eigenen Abschiedsparty zusammenfänden; der Vergleich dieser imaginären Gruppe mit der Horde hier versetzt ihm einen Stich. Wie bedeutungslos sein Leben doch ist. Wer würde kommen? Ein paar Englischlehrer in kreidefleckigen Jacketts, Paul aus dem Mathe-Fachbereich, Slattery, dazu zwei oder drei Freunde vom College, die sich um das Büfett drängen und acht Minuten lang Jakob-Geschichten zum Besten geben würden, dann wäre der Vorrat an guten Jakob-Geschichten erschöpft. Montys Leben ist geradezu unglaubwürdig in seiner Dramatik; Waffen, Prostituierte, Südamerikanerinnen; ein Leben, über das man sich gern etwas erzählen lässt. Wenn jemand ein Buch über uns schriebe, denkt Jakob, wenn jemand unsere Geschichte erzählen wollte, wie käme ich dann weg?

Man kann kaum noch etwas sehen vor Zigarettenrauch. D. J. Dusk legt einen schweren Bossa nova-Beat hin, darüber ruft Elis Regina in einem geloopten Sample immer wieder denselben Satz. Mitten im Raum lassen drei Frauen ihre Handtaschen fallen und tanzen um sie herum, vorsichtig und wild zugleich. Jakob stellt sich vor, zu ihnen hinüber zu schlendern und mitzutanzen, wie ihre skeptischen Blicke rasch in begeistertes Staunen übergehen, als er auf provokante Weise seine Hüften schwenkt, eine perfekte Rumpfbeuge macht und auf den Händen zu laufen beginnt. Er runzelt die Stirn. Nicht mal in meiner Fantasie kann ich richtig tanzen, denkt er ärgerlich. Mir fallen nur Turnübungen ein. Er trinkt seinen Champagner aus, versucht aufzustehen, schafft es nicht. Oh Mann, denkt er, ich bin betrunken.

Er lässt sich zur Seite sinken, mit dem Kopf auf die samtene Armlehne, und schließt die Augen. Nicht das Glas fallen lassen, ermahnt er sich, der letzte zusammenhängende Gedanke, bevor sich in seinem Kopf das Durcheinander der Traumlogik breit macht. Nicht die Milch verschütten.

Das Nächste, was er mitbekommt, ist dieser warme Körper, der sich der Länge nach an ihn kuschelt, die Hand, die ihm das Champagnerglas entwindet. Irgendwo tief unten geht in ihm eine Alarmglocke los, läutet gedämpft – *Gefahr!* Aber der rote Samt ist zu gemütlich, der schwere Herzschlag der Bässe zu gebärmutterhaft, zu einschläfernd, und dann die Wärme überall.

Fingernägel fahren seine Rippen entlang, und eigentlich weiß er den Namen noch, der zu diesen Fingernägeln gehört, aber er weiß auch, dass er genau das braucht – diese Fingernägel, diesen warmen Körper. Der Name und das Bedürfnis kollidieren nicht, sie umkreisen die Ränder seines Bewusstseins wie einander abstoßende Elektronen.

Aber dann fährt ihm eine Zungenspitze über die Ohrmuschel, und er hört, wie jemand seinen Namen flüstert, mit einer Stimme, die sich nicht anonymisieren lässt. *Jakey*, kommt das Flüstern. *Jakey.*

Er lässt die Augen noch einen Moment zu und wünscht sich, die Flüsterin wäre nur geträumt, aber sie verschwindet nicht; ihre Zunge, ihre Nägel, ihre Stimme bleiben da. Er öffnet die Augen und sieht Mary D'Annunzio rittlings auf sich sitzen, ein Knie auf jeder Seite seines Schoßes. Sie schaut ihn an aus ihren haselnussbraunen Augen, unter seiner Yankees-Mütze hervor. Ihn überkommt ein starker Drang, auf diese ganzen Regeln und Vorschriften zu scheißen, aber er kriegt gerade noch rechtzeitig die Kurve, mit einem unangenehmen Ruck.

»Wuah, was machst du da? Mary, geh runter von mir.«

Mary zuckt die Schultern und lässt sich auf die roten Samtkissen fallen, die schwarzen Doc Martens immer noch auf Jakobs Schenkeln. »Keine Panik. Das interessiert doch keinen hier.«

»Mich interessiert es«, sagt er und schiebt ihre Füße weg. »Was soll das heißen, das interessiert keinen? Hast du eine Ahnung, was passiert, wenn mich – uns – jemand so sieht?«

Aber sie hat Recht, niemand hier scheint etwas bemerkt zu haben. Die drei Frauen tanzen immer noch um ihre Handtaschen herum, die Männer streiten sich immer noch laut, gestikulieren mit ihren Zigaretten, Daphne manövriert immer noch ihr Tablett mit Cocktails durch das Gedränge.

Mary, die auf dem Rücken liegt und die Füße über den Rand des Sofas baumeln lässt, sieht sich das Gedränge ebenfalls an. »Weißt du was? Ich hab das Gefühl, dass der Lehrkörper der Campbell-Sawyer nicht sonderlich oft im VIP-Raum des VelVet anzutreffen ist.«

Jakob setzt sich auf, rollt die Hemdsärmel herunter, knöpft sie zu. »Ich bin hier, richtig? Das weiß man nie.«

»Ich hab grad jemanden in die Eier getreten. Jetzt liegt er da und kotzt.«

»Hast du? Wie nett.« Jakob beugt sich vor und massiert sich die Schläfen. »Mary?«

»Was?«

»Warum hast du grad jemanden in die Eier getreten?«

Bei der Erinnerung muss sie grinsen. »Ich hab mit ihm getanzt, und auf einmal hat er beschlossen, mir seine Hand in die Hose zu stecken. Er hat sie mir praktisch in den Arsch geschoben. Was sollte ich also machen?«

Die markige Beschreibung dieser fremden Hand in ihrer Hose nimmt in Jakobs Kopf irritierend lebendige Formen an. Er versucht, das Bild zu verdrängen, aber er schafft es nicht; er sieht dicke Finger hinter den Bund der schwarzen Jeans gleiten und sich in die weißen Rundungen darunter krallen.

»Er rollt da auf dem Boden rum und sagt, dass er mich umbringen wird, und beschreibt, wie er mich umbringen wird, also ist Naturelle los und hat einen Rausschmeißer geholt und zack, war er draußen. Naturelle ist dicke mit den Rausschmeißern. Total krass, die Frau. Und dann erst dieser Name, toll! Na-tur-elle! Natur pur. Ohne künstliche Aromastoffe!«

»Ja, ganz große Klasse, und sie hat diese Witze auch noch nie gehört. Da könntest du sie wirklich mit amüsieren.« Er starrt Marys Brust an. Tweety erwidert sein Starren alarmiert.

»Was ist ihr Freund eigentlich? Sieht so aus, als gehöre ihm der Laden.«

»Hör mal, Mary, hältst du es für möglich, in der Schule nicht über heut Nacht zu reden?«

»Ja, das halte ich für möglich.«

»Das wäre wirklich gut«, sagt Jakob. »Ich glaube, das wäre wirklich das Klügste für uns beide.«

»Hältst du es für möglich, mir für meine Arbeit eine Eins zu geben?«

Jakob starrt ihr auf die wie blaugeschlagen geschminkten Augen, auf die schlaffen schwarzen Haare. »Sag mir, dass das ein Scherz ist.«

»Das ist ein Scherz, Mister Elinsky. Weißt du, was mein Lieblingswort ist? Ohnmacht. Ich liebe dieses Wort. Ohnmacht. Ich bin noch nie in Ohnmacht gefallen. Würd ich gern mal, wirklich. Einfach in Ohnmacht fallen, und ein hübscher Typ fängt mich auf.«

»Ah, ja. Dann sind wir uns also einig, kein Gerede über heute Nacht?«

Mary lächelt und schließt die Augen. »Das gefällt mir immer so an dir, Elinsky.«

»Was gefällt dir immer so an mir?«

Mary öffnet die Augen. »Ich weiß nicht mehr. Worüber haben wir gerade gesprochen?«

»Ist ja auch egal.«

»Dusk bringt's total. Stimmt's? Hallo? Elinsky? Findest du, dass ich komisch drauf bin?«

»Nein«, sagt Jakob. »Ich finde, dass du manchmal gern Grenzen austestest, aber komisch drauf finde ich dich nicht. Du bist ...«, Jakob macht den Mund zu, bevor ihm das schlimme Wort – *schön* – entschlüpft, »jedenfalls nicht komisch drauf.«

»Deering findet, dass ich komisch drauf bin. Meine Mom findet, dass ich komisch drauf bin. Darum schicken sie mich ständig zu Ruben. Sie finden, dass ich komisch drauf bin.«

»Dr. Ruben unterhält sich mit vielen Schülern.«

»Ja, und die sind alle komisch drauf. Man schickt doch keine Normalos zum Schulpsychologen.«

Gespräche, die ich niemals führen wollte, denkt Jakob, Nummer 9307. »Na ja ...«

»Jenny Klemperer ist Bulimitikerin, Ian Hart duscht sich nie, Sebastien McCoy redet mit sich selbst, und zwar echt laut. Freaks. *Ge-stör-te*«, singt sie.

»Jenny Klemperer ist Bulimitikerin?«

»Jenny Klemperer ist Bulimitikerin und trotzdem dick. *Das* nenn ich komisch drauf. Ich meine, wozu macht sie's dann?«

»Ja, also, ehrlich gesagt lassen wir das besser. Wir reden besser nicht über sie.«

»Ja, aber ich glaube, sie will, dass man über sie redet. Was auch irgendwie komisch ist.«

»Willst du denn nicht, dass man über dich redet?«

»Wenn es gute Sachen wären, schon. Aber ich meine, warum sollte ich wollen, dass jemand sagt: Hey, guck, da ist Mary D'Annunzio, die geht nach dem Mittagessen immer erst mal kotzen. Auf die Art Ruhm bin ich nicht scharf. Hey, kommst du dir nächste Woche *Hamlet* angucken?«

»Natürlich. Du spielst mit, stimmt's? Ophelia?«

Mary verdreht die Augen. »Scheiß auf Ophelia. Laertes.«

»Laertes?«

»Willst du mal meine Sterbeszene sehen?« Sie springt vom Sofa und macht drei Schritte rückwärts, dann stolpert sie langsam auf Jakob zu, die Hände auf den Bauch gepresst. »Lass uns Vergebung wechseln, edler Hamlet! Mein Tod und meines Vaters komm nicht über dich, noch deiner über mich!« Sie bricht auf den roten Kissen zusammen und liegt zuckend da, stöhnend.

Ein paar Zigarrenraucher in der Ecke klatschen laut. Sie grinsen. Jakob starrt sie böse an und merkt, dass er eifersüchtig ist. Andere Männer sollen die Augen von dem Mädchen lassen, mit dem ich ausgehe, denkt er, selbst wenn es meine Schülerin ist. Sie wissen nicht, dass sie meine Schülerin ist.

Jakob starrt auf die bäuchlings hingestreckte Mary hinab, auf den Streifen bleicher Haut zwischen dem Bund ihrer schwarzen Jeans und dem weißen Baumwollstoff ihres Tank-Tops. Drei Wirbel rufen nach einem Finger, der sie entlangfährt. Jakob würde Mary am liebsten zudecken oder aber aus ihren Sachen pellen.

Sie setzt sich auf und fegt sich die schwarzen Haare aus den Augen. »Mit Kunstblut kommt's noch besser.«

»Nein, das war sehr gut. Du hast einen Fanclub.«

»Ms. Taylor sagt, ich bin die beste Sterbende, die sie je hatte. Hast du dir letztes Jahr *Romeo und Julia* angeschaut? Ich bin Mercutio gewesen. Das war der größte Tod aller Zeiten. Meine Mutter hat geweint. Meine Mutter weint ständig, aber trotzdem. Weißt du, was ich gern wäre. Eine Stuntwoman. Bloß dass ich Höhenangst habe. Meinst du, die nehmen auch eine Stuntwoman, die Höhenangst hat?«

»Keine Ahnung. Kann sein.« Jakob würde sich gern weniger langweilig anhören, ist aber zugleich halb davon überzeugt, dass er sich langweilig anhören sollte, dass jede interessante Bemerkung nur einem Flirt Vorschub leisten würde.

»Ich muss jetzt wirklich langsam gehen«, sagt er. »Und ich finde, du solltest besser auch gehen.«

»Willst du wirklich dabei gesehen werden, wie wir zusammen aus einem Club rauskommen?«

Das hat er nicht bedacht. »Ja gut, dann gehst du zuerst, und ich geh ein bisschen später.«

»Das kannst du vergessen«, sagt Mary. »Dusk spielt bloß ein paar Mal im Jahr in New York. Die buchen ihn ständig in London. Ich geh hier erst raus, wenn die Sonne scheint. Außerdem gibt's morgen sowieso schneefrei.«

Jakob reibt sich mit den Handflächen die Augen. »Ich muss dringend ins Bett.«

Mary legt sich auf den Rücken und fängt an, Rad zu fahren in der Luft, die Hände hinter dem Kopf. Die umgekrempelten Aufschläge ihrer weiten Hose rutschen ihr zu den Knien, und Jakob starrt ihre schlanken Waden an, das um ihren rechten Knöchel tätowierte Lilienband. Wie viele Tätowierungen hat sie eigentlich?

»Ich könnt jetzt nicht schlafen«, sagt sie und strampelt wild. »Dafür törnt er mich zu sehr an.«

Jakob nickt. Er muss feststellen, dass ihn die Musik fast in Trance versetzt, dieses Üppige, Feuchte, Tropenhafte; das Trommeln eine Beschwörung, Reginas einer Satz ein Mantra, diese paar aus dem Zusammenhang gerissenen Wörter, die Jakob nicht übersetzen kann, die sie aber auf eine Weise singt, die jede Übersetzung überflüssig macht.

»Weißt du, was ich an dir liebe, Elinsky?«, fragt Mary und stößt ihn mit dem Fuß an der Hüfte an. »Die Art, wie du gehst. Als würdest du jeden einzelnen Schritt planen, linker Fuß hier hin, rechter Fuß dort hin. Genauso hältst du auch deine Bücher immer. Du stehst da vorn an der Tafel und hältst dieses Buch – Melville oder sonst was –, als ob es jeden Moment kaputtgehen könnte, als ob es ein Vogeljunges wär; einmal zu doll zudrücken, und es ist tot. Das liebe ich an dir. Ich muss mal.«

Jakob sieht zu, wie sie sich durch die Menge bewegt, wie sie kurz anhält, um mit den drei Frauen in der Mitte des Raumes zu tanzen. Er sieht zu, wie ein gefährlich aussehender Mann mit zurückgekämmten Haaren ihr applaudiert und sich dann zu seinen Freunden umdreht und nickt. Er sieht zu, wie sie Daphne beim Handgelenk nimmt und auf die Zehenspitzen geht und ihr etwas ins Ohr flüstert; er sieht zu, wie Daphne lächelt und Mary einen blauen Drink in die Hand drückt. Er sieht zu, wie sie die Tür aufmacht und auf der Toilette verschwindet, und er weiß, dass es vorbei ist, dass er verloren ist. Er steht auf und geht unsicher durch den Raum, lehnt sich gegen die rote Samttapete und wartet darauf, dass die Toilettentür wieder aufgeht.

Eine Minute später tut sie das, und Mary starrt zu ihm herauf (*herauf!*, stellt er erfreut fest), starrt ihm ins Gesicht, aus großen Tweety-Augen.

»Musst du mal?«, fragt sie.

»Nein«, sagt Jakob. Er schiebt sie zurück und macht die Tür hinter ihnen wieder zu. Die Toilette ist schwarz gestrichen und wird von einer einzelnen blauen Birne beleuchtet.

»Hey?«, sagt Mary. Ihre Zähne glühen in dem geisterhaften Licht, und Jakob packt sie bei den Schultern und küsst sie hart auf den Mund. Es ist ein toller, ein sündhafter Kuss, ein gewagter Kuss, ein Knaller von einem Kuss. Jakob biegen sich die Zehen nach oben; seine Augen wollen sich nicht öffnen, als der Kuss vorbei ist. Es erscheint ihm notwendig, dass seine Hände zu ihren Brüsten wandern, und sie tun es, schon sind die Bügel ihres BHs unter seinen Fingern.

Schieb es auf den Champagner, sagt er sich, dir sprudeln tausend kleine Bläschen im Blut, da setzt das Hirn schon mal aus. Himmel, fühlt sie sich gut an, weich, wo sie weich sein sollte, und fest, wo sie fest sein sollte. Schieb es auf den Champagner. Für meine Freunde ist mir nichts zu teuer. Das wird teuer, mein Freund.

Erst jetzt fällt ihm auf, dass sie seinen Kuss nicht erwidert, dass ihre Zunge sich nicht bewegt, dass ihre Hände schlaff hinunterhängen. Er reißt sich von ihr los, wischt sich mit der geballten Faust über den Mund. Sie hat die Yankees-Mütze schief auf dem Kopf sitzen und starrt auf den Boden. Jakob steht der Mund offen; er dreht sich weg und brettert durch die Toilettentür, schiebt sich an Zigarrenrauchern und tanzenden Frauen vorbei; er rennt jetzt. Schiebt sich durch den Samtvorhang und rennt.

17

Die Frauen, mit denen Monty aufgewachsen ist, waren laut, fluchten wie die Henker und nagten Hühnerknochen ab. Nicht wie die zerbrechlichen Mädchen, die er in Manhattan auf der Schule traf, die aussahen, als gingen sie gleich kaputt, wenn man sie anbrüllte, um dann in tausend Stücke zersprungen auf dem Holzboden ihres zweistöckigen Apartments zu liegen. Naturelle war genau richtig, ein Mädchen aus dem gleichen Viertel, das auch auf elegant machen konnte.

Er hat sie auf dem Spielplatz im Carl-Schurz-Park kennen gelernt, zwei Blocks von ihrer High School entfernt, an einem heißen Septembernachmittag. Sie saß mit einer Freundin auf der Schaukel und rauchte, als Monty vorbeikam, ein tropfendes Softeis in der Hand, Vanille mit geraspelter Schokolade. Er war zwanzig Jahre alt und hatte gerade einem Engländer fünfzig Briefchen Black Tar verkauft, für zweitausend Dollar. Zwei Meilen weiter hätte der Engländer dieselbe Menge auch für fünfhundert Dollar bekommen, aber er hatte entweder keine Ahnung von den Preisen oder keine Lust, sich nach Harlem hineinzuwagen; jedenfalls war Montys silberner Geldclip mit Hundertern voll.

Monty setzte sich auf eine grüne Parkbank, aß sein Eis und sah den beiden Mädchen zu, wie sie immer höher schaukelten. Sie trugen Schuluniform: weiße, mit den Initialen der Schule bestickte Blusen und grünkarierte Röcke über schwarzen Strumpfhosen. Monty fragte sich, ob die schwarzen Strumpfhosen Vorschrift waren; er hielt sie für eine schlechte Idee. Wenn die Mädchen mit gestreckten Beinen nach vorn schwangen, war unter ihren Röcken nur Schwarz zu sehen, ein Zensurbalken, der einem den ganzen Spaß verdarb.

Sie wussten, dass er sie beobachtete, und sie wussten, dass

sie gut aussahen mit ihren durchtrainierten Beinen, die sich streckten und beugten und wieder streckten, mit ihren langen wehenden Haaren, während sie höher schaukelten. Monty gab der Blonden Extrapunkte für ihre langen Schenkel, konzentrierte sich dann aber auf die Brünette. Während die Blonde ihre Zigarette beim Höherschaukeln nur noch in der Hand hielt, hörte die Brünette nie auf, unbekümmert an ihrer Zigarette zu ziehen und hielt sich an der einen Kette nur mit der Armbeuge fest, während sie himmelwärts sauste. Ihre Verachtung der Gefahr erregte Monty, er sah sie jeden Moment von der Schaukel fliegen, voll über den East River, und mit einem Scheppern in Queens landen. Aber das tat sie nicht; sie schaukelte und rauchte und schwatzte mit ihrer Freundin, alles ganz anstrengungslos, ganz sanfte Beinschwünge.

Ein kleiner Junge fing zu weinen an, als seine Mutter ihn beim Handgelenk packte und von der Rutsche wegzog. Im Sandkasten war eine Horde Kinder dabei, einen Wolkenkratzer zu bauen, ein Eimer Sand auf dem nächsten, höher und höher, bis das ganze Ding zusammensackte und die Kinder kreischten und kicherten und wieder von vorn anfingen. Die größeren Jungen spielten auf dem tiefer liegenden Bolzplatz Abwerfen, dort, wo im Sommer die Rasensprenger standen.

Monty schluckte den Rest seiner Eistüte hinunter und wischte sich die Lippen mit einer Papierserviette ab. Er ging zu den Mädchen hinüber und setzte sich auf die freie Schaukel. Puerto-Ricanerin, entschied er in Sachen Brünette. Mit Begabtenstipendium. Sie zischte an ihm vorbei auf ihrem Weg nach oben.

»Hey«, sagte er, »hast du vielleicht 'ne Zigarette.«

Sie zischte erneut vorbei. »Was?«

»'ne Zigarette«, sagte Monty. Er hatte sie damit zum Anhalten zwingen wollen, aber sie hielt nicht an.

»Das ist meine letzte«, sagte sie im Vorbeizischen.

»Du gehst auf die Chapin, stimmt's?«

»Ja.«

»Kennst du Ella Butterfield?«

Die Blonde bremste mit den Füßen und kam zum Stehen. »Ich hab dich schon mal gesehen, oder?«

Monty nickte, obwohl er genau wusste, dass er sie im Leben noch nicht gesehen hatte. »Ja, ich dachte, ich kenn euch irgendwoher. Geht ihr mit Ella Butterfield in eine Klasse?«

»Ich weiß, wer du bist. Komm, Nat, wir haben Training.«

»Du weißt, wer ich bin?«, fragte Monty. Die Brünette schaukelte langsam aus und sah ihn dabei an. »Wer bin ich denn?«

Aber die Blonde entgegnete nichts. Sie sprang von der Schaukel, schnappte sich ihre Tasche und ging los, ohne zu schauen, ob ihre Freundin hinterherkam.

Monty sah die Brünette an. »Dann heißt du Natalie?«

»Naturelle.«

»Echt? Naturelle. Gefällt mir. Was hat deine Freundin eigentlich für ein Problem?«

»Du bist der Typ, der von der Campbell-Sawyer geflogen ist, weil er beim Basketball mit dem Messer auf einen gegnerischen Spieler losgegangen ist, stimmt's?«

Monty lachte. »Jetzt bin ich schon mit dem Messer auf ihn los. Nee, darum bin ich nicht rausgeflogen. Wie kommt's, dass du nicht mit Blondie zum Training gehst?«

Sie zuckte die Schultern. »Ich will erst fertig rauchen.«

»Und wo wohnst du?«

»Bronx.«

»Ja, hab ich mir schon gedacht, dass du 'ne Förder bist. Wie heißt du?«

»Woher weißt du, dass ich 'ne Förder bin? Woher weißt du, dass ich nicht in Riverdale wohne?«

»Weil Puerto-Ricaner bloß nach Riverdale dürfen, um da die Fußböden zu wachsen.«

Sie schnippte ihren glimmenden Zigarettenstummel über den Zaun, stand auf und ging davon.

Monty sprang von der Schaukel und lief ihr nach. »Warte, hey; hey, tut mir Leid. Ich wollt *Riverdale* beleidigen, nicht die Puerto-Ricaner. Ich bin selbst ein Förder gewesen.«

»Hau ab.«

»Das war keine Beleidigung; wir kommen aus der gleichen Ecke. Hey, komm, tut mir Leid. Ich mach's wieder gut. Ich lad dich zum Essen ein; wohin du willst. Komm, schau mich wenigstens an. Du kannst ganz schön fies gucken, wenn du willst, weißt du das? Dann guckst du ein bisschen wie dieses Monster aus der *Sesamstraße*, wie heißt es noch gleich? Das Keksmonster. Du guckst wie das Keksmonster. Hey, Keksmonster, rede mit mir. Komm schon, ich hab doch gesagt, dass es mir Leid tut.«

»Krümelmonster.«

»Richtig! Krümelmonster. Was im Kopf hast du auch noch. Also, wie sieht's aus, redest du wieder mit mir? Sind wir wieder Freunde?«

»Du bist zu alt, um noch auf den Spielplatz zu gehen«, sagte sie und ließ ihn stehen.

»Ja, gut«, sagte Monty. »Morgen um dieselbe Zeit?«

Hätte ein bisschen glatter laufen können, dachte Monty nach dieser ersten Begegnung, aber er war zum Glück von sich überzeugt – die Kleine mochte ihn bestimmt, auch wenn es überhaupt nicht danach aussah. Also lieh er sich Ella Butterfields Jahrbuch aus, fand darin nur eine Naturelle und ihren Nachnamen und fing an, für sie beim Schulpförtner Geschenke zu hinterlassen. Ein Platinarmband, ein Paar Bernsteinohrringe, Chinchillaweste: eins pro Woche, der Pförtner bald ein grinsender Mitverschwörer. Naturelle akzeptierte die Geschenke, rief aber nie die Nummer an, die groß auf jedem Begleitkärtchen stand, dessen erste Zeile stets lautete: *Gib mir eine Chance*. Schließlich hatte Monty eine Eingebung: er hinterließ eine einzelne Karte für die Knicks, erste Reihe, erstes Heimspiel der Saison.

An diesem Abend zog er seinen brandneuen mitternachtsblauen Anzug an, seine schweineteuren italienischen Wildlederhalbschuhe, kämmte sich sorgfältig die Haare zurück, dass sein spitzer Haaransatz zur Geltung kam, legte seine Silberringe an, fuhr zum Madison Square Garden und beobachtete die Menge. Mir gehört diese Stadt, sagte er sich. Eines Tages wird mir dieses Team gehören, und dann mache ich mich selbst zum Starting Point Guard. Er zwinkerte dem Platzanweiser zu und ging die Betonstufen zur Seitenlinie hinab. Einer seiner Plätze war von einem dicken Mann in einem orangefarbenen T-Shirt besetzt, der seine Coca-Cola mit einem Strohhalm trank.

»Zeit für dich, die Biege zu machen«, sagte Monty. »Los, auf geht's.«

»Leck mich«, sagte der Dicke. »Ist mein Platz.« Er wedelte mit seiner Karte.

»Wo hast du die her, verdammt?«

»Von meiner Schwester. Ich soll dich grüßen und dir sagen, dass sie heute keine Zeit hat. Sie ist in Riverdale, Fußböden wachsen.«

Monty grinste und setzte sich. »Komm, ich spendier dir 'n Bier.«

Die nächste Karte, die Monty ihr hinterließ, war für eine Tanztheateraufführung in der Brooklyn Academy of Music. Auf das Begleitkärtchen schrieb er: *Sag Hector, dass der Vorhang um Punkt acht hochgeht und sie ihn danach nicht mehr reinlassen. Und sag ihm, dass er nicht wieder dieses orangefarbene T-Shirt anziehen soll. Da sind überall Senfflecken drauf.* Und um fünf Minuten vor acht kam im glücklichen Stadtteil Brooklyn Naturelle Rosario den Gang hinuntergelaufen und nahm neben Montgomery Brogan Platz.

Im VelVet, am frühen Morgen des letzten Freitags im Januar, sieht Monty zu, wie ihm eine schöne Frau den Hosenschlitz aufmacht und langsam mit einem langen Fingernagel die Unterseite seines Schwanzes entlangfährt.

»Wie heißt du?«, fragt er sie.

»Maggie.«

»Maggie, ja? Gefällt mir. Maggie.«

»Kurz für Marguerite«, sagt sie und lächelt.

Sie kniet sich auf die blauen Kissen, und Monty schließt die Augen und überlässt sich ihrer Kunstfertigkeit, dem unleugbaren Trost eines guten Blowjobs. Hinter den geschlossenen Augen zieht er Naturelle die Kleider aus: die schwarze

Strumpfhose, den grünkarierten Rock, die weiße Bluse. Er fährt ihr mit den Händen die sanft gewölbten Hüften entlang und zieht ihn an sich, diesen Körper, den er so gut kennt, seinen Geruch, seinen Geschmack. Dann fällt alles in sich zusammen. Unter seinen Händen ist das glatte Kunstleder des Sofas, nicht Naturelles Haut. Es riecht nach kaltem Rauch und verschüttetem Alkohol. Er öffnet die Augen und starrt die blauen Wände an, und als er sich wieder Naturelle vorzustellen versucht, bleibt ihr Gesicht verschwommen und weigert sich, Gestalt anzunehmen. Er spürt, wie er schlaff wird in Marguerites Mund, obwohl ihr Kopf nun immer nachdrücklicher auf und ab fährt und sie ihr Bestes tut, um ihn zu stimulieren. Er macht die Augen wieder zu und versucht, Naturelle wieder heraufzubeschwören, aber es klappt nicht. Naturelle bleibt verschwunden, stattdessen sieht er eine endlose Winterlandschaft vor sich, durch das Fenster des Busses, der ihn in den Norden bringt, rauf nach Otisville. Monty hat nie woanders als in der City gelebt; er ist nie länger als eine Woche fort gewesen. Er zählt die Telefonmasten, die heruntergekommenen Kleinstädte am Highway, die schneebedeckten Felder.

Schließlich tätschelt er Marguerite die Schultern, und sie lässt von ihm ab, sieht in sein Gesicht hinauf, bevor sie blinzelt und sich die Lippen leckt.

»Liegt an mir«, sagt er. »Du bist sehr schön.«

»Und du siehst richtig gut aus«, sagt Maggie, nachdem sie einen großen Schluck von ihrem Champagner genommen hat. »Bist du ein Schauspieler?«

»Ja«, sagt Monty und macht seinen Hosenschlitz zu. »Ich bin ein Star.«

Als die Frau gegangen ist, hebt er sein Champagnerglas an das Auge, und die blauen Wände werden grün. Irgendwo in dieser Stadt schreien Kinder, und niemand kann sie hören. Irgendwo in dieser Stadt brennt ein Feuer, und niemand löscht es, kein toller Feuerwehrmann erstickt die Flammen.

18

Naturelle findet Slattery an einer Bar in einem versteckten Winkel des Clubs. Er sitzt da, über seinen Whiskey gebeugt, und hält sich mit der einen Hand ein blaues Taschentuch ans Gesicht. Sein schwarzer Kaschmirmantel hängt über dem Nachbarhocker. Der Raum soll an die Bibliothek eines englischen Landhauses erinnern: dunkle Holztäfelung, hohe Regale mit alten ledergebundenen Büchern, flackernde Pseudo-Gaslampen. Mitten im Raum sitzen zwei Männer mit Dreadlocks über einem Schachbrett; der eine klopft seiner Dame nachdenklich auf die Krone, während sein Freund zu D. J. Dusks Rhythmen die schwarze Mähne schüttelt.

»Francis Xavier«, sagt Naturelle und drückt seinen Nacken, »was für eine Party ist das denn?«

Slattery fährt sich mit dem Taschentuch über die Augen, faltet es, stopft es sich in die Hosentasche. Er setzt sich auf und lächelt sie rotäugig an, und Naturelle überkommen Schuldgefühle. Bis zu diesem Augenblick hätte sie sich nie vorstellen können, dass Slattery auch mal weint.

»Hey«, sagt er. »Hab dich tanzen gesehen.«

»Warum sitzt du hier ganz allein herum?« Sie setzt sich auf den Nachbarhocker und berührt ihn an der Schulter. »Alles in Ordnung mit dir?«

Er nickt. »Ich hab's in diesem beschissenen roten Saal nicht mehr ausgehalten. Die reinste Gangsterszene. Lauter Leute, die ich nicht kenne. Das sind Montys Freunde?«

»Glaube schon. Sie lassen sich jedenfalls oft sehen.«

Slattery nickt und schwenkt sein Glas, sieht zu, wie der Whiskey zum Rand hochschwappt. Bei jeder Drehung des Handgelenks sieht es so aus, als würde es gleich eine Sauerei geben, aber die gibt es nicht. Naturelle starrt gebannt auf den rollenden Whiskey, bis Slattery das Glas an die Lippen führt und es leert.

»Scheißladen hier«, sagt er. »Das ist die Kluft zwischen mir und deinem Freund. Ich finde solche Läden Scheiße, und er fährt voll auf sie ab. Und außerdem sieht er besser aus.«

Sie lacht. »Jetzt lässt du aber voll den Iren raushängen, Whiskey trinken und in Selbstmitleid baden. Hast du ihn irgendwo gesehen?«

»Habt ihr nicht miteinander getanzt?« Slattery sieht auf die Uhr und flucht. »In einer Stunde muss ich im Büro sein. Herrgott, ich kann mir nicht mal vorstellen, heute zu arbeiten. Du hast mir grad 'ne Grippe angehängt, ja? Ich meld mich krank.«

»Wenn Monty sich bloß krankmelden könnte«, sagt sie und starrt auf Slatterys leeres Glas. »Wo steckt er?«

»Irgendwo wird er schon stecken. Verabschiedet sich wahrscheinlich gerade von den ganzen Rausschmeißern. Und von diesem Manager, wie heißt er noch? Dreht seine Abschiedsrunde.« Slattery schaut zu den Schachspielern. »Seit einer Dreiviertelstunde sitz ich jetzt hier, und dieser Typ hat immer noch keinen Zug gemacht.«

Naturelle schmunzelt. »Kommt dir an dem Spiel nicht irgendwas komisch vor?«

»Er könnte mal seine Türme nach innen ziehen, zum Beispiel. In den Ecken nutzen sie ihm überhaupt nichts.«

Sie sticht ihm einen Finger in die Rippen. »Die Figuren sind alle schwarz, Frank.«

Slattery blinzelt und macht dann große Augen. »Was machen die? Die spielen beide mit Schwarz? Wer hat denn dann angefangen?«

»Keine Ahnung. Spielt ja wohl auch keine Rolle. Wo sie doch alle auf derselben Seite sind.«

»Und was spielt man dann?«, fragt Slattery. »Was ist das Tolle daran? Dass die Läufer die Bauern knuddeln, oder was?«

»Hör mal, ich wollte dich was fragen, kannst du mir einen Gefallen tun?«

»Welchen denn?«

»Behalt ein Auge auf Monty, ja? Sieh zu, dass ihr zusammenbleibt heute Nacht. Er macht mich nervös.«

Slattery wendet sich von dem Schachspiel ab und sieht Naturelle ins Gesicht. »Was ist passiert?«

»Monty steht total neben sich. Diese Warterei macht ihn fertig. Ich glaub nicht, dass er wirklich weiß, was Angst ist, weißt du? Ich glaub, das ist das erste Mal in seinem Leben, dass er Angst hat, und er kapiert es nicht; er kapiert nicht, was los ist.«

Slattery schüttelt den Kopf. »Er hat auch schon früher Angst gehabt. Wie alt war er, als seine Mutter gestorben ist, sieben? Er hat mir erzählt, dass er die ganze Zeit über nicht schlafen konnte, als sie im Krankenhaus lag. Du weißt, wie lange sie im Krankenhaus gelegen hat?«

»Drei Monate.«

»Das ist alles ein dermaßener Schwachsinn«, sagt Slattery, und ihm steigt das Blut ins Gesicht. »Ein dermaßener Schwachsinn. Er hat dermaßen viel drauf, er hat dermaßen was im Kopf, und was tut er? Er versaut sich alles. Und ich, sein bester Freund angeblich … Stimmt doch, oder? Ich bin doch sein bester Freund?«

»Er hat dich total gern, Frank. Das weißt du.«

»Sein bester Freund also, und was tu ich dagegen? Gar nichts. Kein einziges Wort. Als er angefangen hat, den Leuten auf der Campbell-Sawyer Gras zu verkaufen, hab ich da was gesagt? Als alle erzählten, dass sie bei Monty kaufen, die ganze Schule, und ich wusste, dass sie ihn drankriegen würden, *hundertpro*, hab ich da ein Wort gesagt? Die letzten zehn Jahre lang hab ich zugeschaut, wie er tiefer und tiefer reingerät, und dann diese Freunde von ihm, diese Arschlöcher, die ich nicht mal meinen Hund streicheln lassen würde … Und ich? Hab ich gesagt: *Hey, Monty. Vorsichtig jetzt. Sieh zu, dass du da rauskommst?* Hab ich nicht, kein einziges Wort. Ein toller bester Freund. Scheiße, Naturelle, ich bin sein bester Freund, und ich hab bloß dagesessen und zugeschaut, wie er sich ruiniert. Und du genauso. Alle beide haben wir bloß dagesessen und ihn machen lassen.«

Naturelle fährt sich mit dem Fingernagel den Unterarm entlang und betrachtet die schwache weiße Spur. »Monty hört ja doch nicht. Das weißt du; du weißt, wie störrisch er ist. Ich hab ihm hundert Mal gesagt, dass er damit aufhören soll …«

»Ach, ja? War das bevor oder nachdem du bei ihm eingezogen bist?«

Sie kennt die Anzeichen, wenn es wieder mal so weit ist mit ihm: die zusammengekniffenen Augen, das Zucken in den Pranken. Aber bis jetzt hat sie ihn noch jedes Mal beruhigen können. »Komm, lass es«, sagt sie leise und berührt ihn am Knie. »Nicht heute Nacht, Frank.«

»War das bevor oder nachdem er dir diese Diamantohrringe geschenkt hat? Oder dich mit seiner Corvette hat zum Einkaufen fahren lassen, damit du deine Tüten nicht mehr schleppen musst? Hast du dich gewundert, wo das viele Geld herkommt? Womit sind diese Ohrringe bezahlt worden, Nat? Ihr zwei seid runter nach San Juan geflogen – tolle Sache, keine Frage, konntest du ihn mal deiner Großmutter vorstellen … Bist du für die Tickets aufgekommen? Durchgehend Erste Klasse, stimmt's? Womit ist Puerto Rico bezahlt worden? Du hast ihm gesagt, dass er aufhören soll? Einen Scheißdreck hast du. Komm, diese ganze bescheuerte Geschichte, wie er dich dazu gekriegt hat, mit ihm auszugehen, die Geschenke, die Karten – womit sind die bezahlt worden? Du hast doch damals schon gewusst, was er war, alle Leute auf allen Privatschulen Manhattans wussten, was er war. Du hast keinen Ton gesagt damals, stimmt's? Wo du doch im ganzen Leben noch nicht richtig gearbeitet hast. Du hast dir ein schönes Leben gemacht, Naturelle, und nie auch nur einen Ton gesagt.«

Naturelle starrt ihn an, mit geblähten Nasenflügeln. »Wie kommst du dazu, hier einen auf selbstgerecht zu machen? Hast du etwa den Kontakt zu ihm abgebrochen? Du bist sein bester Freund und hast nie etwas gesagt, aber *ich* bin schuld? Ich bin die Böse?«

»Ich hab mich nie von ihm aushalten lassen.«

»Wie lange trägst du das schon mit dir herum? Vor einer Minute dachte ich noch, du wärst mein Freund. Ich hab mich hier hingesetzt und gedacht: Das ist Frank, mein Freund, ich hab Lust, mit ihm zu reden. Bist du betrunken, Frank? Sag mir, dass du betrunken bist. Sag mir, dass es dir Leid tut, dass du zu viel getrunken hast und nicht mehr weißt, was du sagst.«

»Ich weiß genau, was ich sage. Heute in sieben Jahren werde ich am Tor stehen und warten, und du wirst dir irgendeinen reichen Typen geangelt haben.«

»Frank, was ist los mit dir? Du willst, dass ich die Böse bin? Gut, bin ich die Böse. Willst du mir jetzt eine reinhauen dafür? Geht's dir dann besser? Was willst du mit mir machen? Was, Frank?«

Slattery sitzt schweigend da, sein dicker Nacken ist knallrot.

Naturelle steht auf und glättet ihr silberfarbenes Kleid. »Wenn du Monty siehst, sag ihm, ich bin zu Hause. Sag ihm, ich warte dort auf ihn. Und, Frank, falls du dich morgen noch an dieses Gespräch erinnerst, falls du den Drang verspürst, mir Blumen zu schicken oder mich anzurufen und dich bei mir zu entschuldigen – lass es bleiben.«

Slattery sieht zu, wie sie geht. Er sieht zu den Männern mit den Dreadlocks hinüber, die sich auf ihr unmögliches Schachspiel konzentrieren. Er sieht auf seine Hände hinab, die er offen im Schoß liegen hat, auf seine fleischigen Hände mit den krummen Fingern. So ist es besser, sagt er sich. So komm ich nicht in Versuchung.

19

Würde man einen Menschen aus dem Mittelalter hierher in diesen Club befördern, denkt Jakob, er wäre fest davon überzeugt, in die Hölle gefahren zu sein, mitten zwischen eine sich wiegende Horde irregeleiteter Seelen, die die Tanzfläche mit ihrem Schweiß tränken, Männlein und Weiblein und Weiblein und Männlein, keine Paare, hier tanzt jeder mit jedem oder jeder für sich allein.

Wir sind in der Hölle, denkt Jakob. Der große böse Kuss hat ihn ernüchtert und ihm einen sofortigen Kater beschert, seine Zunge ist trocken und schwer, sein Magen übersäuert, sein Schädel pulst übel im Rhythmus des Basslaufs von D. J. Dusk. Er muss mit jemandem reden, jemandem sein Verbrechen gestehen, sich mit jemandem etwas einfallen lassen, aber er weiß genau, dass ihm hierbei niemand helfen kann. Slattery wird gar nicht erst zuhören, wird bestenfalls lachen und einen Witz draus machen. Monty wird fragen, wo das Problem ist. Naturelle? Naturelle wird mich für einen Perversling halten. Und warum sollten sie sich überhaupt dafür interessieren? Sie haben sich über Wichtigeres den Kopf zu zerbrechen als einen blöden, bescheuerten Kuss.

Er fragt einen Rausschmeißer, wo die Telefone sind, und der Riese nimmt, ohne Jakob auch nur anzusehen, die Arme herunter, zeigt vage in eine Richtung, verschränkt die Arme wieder. Jakob findet die Telefone schließlich in einem schmalen Gang gegenüber der Toilette, die mit XX bezeichnet ist, ein cleverer Gag, den er normaler Weise als enervierend empfunden hätte, nun aber kaum wahrnimmt. Davor eine Schlange Frauen, die ihren Beinen meist eine Pause gönnen; sie sitzen an die Wand gelehnt da und inspizieren die Glut ihrer Zigaretten.

Jakob greift zum nächstbesten Telefon und zuckt zusammen, als das chromumhüllte Kabel sich löst und herunterbaumelt wie eine durchtrennte Nabelschnur. Er hängt den Hörer vorsichtig wieder ein und geht zum nächsten Telefon, wirft fünfzig Cent ein, wählt eine Nummer in Brooklyn.

Nach dem elften Klingeln hebt LoBianco ab. Der einzige Mensch, den Jakob kennt, der sich noch keinen Anrufbeantworter zugelegt hat.

»Anthony? Ich bin's, Jakob. Hast du geschlafen?«

»*Mein großer Freund Shane* läuft gerade. Ich hab diesen Film bestimmt schon vierzig Mal gesehen, aber er erwischt mich immer wieder. Alan Ladd war schon ein kleiner Mollie, hm? Hatte ein bisschen was auf den Rippen. Andere Zeiten. Da wollten die Frauen noch, dass an ihren Männern was dran ist. Weißt du, was mir auffällt diesmal? Jack Palance ist der eigentliche Star. Schau dir diese Augen an. Gibt keine Schlange, die solche Schlangenaugen hat.«

»Ich muss wirklich mit dir reden.«

»Du *redest* doch mit mir. Das tun wir gerade. Wir reden miteinander.«

Jakob schaut zu den Frauen hinüber, erschöpfte Verdächtige, die darauf warten, von einem Zeugen hinter einseitig durchsichtigem Glas unter die Lupe genommen zu werden. »Ich habe gerade etwas absolut Bescheuertes gemacht. Kannst du mal einen Augenblick zuhören? Bist du betrunken?«

»Was hast du angestellt?«, fragt LoBianco plötzlich ganz aufmerksam. »Habe ich dich inspiriert? Bist du zum anderen Ufer gewechselt?«

»Was?«

»Lass mich raten. Es geht um einen Kuss.«

Jakob legt die Stirn an die Plastiktrennwand zwischen den Telefonen. »Ja.«

»Oh-ho, oh-ho, also wenn das kein Grund zum Feiern ist, mein Lieber. Da hab ich schon ein kleines Lob verdient, oder? Für den Ansporn. Den kleinen Schubser. Manchmal braucht man eben einen kleinen Schubser in die richtige Richtung. Ist wie beim ersten Sprung ins Tiefe; da braucht man seinen Vater bei, da braucht man jemanden, der einen anspornt. Wer war der Bursche, hm? Wo hast du ihn kennen gelernt?«

»Wovon redest du da? Ich hab Mary D'Annunzio geküsst.«

»Mary D'Annunzio?«

»Ich bin in einem Club, und ich war betrunken, und sie ist betrunken oder bekifft oder sonst was, und … alles klar? Ich hab sie geküsst. Ich hab Mary D'Annunzio geküsst.«

»Wen?«

»D'Annunzio! Herrgott, Anthony, du hast sie im Herbst unterrichtet. Mary D'Annunzio!«

»Die kleine schwarzhaarige Schauspielerin? Ah. Na ja, ist eine ziemlich umständliche Art, ans Ziel zu gelangen, aber wenn es denn klappt.«

»Anthony, hörst du überhaupt zu? Ich hab eine meiner Schülerinnen geküsst!«

»Auf die Wange? Ein tugendhaftes Küsschen auf die Wange?«

»Mit Zunge. Und vielleicht hab ich ihr auch an die Brust gefasst.«

Jakob sieht auf und muss feststellen, dass die wartenden Frauen ihm aufmerksam zuhören.

Ein Mädchen mit roten Zöpfen lässt die Augenbrauen tanzen. »Junge-Junge«, sagt es.

Jakob dreht den Frauen den Rücken zu. »Anthony?«, flüstert er.

»Also weißt du, so etwas tut man eigentlich nicht«, sagt LoBianco.

»Ja, vielen Dank, dessen bin ich mir durchaus bewusst.«

»Ich würde jetzt nicht in Panik geraten. Sie wird dich nicht verpfeifen, dazu ist sie nicht der Typ. Das würde gegen ihren gesamten Ethos verstoßen. Sie hat Feuer, die Kleine, sie liest Guevaras *Partisanenkrieg*, da schwärzt sie dich doch nicht bei der Obrigkeit an.«

»Das ist … keine Ahnung. Ich fass es nicht, dass ich das getan habe.«

»Warte mal eben, das Eis ist geschmolzen.«

Jakob wirft einen verstohlenen Blick nach hinten, und das Mädchen mit den Zöpfen grinst ihn an. Er vergräbt das Gesicht in seinem Hemd und lauscht den Geräuschen der Schießerei in LoBiancos Fernseher.

»Noch da, mein Lieber? Ah, so viel zu Palance. Aber schnell war er schon. Hat Ladd mit einer 45er erwischt, bloß dass Ladd zu viel Mann für eine Kugel ist. Uups. Guck sich das einer an. Weißt du, was das Gute an Wodka ist, Jakob? Er gibt keine Flecken. So, wir können.«

»Was soll ich jetzt machen? Mit ihr reden? Mich entschuldigen? So tun, als wäre überhaupt nichts geschehen?«

»Ja ja, die Frauen. Hat man nur Ärger mit. Mein Vater war ein großer Playboy, hat die Frauen immer geliebt. Und was hat ihm das eingebracht? Meine Mutter. Und dann mich. Geschieht ihm Recht, diesem Scheißkerl.«

Jakob stößt den Kopf gegen die Trennwand und wartet, hält den Hörer dabei nach unten. Schließlich nimmt er den Hörer wieder hoch und sagt mit so viel Geduld wie er nur aufbringen kann: »Anthony, bitte.«

»Aber eines muss man ihm zugute halten: seine Zeugungskraft war enorm. Er brauchte bloß den Hosenschlitz aufzumachen, und schon hatte er wieder eine geschwängert. Hier in der Gegend heißt es, dass die fünf Boroughs nur so wimmeln von unehelichen LoBiancos. Angeblich hab ich sogar einen Mulattenbruder in Flatbush.«

»Das Wort Mulatte benutzt heute niemand mehr.«

»Nein? Halbblut? Naja, nichtsdestotrotz haben ihn diese ganzen Liebeleien nirgendwo hingeführt. Er hat ein Mädel zu viel bestiegen, und das war's dann. Irgendwas ist ihm geplatzt im Hirn. Seine letzten sechs Monate lang hat er nur noch vor sich hin gesabbert, und meine Mutter hat derweil in der Ecke gesessen und gestrickt. Die besten Pullover, die sie je gemacht hat. Da waren wir nun, er am Sabbern, sie am Stricken, Antonio auf dem Klo am Onanieren. Die reinste Bilderbuchfamilie. Sechs Monate hat Dad gebraucht, bis er es hinbekam, bis er es geschafft hat. Er ist groß gewesen. Das Bett hat immer klein ausgesehen, wenn mein Vater drin gelegen hat. Aber nach dem Schlaganfall wurde das Bett immer größer, und schließlich hat es ihn verschluckt.«

»Das tut mir Leid«, sagt Jakob. »Ich …«

»Und dann war er tot. Ein kleiner toter Mann in der Haut eines Riesen. Ich werde sterben, und ein halbes Jahr später werden sie ein Mittel gegen den Tod gefunden haben. Ich hab was drüber gelesen. Sie lassen einen dieses Sperma trinken, und in dem Sperma sind zehn Millionen Roboter von Zellgröße. Und die Roboter sausen dann überall im Körper herum und machen alles fertig, was da nicht hingehört. Dauert nicht mehr lange, Jakob. Sie werden alle Versuchskaninchen der Welt umgebracht haben, bis das Sperma richtig funktioniert. Aber wenn man irgendjemandes Tochter damit retten kann, und es geht immer um irgendjemandes Tochter, dann scheiß auf die Kaninchen. Sollen sie sich doch Daumen wachsen lassen und einen Krieg mit uns anfangen.«

»Hör mal …«

»Ich schweife ständig ab, nicht wahr? Das ist mein Problem. Ich kann nicht geradlinig erzählen. Mein Vater, wir waren bei meinem Vater. Eine seiner Geliebten besaß die Unverfrorenheit, ein paar Tage vor seinem Tod bei uns aufzukreuzen. Meine Mutter zeigte sich sehr bestürzt darüber, wie hässlich sie war. Eine richtige Hexe war sie. Aber alles trank sehr höflich seinen Kaffee und sah Dad beim Sabbern zu. Und später hat meine Mutter dann gesagt: »Kann man dem Mädchen einen Vorwurf machen?«, und ich dachte, sie meinte für ihre Hässlichkeit. Na, und ob ich das konnte. Für mich war die hässliche Frau schuld daran, dass sie hässlich war, der sterbende Vater schuld daran, dass er starb, und die liebevolle Mutter schuld daran, dass sie mich bemutterte. Ein jeder ist gleichermaßen veranwortlich für den Dreck, den er in die Welt kübelt.«

Jakob hält sich den Hörer ans Ohr und sagt nichts.

»Verstehst du, mein Junge? Ich kann dir nicht helfen. Und du kannst mir nicht helfen. Niemand kann irgendjemandem helfen.«

»Das glaube ich nicht.«

»Das Problem an dieser Welt ist«, sagt LoBianco, »dass sie nichts mit dem zu tun hat, was die Leute glauben.«

Jakob wird das Gesicht heiß; er spürt den Zorn durch seinen Körper rasen und freut sich darüber – über diesen reinen, sauberen Zorn, der alle Kompliziertheiten wegbrennt, die Scham und den Selbsthass und die Angst.

»Und das Problem an dieser Philosophie ist«, sagt Jakob leise, spricht dabei aber jedes Wort deutlich aus, »dass man mit ihr irgendwann allein vor dem Spätfilm hockt, schlechten Wodka trinkt und sich einen Scheiß für andere Menschen interessiert.«

»Ja. Ja, da ist wohl auch was dran.«

»Gute Nacht, Anthony.« Jakob hängt den Hörer ein und geht. Das Mädchen mit den Zöpfen pfeift ihm hinterher.

20

»Na?«, sagt Kostya grinsend. »Hat sie dir gefallen?«

»Sie ist sehr schön«, sagt Monty.

»Hat sie drei Zähne? Häh? Nein, ich glaube, sie hat viele Zähne. Ich glaube, sie hat dir gefallen.«

»Hab ich doch gesagt, oder? Sie ist sehr schön.«

Kostya nickt. »Sehr schön. Komm, Uncle will dich sehen.«

Monty folgt dem Ukrainer den langen, schwach beleuchteten Korridor hinunter. Er hat gerade das Gefühl, nicht richtig da zu sein und alles nur über einen Bildschirm zu erleben, Statik inklusive. Erschöpft sieht er dabei zu, wie ein blasser Schauspieler in der Rolle von Montgomery Brogan vor sich hin stapft. Und obwohl er weiß, dass er Angst haben sollte, kann Monty, der Zuschauer, kein Angstgefühl für Monty, den Schauspieler, aufbringen.

Er hat seit dem Prozess nichts mehr mit Uncle Blue zu tun gehabt; seine einzigen Informationsquellen sind Kostya gewesen, der alles schön redet, und der Rechtsanwalt Gedny. Aber was in Uncle Blues Kopf vorgeht, weiß eh keiner.

Kostya klopft an eine stahlverstärkte Tür und blinzelt Monty zu. Ein Mann mit beginnender Glatze, der eine Zigarette raucht, macht die Tür auf und schließt sie hinter Monty wieder. Er nickt den beiden zu, und sie händigen ihm ihre Pistolen aus. Er prüft, ob sie gesichert sind, schiebt sie sich in den Gürtel, und dann tastet er die beiden sorgfältig ab, die Zigarette zwischen die Zähne geklemmt. Monty hat den Eindruck, dass er nicht nach Waffen sucht. Als er fertig ist, klopft er an die Tür, und sie öffnet sich. Kostya und Monty treten hindurch. Der künftige Glatzkopf folgt ihnen, übergibt ihre Waffen an einen der Zakharov-Zwillinge und geht wieder hinaus, macht hinter sich zu.

Sie stellen eine Wache auf, denkt Monty. Er weiß, dass etwas nicht stimmt, aber er ist zu fertig, um aus dem Durcheinander schlau zu werden. Nur das kräftige Pulsen des Trommelschlags ist hier unten noch zu hören: gleichmäßiges Geschützfeuer in der Ferne.

Monty ist hier schon gewesen, im Büro des Geschäftsführers. Er starrt die Fotografien mit den Berühmtheiten an der Wand an und wartet. Uncle Blue sitzt hinter dem Schreibtisch und liest Zeitung, fährt sich mit der einen Hand dabei durch den schwarzen Bart. Senka Valghobek sitzt vorn auf dem Schreibtisch und raucht, sein Bauch wölbt sich schwer unter dem in Auflösung begriffenen Pullover mit dem Rautenmuster – einem Pullover, den ihm seine verstorbene Frau vor zwanzig Jahren gestrickt hat, wie er Monty einmal erzählte. Valghobek nickt den Neuankömmlingen zu und lächelt, lässt seinen abgebrochenen Vorderzahn blitzen, die Augen tief unter einem dicken Pinselstrich von Brauen verborgen. Er zeigt auf die schwarzen Kunststoffstühle, und Monty und Kostya setzen sich. Die rothaarigen Zakharov-Zwillinge stehen hinter ihnen; Monty hat sie nie auseinander halten können. Sie sind Sportler gewesen in ihrer Heimat, Boxer bei der Roten Armee, klein, aber erschreckend schnell. Monty kommt mit ihnen klar, aber er weiß, dass sie Kostya nicht leiden können und ihn für ein Großmaul und einen Lügner halten. Einer der Zwillinge trägt die Pistolen zu Uncle Blue hinüber und legt sie vorsichtig auf den Schreibtisch.

Uncle Blue faltet sorgfältig seine Zeitung zusammen. »Montgomery«, sagt er. »Wie läuft die Party?«

»Ganz gut«, sagt Monty. »Vielen Dank fürs Ausrichten.«

»Als ich das erste Mal ins Gefängnis ging, war ich vierzehn Jahre alt, ein dünner kleiner Junge. Voller Angst. Als ich wieder rauskam, hatte ich einen Bart; ich war ein erwachsener Mann. Ich ging in meine Heimatstadt zurück, ich fand meine Mutter, ich gab ihr einen Kuss. Und sie schrie.« Uncle Blue lächelt. »Sie hat mich nicht erkannt. Ich bin in drei verschiedenen Gefängnissen gewesen, Montgomery, in drei verschiedenen Ländern. Weißt du, was ich dabei gelernt habe?«

Monty schüttelt den Kopf und wartet.

»Ich habe gelernt, dass man besser nicht im Gefängnis ist.«

Kostya lacht. »Das hab ich gewusst, schon bevor ich drin war.«

»Wer spricht denn mit dir«, sagt Valghobek. »Mund halten.«

»Sieben Jahre sind eine lange Zeit«, sagt Uncle Blue. »Manch einer würde viel dafür tun, dass ihm sieben Jahre Gefängnis erspart bleiben.«

Monty wartet.

»Dein Vater ist ein schwer arbeitender Mensch«, sagt Valghobek. »Wo ist seine Kneipe? In Bay Ridge? 86th Street Ecke Sixth Avenue, richtig?«

»Ja«, sagt Monty.

»Da hat er es wenigstens nicht so weit«, sagt Valghobek. »Er kommt ja praktisch zu Fuß zur Arbeit. Wo wohnt er? 11th Avenue? Und wie war die Querstraße noch mal? 81st? Haus Nummer 802. Habe ich Recht? Erdgeschoss. Muss laut sein, wenn man im Erdgeschoss wohnt. Aber er geht nicht zu Fuß zur Arbeit, stimmt's? Er fährt. Einen Honda, Baujahr 87. Soll ich dir sagen, wie viele Meilen er runter hat?«

Monty erwidert nichts.

»Dein Vater«, sagt Uncle Blue. »Ich mag deinen Vater. Ein hart arbeitender Mann. Er hat Pech gehabt, sehr viel Pech. Es hat mich krank gemacht, was mit deiner Mutter passiert ist. Die ganze Gegend hat sie geliebt. Erinnerst du dich noch an sie, Senka?«

»Sicher. Sie war eine schöne Frau. Ein richtiger Schatz.«

»Ich möchte deinem Vater gern helfen«, sagt Uncle Blue. »Ich könnte jemanden wie ihn gebrauchen, jemanden, der hart arbeitet, dem ich vertrauen kann. Er hat viel Erfahrung, nicht? Er könnte einen meiner Clubs führen und gutes Geld verdienen. Ich könnte etwas für deinen Vater tun. Verstehst du, was ich meine, Montgomery?«

Montgomery lässt den Blick auf den Boden gerichtet und spricht sehr leise. »Du brauchst das nicht zu machen. Ich habe nie irgendjemandem was gesagt. Du brauchst ihn hier nicht zur Sprache bringen.«

»Ich habe dich etwas gefragt, Montgomery.«

»Ich verstehe genau, was du meinst.«

»Ich habe einen guten Job für deinen Vater«, sagt Uncle Blue. »Wir können ihm helfen mit seinen Schulden. Vielleicht kaufe ich die Kneipe, gebe ihm was in der Third Avenue. Was meinst du?«

»Er mag seine Kneipe.«

»Er mag seine Kneipe, na schön. Uns wird schon noch etwas einfallen.«

Uncle Blue sieht sich Montys Waffe an, taxiert ihr Gewicht, zieht den Schlitten zurück. Er nimmt das Magazin heraus, wirft einen Blick auf die oberste Patrone, schiebt das Magazin wieder in den Griff.

»Gute Waffe. Zielgenau?«

Monty nickt.

»Polymerrahmen, sehr gut, leicht zu reinigen. Und zuverlässig? Keine Ladehemmungen?«

Monty schüttelt den Kopf. In seinen Gedärmen verschiebt sich etwas.

Uncle Blue lächelt. »Hast du je damit geschossen? Auf einen Menschen, meine ich.«

»Nein.«

»Nein. Gut. Sie ist ein Spielzeug für dich. Kein Spielzeug, ein Requisit. Ein Requisit für dich. Wie bei einem Schauspieler. Oder irre ich mich da? Mit der Waffe kommst du dir … gefährlicher vor?«

»Ich hab nie irgendjemandem ein Wort gesagt. Sie wollten über mich an dich ran. Ich weiß es, du weißt es. Um mich ging's denen nicht. Aber ich hab nie ein Wort gesagt.«

»Ich glaube dir«, sagt Uncle Blue. »Wenn du drin bist, Monty, dann krieg raus, wer wer ist. Such dir jemanden, den niemand beschützt, der keine Leute hat. Und verprügle ihn, bis ihm das Blut aus den Augen kommt. Sie sollen denken, dass du ein bisschen verrückt bist, aber auch Respekt hast, Respekt vor den richtigen Leuten. Du siehst gut aus, du wirst es nicht leicht haben da drin. Aber denk dran, ich war vierzehn beim ersten Mal. Und ich hab's überlebt.« Er nickt und starrt Monty in die Augen. »Wir tun, was wir zum Überleben tun müssen.«

Uncle Blue zeigt auf Kostya, und die Zakharov-Zwillinge packen den Ukrainer von hinten und werfen ihn zu Boden. Der eine rammt Kostya das Knie ins Kreuz, der andere drückt Kostya den Lauf seiner Pistole hinters Ohr. Sie sagen etwas zu ihm, auf Russisch, und der große Mann bleibt ganz still liegen, das Gesicht gegen den nackten Betonboden gepresst.

Uncle Blue sieht sich das an, dann nickt er Monty wieder zu. »Du hättest es uns sagen sollen.«

»Hätte euch was sagen sollen?«, fragt Monty. Er sieht nicht zu Kostya. Er will ihn nicht sehen. Er will sie nicht hören, diese angstvollen, rauen Atemzüge.

Vaghobek schüttelt den Kopf und stößt den Rauch durch die Nasenlöcher aus. »Wie viele Leute haben von dem Versteck im Sofakissen gewusst? Häh? Deine Freundin, Kostya, wer noch? Du musst doch längst draufgekommen sein.«

»Monty«, jammert Kostya, »bitte, Monty …«

Der Zwilling mit der Automatik zieht den Schlitten zurück, eine Patrone gleitet in die Kammer, aber Kostya jammert trotzdem weiter: »Monty, bitte, Monty …«, bis ihm der andere Zwilling das Gesicht in den Beton rammt, zwei Mal.

Monty schließt die Augen.

»Kostya hat dich verkauft, Brüderchen«, sagt Uncle Blue. »Er hat mal kurz telefoniert und dir sieben Jahre deines Lebens weggenommen.«

»Das weiß ich doch.«

Uncle Blue fixiert Monty durch den Zigarettenrauch hindurch. »Du hättest es uns sagen müssen.«

Monty öffnet die Augen und erwidert das Starren. »Ihr hättet selbst draufkommen können. Du hast mir gesagt, ich soll ihm vertrauen, also hab ich ihm vertraut, und das hat mir sieben eingebracht. Ihr habt so lange gebraucht, es rauszukriegen? Die hatten ihn auf dem Kieker, und er kann sich kein Verfahren mehr leisten, also hat er mich verpfiffen. Was soll daran so kompliziert sein.«

»Ich begreife dich nicht«, sagt Valghobek. »Dieser Mann, diese Nutte, hat dich an die Bundestypen verkauft, und das ist dir egal? Du hältst die andere Wange hin? Warum hast du uns nichts davon gesagt?«

»Ihr habt mich nicht gefragt.«

Uncle Blue wedelt den Rauch zwischen ihren Gesichtern weg und beugt sich vor. »Eine Ratte abzuknallen, macht dich noch nicht selbst zu einer Ratte. Ausgleichende Gerechtigkeit.« Er nimmt Montys Waffe vom Tisch und gibt sie Valghobek, der trägt sie zu Monty hinüber.

»Ich will sie nicht.«

»Sie gehört dir«, sagt Uncle Blue. »Weißt du, wie man damit umgeht?«

Valghobek hält die Pistole am Lauf und wartet, ein kleines Lächeln auf den Lippen, bis Monty sie ihm wegnimmt und aufsteht.

»Ich weiß, wie man damit umgeht.«

»Gut«, sagt Uncle Blue. »Dieser Mann hat es nicht verdient, am Leben zu bleiben. Er hat dich betrogen, er hat mich betrogen. Er hat dich bestohlen. Er hat dir sieben Jahre gestohlen. Mach ihn kalt.«

Monty kommt das alles bescheuert vor, bescheuerte Männer, die bescheuerte Spiele spielen, die eine Riesensauerei anrichten mit ihren Bedrohungen und Betrügereien und keinen einzigen vernünftigen Grund dafür haben. Dumpfe Schläger, die Sprüche zum Besten geben, die schon endlose Generationen von dumpfen Schlägern zum Besten gegeben haben.

Der Zakharov-Zwilling mit der Waffe klopft mit der Mündung an Kostyas Hinterkopf, dort, wo Schädel und Wirbelsäule aufeinander treffen. »Genau hier«, sagt er. »Geht schnell.« Er richtet sich auf und entfernt sich. Sein Bruder hält Kostya immer noch am Boden; er nickt Monty zu und sieht ihn an.

Monty hockt sich neben den Ukrainer und hält ihm die Waffe ins Genick. Kostya bringt mühsam den Kopf herum. Ihm läuft Blut aus der Nase. »Monty ...«

»Mund halten.«

»Hör zu, Monty, bitte hör zu. Ich hatte keine Wahl. Ich …«

»Du hattest eine Wahl«, sagt Monty. Er sieht seinem alten Freund in die Augen und spürt kein Mitleid, kein Mitleid mit diesem Mann, der Wodka mit ihm getrunken hat, der ihn in russische Restaurants in Brighton Beach mitgeschleppt und ihm das Fluchen in drei Sprachen beigebracht hat.

Monty kommt es so vor, als wäre die Rache die einfachste aller Freuden, die verständlichste: Jemand verletzt dich, du zahlst es ihm heim. Und würde es die Sache nicht leichter machen, die sieben Jahre in einem Käfig, wenn man wüsste, dass der Mann, der einen dort hingeschickt hat, nicht am Strand in der Sonne liegt und den Wellen lauscht, nicht in der Raw Bar an der Grand Central Station sitzt und Austern aus der Schale schlürft, nicht die Hockeyspieler anbrüllt, den Puck abzugeben, dass er *gar nichts* mehr tut, Punkt.

»Es spielt keine Rolle mehr«, sagt Monty und sichert die Pistole. »Was soll das noch? Ich hätte dir das mit Kostya vor sieben Monaten erzählen können. Da war es zu spät, und es ist heute zu spät. Ihr bringt ihn um, ihr beerdigt ihn, ich geh trotzdem nach Otisville. Was soll das also noch?« Er wirft Uncle Blue die Pistole zu, der fängt sie auf und runzelt die Stirn.

»Pass auf dich auf«, sagt Uncle Blue.

»Ich pass schon auf mich auf. Und du pass auch auf dich auf. Du hältst mich für weich, stimmt's? Du hältst mich für weich?«

»Monty«, sagt Valghobek. »Überleg dir lieber, was du sagst.«

»Nein, warum denn. Ist mir doch egal. Ist mir alles scheißegal, bloß eines nicht: Wenn meinem Vater irgendwas zustößt, dann bring ich euch beide um.«

Der eine Zwilling fragt etwas auf Russisch, aber Uncle Blue hebt die Hand.

»Mach nur«, sagt Monty. »Gib ihm den Befehl, wenn du das unbedingt willst. Aber wenn ich aus diesem Zimmer rausgehe, sind wir fertig miteinander. Hörst du? Ich bin draußen, mein Vater ist draußen.«

»Das ändert überhaupt nichts«, sagt Uncle Blue und winkt zu Kostya, der dort liegt und leise weint. »Damit rettest du niemanden.«

»Willst du mich gehen lassen oder nicht?«

Uncle Blue trommelt mit den Fingern auf die Tischplatte. Valghobek steckt sich die nächste Zigarette an, löscht das Streichholz mit einer Bewegung des Handgelenks und wirft es auf den Boden. Alle warten. Der Basslauf ist kaum zu hören hier unten, aber Monty kann die Vibrationen in seinen Knochen spüren. Ein Glas Wasser auf dem Tisch zittert sachte.

»Denk daran, was ich dir gesagt habe«, sagt Uncle Blue. »Ein Mann ohne Freunde.«

Er nickt Valghobek zu, der zur Tür hinübergeht und sie öffnet. Valghobek bläst einen perfekten Rauchring, und Monty sieht zu, wie er wabernd aufsteigt, zu den Leuchtstoffröhren hinauf.

»Na los«, sagt Valghobek. »Du verpasst deine Party.«

21

Auf dem U-Bahnhof sitzen drei junge Männer, still und fröstelnd, die Rücken an den gewellten Stahlrolladen eines geschlossenen Kioskes gelehnt. Am anderen Ende der Plattform stehen zwei Teenager mit rasierten Köpfen und müden Gesichtern und nippen abwechselnd an einem Karton Orangensaft. An einem der blauen Stahlträger, die das Dach des U-Bahnhofes stützen, lehnt ein alter Mann, der sich aus einem schwarzen Müllsack einen Poncho gemacht hat. Er hält sich ein kleines Radio ans Ohr und lauscht einer Erweckungspredigt in spanischer Sprache. Im Haar des alten Mannes schmilzt Schnee, das Wasser läuft ihm den Hals hinunter, über den schwarzen Kunststoff des Müllsacks, und sammelt sich zu seinen Füßen.

Slattery hört die beiden Jungen lachen; sie hocken am Rand der Plattform und starren auf die Gleise. Er beugt sich vor, kann aber nicht erkennen, was sie zum Lachen bringt. Monty und Jakob bemerken es gar nicht, aber Slattery ist neugierig, also steht er auf, geht zu den Jungen hinüber, fragt: »Was gibt's da unten zu sehen?« Sein Atem steigt in weißen Wolken über ihren Köpfen auf.

Die Jungen taxieren ihn kurz, stufen ihn als ungefährlich ein, zeigen Richtung Tunnel. Slattery späht in die Dunkelheit. »Ja und?« Dann sieht er den rosafarbenen Schwanz einer Ratte unter eine Schiene gleiten. Allmählich machen seine Augen Bewegungen aus in den Schatten, und er zählt sechs, sieben, neun Ratten, die alle zwischen den Schienen herumwimmeln, in den zusammengeknüllten Papiertüten, Trinkbechern, Schokoriegelhüllen und Orangenschalen herumschnüffeln.

»Diese Viecher«, sagt der größere der beiden Jungen, »die fressen Rattengift wie Schokolade. Das MTA legt immer mehr Gift da unten aus, und die Ratten werden immer fetter.

Jetzt überlegen sie, sich einen Haufen Schlangen zu besorgen, Pythons, aus Afrika, und sie in den Tunneln auszusetzen. Damit sie die Ratten fressen.«

»Sie sollten's mal mit Katzen probieren«, meint Slattery. »Käme billiger.«

Der Junge runzelt die Stirn. »Die würden doch von den Zügen erwischt. Das ist ja gerade der Witz, über eine Schlange zwischen den Gleisen könnten sie einfach drüberfahren.«

Slattery schmunzelt. Er versucht sich vorzustellen, wie ein New Yorker Politiker afrikanische Schlangen importiert, damit er sie in den U-Bahntunneln aussetzen kann.

»Mein Onkel arbeitet für das MTA«, sagt der Junge. »Er hat mir erzählt, wie diese Typen einmal hier unten an den Gleisen gearbeitet haben, und der eine merkt plötzlich, wie ihm etwas das Bein hochkrabbelt, unter der Hose – und er fängt zu schreien an. Bis seine Kollegen bei ihm sind, hat die Ratte ihm schon die Eier abgebissen.«

»Ach komm«, sagt der Kleine.

»Echt wahr. Brauchst bloß mal zu gucken, wenn du das nächste Mal einen Trupp Gleisarbeiter siehst. Seitdem stopfen die sich die Hosenbeine nämlich immer in die Stiefel. Ehrlich«, sagt er über das Gackern seines Freundes hinweg.

»Passt mal auf«, sagt Slattery. Er holt eine Hand voll Kleingeld aus der Hosentasche, nimmt ein Fünfcentstück und wirft damit nach der Ratte, die am dichtesten dran ist. Die Münze zischt an ihrem Kopf vorbei und knallt gegen die Schiene. Die Ratte huscht in den dunklen Winkel unter der Bahnsteigkante. Das mehrstimmige aufgeregte Fiepen bringt die Jungen zum Lachen.

»Die rufen Achtung, Kopf einziehen!«, sagt der Große.

»Hier«, sagt Slattery und hält ihnen die Hand voll Kleingeld hin. »Haut rein.«

Die Jungen sehen einander kurz an, dann nimmt sich jeder eine Münze. Sie starren zu Slattery hinauf. Er nickt ihnen zu.

»Dann zeigt mal, was ihr so drauf habt.«

Der Große zielt sorgfältig auf eine dicke graue Ratte, die mit dem Kopf und den Vorderpfoten in einer leeren Chipstüte steckt. Er wirft die Münze zu kräftig; sie prallt klirrend von der Fliesenwand auf der anderen Seite des Tunnels ab, gleich unter dem rot gesprayten Namenszug SANE SMITH.

»Du lässt zu früh los«, sagt Slattery. »Schau mal.« Er ahmt die Wurfbewegung des Jungen nach. »Siehst du? Wenn du so weit oben loslässt, verziehst du automatisch. So ähnlich wie beim ... Spielst du Football?«

»Nein.«

»Baseball?«

»Nein.«

»Nein? Was spielst du dann?«

»Fußball.«

»Fußball. Na schön, vergiss es. Du bist dran, Kleiner.«

Der Kleine drückt seinem Freund den Orangensaftkarton in die Hand und beugt sich vor, die eine Hand auf dem Knie, die andere, die die Münze hält, hinten an seiner Hüfte, wie ein Werfer beim Baseball, während er auf die Signale des Fängers achtet. Die dicke graue Ratte sitzt inzwischen auf den Hinterbeinen, ein Stück Kartoffelchip in den Pfoten. Sie knabbert kurz daran und sieht sich um, die schwarzen Augen klein und glänzend wie zwei Tropfen Blut. Der Junge nimmt sein linkes Bein nach oben, wie es der große Juan Marichal immer getan hat, beugt sich nach hinten und wirft seitlich. Die Münze wirbelt durch die Luft, und sie sehen ihr alle dabei zu – sogar die Ratte sieht jetzt auf, während sie ernst an ihrem Chip knabbert – und *plock!*, kriegt sie das Geldstück an den Kopf. Sie lässt den Chip fallen, schüttelt sich und schießt in die Schatten davon, während ihre Mitratten fiepen und die Menschen in Jubel ausbrechen.

»Sauber!«, brüllt Slattery. Er hebt die Hand, und der Junge klatscht dagegen und grinst zufrieden.

»Wahnsinn! Voll der Wahnsinn!«, ruft der Große. »Das hat gesessen, Charlie! Da hat Wucht hinter gesteckt!«

Charlie sagt nichts, er grinst nur und hüpft auf einem Bein herum.

»Tja, Leute«, sagt Slattery, »ab und zu mal muss man diesen Ratten zeigen, wer hier das Sagen hat.«

Jakob sieht die Jungen am anderen Ende des Bahnsteigs herumhüpfen und fragt sich, warum sie so aus dem Häuschen sind. Er sieht auf die Uhr. Sechs. Noch drei Stunden, und der Bus nach Otisville fährt ab. Monty sitzt neben ihm, aber er ist gar nicht da, ist bloß ein leerer Fleck. Er macht nichts, sagt nichts, sitzt bloß da in seinem Kamelhaarmantel und starrt auf den grauen Betonboden, auf die platt getretenen Kaugummis.

Als Slattery seinen Freund auf einer schwarzen Samtchaiselongue in der hintersten Ecke des Clubs gefunden hat, hat er Jakob hochgeholfen und einfach nur gesagt: »Monty will nach Hause.« Keiner von ihnen hat geredet auf dem langen Weg zum U-Bahnhof. Jakob hat immer wieder nach hinten zu den sechs Linien Fußspuren gesehen, die sich langsam mit Neuschnee füllten.

Ihm ist klar, dass er jetzt etwas zu Monty sagen sollte, etwas tun sollte, irgendeine Geste der Solidarität zeigen, ihm sogar den Arm um die Schultern legen sollte, irgendetwas, aber er ist starr vor Angst, steif vor Erschöpfung, von der üblen Erinnerung an diesen Kuss. Er sieht immer noch Mary D'Annunzios Gesicht vor sich, schlaff vom Schock, ihren verwirrten Blick, die verrutschte Yankees-Mütze auf ihrem Kopf. Es ist weniger das Sündhafte, das Unmoralische daran, das ihn fertig macht, als vielmehr die Zurückweisung. Ein Kuss, der dafür gesorgt hat, dass sich ihm die Zehen nach oben gebogen haben, hat sie angewidert, hatte zur Folge, dass sie ihre Zunge nach hinten nahm und ihre Arme schlaff herunterhängen ließ. Wenn er doch wenigstens ein sieghafter Lüstling gewesen wäre, ein Verführer, der junge Frauen entehrt und anschließend aus der Stadt fliehen muss! Aber die Verführung zu verpatzen, das Mädchen dazu zu bringen, dass es voller Ekel zurückweicht und bloß weg will …?

In einem Punkt hat LoBianco Recht, denkt Jakob. Mary wird nicht zum Direktor gehen. Aber ihren Freundinnen wird sie es erzählen, oder nicht? Tauschen Freundinnen sich nicht über alles aus, über jede einzelne Warze auf dem Körper ihres Geliebten? Eine schreckliche Vorstellung, diese Gespräche. Er kann sie schon vor sich sehen im Coffee Shop, Marys Freundinnen, wie sie sich die Strohhalme um die Finger wickeln und wie ihnen der erotische Kitzel guten Klatsches die Münder offen stehen lässt. *Oh, mein Gott! Er hat dich geküsst? Wie war es?* Mary wird den Kopf schütteln. *Örks,* wird sie sagen. *Schrecklich. Er hat mich total vollgesabbert. Als ob man ein Frettchen küsst.* Sie werden aufkreischen und lachen und fragen: *Was wirst du jetzt machen? Du könntest die Schule verklagen. Vielleicht kommt er ins Gefängnis!*

Wenn der Kuss besser gewesen wäre, denkt er, wenn ich sie richtig gut geküsst hätte, wäre das alles kein Problem. Monty, wäre Monty auf diese Toilette gegangen, hätte sie umarmt, ihr einen Kuss Marke Monty aufgedrückt, Herrgott, die beiden stünden jetzt noch da drin, und an die Tür würden zehntausend Leute trommeln, denen die Blase platzt.

Das Schlimmste, was man Montgomery antun kann, denkt Jakob, die schlimmstmögliche Strafe ist es, ihn von den Frauen zu trennen und in eine Steinstadt voller harter Männer zu verbannen, voller zernarbter Verlierer mit versteckten Rasierklingen und einem Leben voller Niederlagen, die gerächt werden wollen. Monty hat bei den Frauen immer Trost gefunden; sie haben ihn angehimmelt, in Schutz genommen, sein Gesicht mit Küssen bedeckt, ihm auf der Straße Blicke zugeworfen. Was Jakob irritiert, ist das nagende Gefühl von ausgleichender Gerechtigkeit, das er dabei empfindet. Er wartet seit Jahren darauf, einmal selbst an der Reihe zu sein. Er weiß noch, wie bei dem schulübergreifenden Fest in der zehnten Klasse dieses schöne Mädchen mit dem Grübchen am Kinn mutig auf ihn zugekommen ist und mit einem Blick auf Monty gefragt hat: *Wie heißt denn dein Freund?* Eines Tages, hat er sich immer gesagt, werden die Mädchen zu mir rübergucken.

Die nächsten sieben Jahre lang, denkt Jakob, werde ich in einer Stadt leben, die vor schönen Frauen aus den Nähten platzt. Überall werden sie sein, werden an der Kreuzung darauf warten, dass die Ampel umschaltet, im Bryant Park im Freiluftkino sitzen, sich in der U-Bahn an den Halteschlaufen festhalten, in den Bars von Chelsea Drinks servieren, um das Reservoir joggen, sich auf der Avenue A mit ihrem Freund streiten, in Münztelefone flüstern, vor indischen Restaurants stehen und rauchen, in den Schlafzimmern von Apartments tanzen, die über Schlafzimmer verfügen. Und Monty wird derweil in Otisville warten und ferngucken, mit einem Fernseher, der oben an der Decke hängt, hinter einem Schutzgitter. Er wird mit Fremden, denen er nicht trauen kann, in einer Zelle schlafen, er wird eine Toilette benutzen, deren Wände mit Scheiße beschmiert sind, er wird Mahlzeiten essen, die von Strafgefangenen zubereitet worden sind, und dabei an die Geschichten über Glasscherben im Chili und Maden im Reis denken müssen.

Jakob kann sich das Gefängnis vorstellen, aber er hat keine Ahnung, ob seine Vorstellung der Realität entspricht. Gefängnisse kennt er nur aus dem Fernsehen, dem Kino: die Fantasiestrafanstalten, in denen ein Unschuldiger gleichzeitig darum kämpft, am Leben zu bleiben und seine Unschuld zu beweisen, in denen ein alter Lebenslänglicher, der seit Jahrzehnten sitzt, taktische Ratschläge zum Kampf gegen die Gangs, die sadistischen Wärter, die Einsamkeit anzubieten hat. Jakob sieht den alten Lebenslänglichen deutlich vor sich, das übel zugerichtete Gesicht, in dem sich immer noch die Trauer um seine Frau abzeichnet, die er in den Fünfzigern umgebracht hat.

Wie stellt Monty es sich vor? Begreift er, was mit ihm geschieht? Jakob starrt ihn an, aber es ist ihm überhaupt nichts anzusehen. Montys grüne Augen sind verschleiert wie die Augen eines Fisches, den man nicht würde kaufen wollen. Jakob hätte ihn gern gefragt, was er gerade vor sich sieht, was er sich vorstellt, ob Otisville oder Naturelle oder den Anfang dieser ganzen Misere. Aber Jakob fragt ihn nicht, er reibt sich bibbernd die Hände. Noch ein paar Stunden, und ich kann mich in mein warmes Bett legen, zwischen alte Flanellbettwäsche. Ich kann mir einen Tee kochen und mir, während ich ihn trinke, das Schneetreiben draußen anschauen. Der Unterricht morgen wird ausfallen. Ich kann ausschlafen, irgendwann am frühen Nachmittag aufwachen, mir die Zeichentrickfilme anschauen, die Katze anfeuern, dass sie sich die Maus endlich holt.

»Steht eigentlich fest, dass die U-Bahn noch fährt?«, fragt Jakob schließlich. Monty antwortet nicht. Er ist nicht anwesend. Er befindet sich in einem Krankenhaus in der Seventh Avenue in Bay Ridge, im Jahre 1977, und besucht seine Mutter.

Sie hatte allmählich angefangen, anders auszusehen, wie jemand Fremdes, wie etwas Fremdes, etwas Monströses, das vorgab, seine schöne Mutter zu sein. Er konnte diese neue Frau nicht leiden, er hasste sie; sie versuchte ihn auszutricksen, ihn glauben zu machen, dass sie seine richtige Mutter war, wo doch jeder sehen konnte, dass das nicht stimmte. Sie war eine Hochstaplerin. Wenn sie redete, hörte sich das überhaupt nicht nach seiner richtigen Mutter an, dieses raspelnde Flüstern, das kaum einen Satz lang reichte.

Zu Hause hatte er ein Bild von den beiden Frauen gemalt, die eine mit lockigen Haaren, die andere kahl, und sein Vater hatte ihn gefragt, um wen es sich dabei handle. »Das ist Mommy«, hatte der Junge gesagt und auf die Frau mit den Locken gezeigt. Er drückte den Finger auf das Gesicht der kahlen Frau. »Das ist die Räubermommy.«

Als sein Vater ihm sagte, dass sie beide sie besuchen gehen würden, schrie und weinte Monty, bis ihm sein Vater eine kräftige Ohrfeige versetzte. Monty hörte zu weinen auf. Die nächste halbe Stunde lang hasste er seinen Vater, aber als sie bei der Seventh Avenue ankamen, hielt er sich an seiner Hand fest. Monty hatte einen Feuerwehrhelm aus Plastik auf, so rot wie ein kandierter Apfel, mit einem Aufkleber an der Vorderseite, auf dem NEW YORK CITY FIRE DEPARTMENT stand. Sie stiegen in den Fahrstuhl, und eine alte Frau im Bademantel, die sich auf eine Gehhilfe stützte, lächelte Monty an und bat seinen Vater um Feuer.

Als sie bei dem Zimmer ankamen, wollte Monty nicht hinein; er kniff die Augen zu, presste sich die Hände auf die Ohren und schüttelte wild den Kopf. »Monty«, sagte sein Vater und nahm ihm die Hände von den Ohren. »Bitte. Hilf mir.« So etwas hatte sein Vater noch nie zu ihm gesagt. Monty machte die Augen auf, nahm seinen Vater bei der Hand und folgte ihm in das Zimmer.

Die Räubermommy sah ihn an und lächelte, sie streckte einen Arm aus und zog ihn dicht an sich heran. Er hatte Angst, aber sie zog ihn dicht an sich heran. Er wusste nicht, was passierte. Er wusste nur, dass es etwas Schlimmes war. Sie hielt seine Hand und sagte: »Hab keine Angst.«

»Ich hab keine Angst«, sagte er.

»Der steht dir gut, dein Helm«, sagte sie.

»Ich werd Feuerwehrmann«, sagte er, und sie nickte.

»Ja, bestimmt.« Sie schloss die Augen, und dann lief ihr ein Zittern den ganzen Körper hinab. Und noch eins und noch eins. Ihre Hand ließ ihn los und krampfte sich in das Bettzeug. Mr. Brogan nahm seinen Sohn bei den Schultern und führte ihn zur Tür. Als er das Zimmer verließ, hörte Monty, wie seine Mutter mit großer Mühe sagte: »Du wirst ein toller Feuerwehrmann werden, Montgomery.«

Er sah sich nicht um. Er ließ seinen Vater dort drin, ging den Krankenhausflur hinunter. Seine Basketballschuhe quietschten auf dem polierten Boden. An der geöffneten Tür eines anderen Zimmers blieb er stehen. In dem Bett lag ein alter Mann mit Schläuchen in der Nase, im Arm. Aus einem Radio auf dem Nachttisch tönte eine Opernarie. Der alte Mann sah Monty in der Tür stehen und winkte ihn mit dem Finger näher.

»*Figlio mio*«, sagte der alte Mann. »*Dov'è il fuoco?*«

Monty lief davon. Er lief so schnell, dass ihm der Feuerwehrhelm vom Kopf fiel, aber er hielt nicht an, er lief zum Ende des Flures, drei Treppen hinunter, durch die Krankenhaustüren nach draußen, auf die Seventh Avenue, zur 81st Street. Er hielt erst in seinem eigenen Block wieder an. Vor seinem Haus hockte er sich hin und schnappte nach Luft.

Eine halbe Stunde später sah er auf der anderen Straßenseite ihren blauen Chevrolet einparken. Einen Moment blieb sein Vater reglos hinter dem Steuer sitzen. Als Mr. Brogan schließlich ausstieg, starrte er Monty lange über das Autodach hinweg an. Er begann die Straße zu überqueren, kehrte um, schloss die Beifahrertür auf und beugte sich ins Wageninnere. Dann schlug er die Tür zu und schaute nach beiden Richtungen, ob Autos kamen, den roten Feuerwehrhelm aus Plastik in der Hand.

22

Die geparkten Autos am Straßenrand sehen wie Riesenkugeln Vanilleeis aus, glitzern unter den Laternen. Die Markisen der Gebäude sind mit Eiszapfen gerahmt und ächzen unter dem Gewicht des Schnees. Die Straßenbäume in ihren kleinen Erdgevierten, Platanen, Sumpfeichen und chinesische Birnen, stehen bewegungslos in der stillen, klaren Luft, jeder Ast genau mit Schnee nachgezeichnet. Die Allee kommt Jakob unwirklich vor: zu weiß, zu still, wie ein verlassenes Haus, dessen Möbel mit weißen Laken verhängt sind. Es hat zu schneien aufgehört.

Doyle brettert unangeleint durch die Gegend, mitten auf der Straße, schneidet eine Spur durch die dreißig Zentimeter Pulverschnee, ein Tropfen Tinte, der ein leeres Blatt Papier hinunterläuft. Monty folgt ihm, wirbelt dabei die Leine herum. Seine ruinierten Schuhe quietschen bei jedem Schritt. Jakob und Slattery gehen ein Stück hinter ihm, nebeneinander. Jakob versucht, immer genau in Montys Fußstapfen zu treten, genau in die Löcher im Schnee, aber Montys Schrittlänge ist zu groß und ruiniert Jakobs Rhythmus. Slattery stapft vorwärts, seine Hosenbeine haben sich bis zu den Knien mit Nässe vollgesogen.

Vor zehn Minuten sind die drei die schmale Treppe zu Montys Apartment hinaufmarschiert und haben sich ins dunkle Wohnzimmer gesetzt. Niemand hat ein Wort gesagt. Unter der Schlafzimmertür ist Licht zu sehen gewesen, aber Monty ist nicht hineingegangen; er hat sich auf den Boden gesetzt, mit dem Rücken an der Heizung, und hat Doyle hinter dem zerbissenen Ohr gekrault. Jakob stellte sich vor, wie Naturelle im Bett lag, die Augen offen, wartend. Aus irgendeinem Grund machte ihn diese Vorstellung fertig. Er fragte sich, ob sie wusste, dass Monty im Club mit einer anderen gevögelt hatte, ob ihr das etwas ausmachte.

Schließlich stand Monty auf und sagte: »Gehen wir mit Doyle spazieren. Ein letzter Spaziergang mit Doyle«, und die drei schleppten sich wieder hinaus in den Schnee.

Jakob lauscht den schweren Schritten Slatterys; er spürt die Erschöpfung seines Freundes, die Frustration. Komischerweise tröstet es ihn, dass Slattery so mitgenommen aussieht, so fertig. Sein Gesicht ist beunruhigt, düster, und Jakob verspürt auf einmal eine Woge der Zuneigung zu ihm, weil er wegen jemand anderem so fertig ist. Slattery ist eben doch ein Guter. Kein lieber Kerl, aber ein Mensch, den man gern an seiner Seite wüsste, wenn es Ärger gibt.

Aber bis zum Wochenende sieht er wieder gut aus, denkt Jakob. Da sehen wir beide wieder gut aus. In ein paar Stunden, wenn Monty mit dem Bus nach Otisville unterwegs ist, kann Slattery die Rouleaus runterziehen und ins Bett krauchen und schlafen, bis er sich am Sonntag bei irgendwelchen Freunden das Superbowl-Spiel ansieht: Schalen mit Popcorn und Nachos auf dem Couchtisch, zufriedene, wohlgenährte Leute auf dem Sofa, auf dem Fußboden, in der Küche am Biertrinken; alles brüllt, wenn die Guten einen Punkt machen.

Die vier marschieren die Straßenmitte hinunter, ein Trupp unachtsamer Fußgänger, der die roten Ampeln am Ende der verwunschenen Insel ignoriert. Das einzige Fahrzeug ist ein Schneepflug mit gelben Blinklichtern, eine halbe Meile vor ihnen die Straße hinunter. Jakob fragt sich, wie weit er durch den Schnee marschieren würde, ohne zu protestieren. Monty könnte sie zum Golf von Mexiko führen, und sie würden erschöpft hinter ihm herzuckeln, ohne den Sand und die Muschelschalen unter ihren Füßen zu bemerken.

An der 86th Street betreten sie den Carl-Schurz-Park, hinter den eingezäunten Gingkobäumen. Doyle entdeckt ein Eichhörnchen, das neben einem Mülleimer auf den Hinterbeinen steht; sie starren einander einen Moment lang an, dann schießt Doyle los, dass der Schnee nur so fliegt. Jakob ist erleichtert, als das Eichhörnchen es zu einer Eiche schafft und sich in Sicherheit bringt. Doyle sitzt unten, mit seitlich heraushängender Zunge, und starrt traurig zu den Ästen hoch.

Sie folgen Monty eine Reihe von Stufen hinauf, die in dem tiefen Schnee und bei dem schwachen Licht kaum auszumachen sind, und dann einen Weg entlang, der sich an Rotahornbäumen, Laternenpfählen und Parkbänken vorbeiwindet. Als sie beim Spielplatz ankommen, berührt Jakob den Ellbogen Slatterys und zeigt: *Hier will er also mit uns hin.* Sie kennen die Geschichte, wie Monty und Naturelle sich hier bei den Schaukeln zum ersten Mal begegnet sind. Aber Monty verlangsamt nicht einmal; er führt sie an den Schaukeln, den Sandkästen, den Klettergerüsten, den Basketballplätzen und der Rollschuhbahn vorbei auf die meilenlange Uferpromenade am East River.

Jakob ist noch nie nachts auf der Promenade gewesen. Nun begreift er, warum Monty hierher wollte. Am anderen Ufer liegt Queens, und Queens vor Sonnenaufgang ist wunderschön: die blinkenden roten Warnlichter für die Piloten, das glühende Pepsizeichen auf dem Abfüllbetrieb, die weißen Wolken, die über den Schornsteinen stehen wie sich aufplusternde Lampengeister, die den guten Menschen vom Astoria gleich drei Wünsche erfüllen. Hinter Queens beginnt der Himmel gerade aufzuhellen, im Osten liegt ein blassblaues Band vor dem Horizont, verdunkelt sich nach oben hin zu der Schwärze über Manhattan.

Jakob fegt den Schnee vom Eisengeländer, lehnt sich dagegen und starrt in den Fluss. Im Wasser wabert eine Reihe gelber Lichter, und Jakob überläuft ein Schaudern, als er sich vorstellt, dass dort unten am Grund eine Legion Ertrunkener still mit ihren Fackeln Wache steht. Er weiß, dass es sich nur um das Spiegelbild der Lampen an den Haltetauen der Queenboro Bridge handelt, aber Jakob wird das Bild von den aufgeblähten, augenlosen Leichen, die unten im Wasser warten, nicht wieder los.

»Schaut mal, der Leuchtturm«, sagt Monty und zeigt mit der behandschuhten Hand zu dem Steinturm an der Nordspitze von Roosevelt Island. »Sie sollten ihn reparieren, ihn wieder in Ordnung bringen. Wär toll, hierher zu kommen, und er leuchtet. Nirgendwo Schlepper zu sehen. Die Mannschaften sind wahrscheinlich in Staten Island eingeschneit.« Monty lacht. »Ich denk immer, die Leute, die auf den Schleppern arbeiten, wohnen in Staten Island. Keine Ahnung, warum.«

»Die Typen machen gutes Geld«, sagt Slattery, der jetzt auch am Geländer steht. »Die haben eine der besten Gewerkschaften der Stadt. Die und die Kranführer.«

»Wäre gut, auf einem Schlepper zu arbeiten«, sagt Monty. »Lastkähne rumfahren, den ganzen Tag draußen auf dem Fluss sein. Irgendein Spiel im Radio einstellen und rauchen und zugucken, wie die Stadt vorbeizieht.«

Slattery schüttelt den Kopf. »Brauchst dir nur einmal zu viel die Stadt an zu gucken, und schon fährst du glatt in sie rein.«

»Also, wie sieht's aus?«, fragt Monty und dreht sich zu Jakob um. »Bist du bereit für Mr. Doyle?«

Jakob sieht zu dem Hund hinüber, der sich im Schnee wälzt und mit den Pfoten strampelt. »Der Schnee gefällt ihm.«

»Er wird dir gut tun, Jake. Damit bricht schon mal keiner in dein Apartment ein, das steht fest. Und die Frauen stehen auf Doyle. Wirst du schon sehen, wenn du mit ihm spazieren gehst. Ist ein ganz bestimmter Typ Frau, der auf Doyle anspricht. Die handfeste Sorte. Brauchst sie dir bloß anzugucken. Ist die Sorte Frauen, die auf zähe alte Kerle steht, die einiges hinter sich haben. Wie spät hast du's?«

»Viertel nach sieben.«

»Viertel nach sieben.« Monty legt einen kurzen Trommelwirbel auf dem Eisengeländer hin und schwingt sich im nächsten Moment hinüber. Er steht auf der schmalen Kante, die Kniekehlen am Geländer, den Fluss unter sich.

»Warte«, sagt Slattery und hebt die Hände. »Was hast du vor? Monty, was hast du vor?«

Doyle – bäuchlings im Schnee, hechelnd – starrt zu seinem Herrchen hinauf. Jakob steht der Mund offen, ihm bleiben die Worte in der Kehle stecken.

Monty sieht sich das schwarze Wasser an, das unten vorbeifließt. »Was meint ihr, gute zehn Meter bis nach unten?

Was macht ihr euch da Sorgen? Ich kann mich nicht umbringen, indem ich da runterspringe. Außer ich erfriere.«

»Komm«, sagt Slattery. »Komm, gib mir die Hand. Lass den Quatsch.«

»Lass den Quatsch? Ich soll also ernst sein, ja?« Monty stößt mit dem Schuh Schnee über die Kante. »Ich geh da nicht so rein. Da bin ich doch ein gefundenes Fressen für die.«

»Komm schon«, sagt Slattery. »Du rutschst noch aus und brichst dir den Hals.«

Für einen langen Moment sagt Monty nichts, starrt nach Queens hinüber. Schließlich dreht er sich um, packt das Geländer und schwingt sich auf die Uferpromenade zurück, rutscht auf dem Schnee aus. Slattery bekommt ihn um die Taille zu fassen und hält ihn aufrecht, Doyle bellt, Jakob stößt die Luft aus.

»Ich geh da nicht so rein«, sagt Monty wieder und schiebt Slattery weg. »Die brauchen mich bloß zu sehen, und schon bin ich erledigt. Du musst mir helfen, Frank.«

»Sag mir wie«, sagt Slattery verwirrt.

Monty pfeift, und Doyle springt auf und rennt zu ihm, wedelt mit dem Stummelschwanz, die Schnauze voller Schnee. Monty hakt die Leine ins Halsband und bindet sie mit einem Doppelknoten am Geländer fest.

»Mach mich hässlich«, sagt Monty.

Slattery und Jakob sehen einander an.

»Du hast es selbst gesagt«, sagt Monty. »Alles, was ich brauche.« Er knöpft seinen Mantel auf und legt ihn sorgfältig über das Geländer.

Slattery schüttelt den Kopf. »Das kann ich nicht. Wie stellst du dir das vor? Ich hau dir ein blaues Auge, und die lassen dich in Ruhe? Das ändert doch nichts.«

»Du denkst, ich verdien's nicht anders, stimmt's? Ich hab's versaut, stimmt's? Das denkst du doch – ich hab eine anständige Chance gehabt und hab's versaut. Stimmt's?«

Slattery schüttelt immer noch den Kopf. Er weicht vor Monty zurück. »Ich kann dich doch nicht verprügeln.«

Monty steht da, die Füße auseinander, die Arme vor der

Brust gekreuzt. Er sieht kleiner aus ohne seinen Mantel, der schwarze Wollpulli macht ihn kleiner. »Klar kannst du das. Und du willst es auch, jedenfalls ein bisschen. Seit Jahren schon.«

»Ich mach das nicht.«

»Du willst es«, sagt Monty und geht auf ihn zu. »Komm schon, Frank. Hast du Schiss?«

Slattery hebt die Hände, Handflächen nach vorn. »Hör zu ...«

»Wovor hast du Schiss, Frank? Dass ich zurückschlage? Hast du Angst, dass ich durchdrehe und zurückschlage? Das wäre echt peinlich, was? Wenn ein kräftiger Kerl wie du auf einmal Prügel bezieht.«

»Hey, komm«, sagt Jakob. »Das ist doch irre.«

Monty dreht sich zu Jakob um und zeigt mit dem behandschuhten Finger auf ihn. »Wer redet denn mit dir? Wer redet denn mit dir, verdammt?«

»Schluss mit dem Quatsch«, sagt Slattery. »Hörst du? Schluss mit dem Quatsch. Gehen wir lieber was frühstücken.«

»Läuft doch alles ganz prima für dich, stimmt's, Frank? Richtig klasse. Du kümmerst dich ein bisschen um Naturelle, sobald ich drin bin, stimmt's? Schaust mal, ob's ihr gut geht, nicht?«

»Was?«

»Meinst du, sie weiß nicht, dass du total auf sie abfährst? Du bist eine Witzfigur, Mann, du sabberst ihr die ganze Zeit hinterher, als wärst du ein Hund, der ihr am Arsch rumschnüffelt. Sie lacht über dich, Frank. Du bist eine Witzfigur, eine alte Witzfigur, über die keiner mehr lachen kann. Sie ist nicht einmal mehr geschmeichelt, so lange läuft das jetzt schon.«

»Na schön«, sagt Slattery leise. »Na schön.« Er dreht sich steif um und stapft davon.

»Hey, komm«, flüstert Jakob. »Hey, komm, Monty, was soll das? Sag ihm, dass du das nicht ernst meinst.«

Monty wirbelt herum und schlägt Jakob kräftig ins Gesicht, das Krachen von behandschuhten Knöcheln auf Wangenknochen hallt über die leere Promenade. Jakob fällt gegen das Geländer zurück, hält sich das Gesicht.

»*Monty …*«, keucht er.

Monty tritt näher und boxt Jakob noch einmal, diesmal in den Bauch, und Jakob fällt auf die Knie, keucht. Er bedeckt das Gesicht mit den Händen, um sich zu schützen, dann hört er ein gewaltiges Ächzen, hört zwei Körper in den Schnee krachen. Er sieht auf. Slattery hat Monty aufs Kreuz geworfen, hat ihn am Boden festgenagelt. Slattery hält Monty mit der linken Hand bei der Kehle gepackt und treibt ihm die rechte Faust ins Gesicht, wieder und wieder und wieder und wieder und wieder.

Doyle heult, versucht Slattery anzuspringen, wird aber immer wieder von der Leine zurückgerissen. Er zieht wie der Teufel, mit gefletschten Lefzen. Die Muskeln an seinen Hinterbeinen treten hervor, aber sein Herrchen ist einen Meter zu weit weg. Er gibt nicht auf, versucht immer wieder Slattery anzuspringen, wird immer wieder zurückgerissen.

Jakob berührt seine brennende Wange und besieht sich seine Finger: kein Blut. Slattery schlägt immer noch auf Monty ein, die Schläge klingen allmählich feucht, und Monty hört auf, sich unter ihm zu winden.

»Frank«, sagt Jakob und zieht sich am Geländer hoch. »Frank.«

Das Blut um Montys Kopf herum, es dampft und schmilzt sich durch den Schnee. Das Geräusch dieser Faust, die ein Gesicht zu Brei schlägt. Das Heulen des Hundes, das Peitschen der Leine.

Jakob stolpert zu Slattery hinüber und stößt ihn an. »Hör auf!«

Slattery schaut hoch, das Gesicht tränenüberströmt, den Mund weit offen, Speichelfäden zwischen den Lippen.

»Schluss«, sagt Jakob. »Schluss jetzt.« Er greift dem großen Mann unter die Arme und hilft ihm aufzustehen.

»Herr im Himmel«, sagt Slattery, als er Monty ansieht. »Herr im Himmel.«

Jakob bückt sich und dreht Monty auf den Bauch. Monty hustet. Ein dicker Klumpen Blut fällt ihm aus dem Mund. Doyle bellt wie verrückt. Jakob rafft ein bisschen Schnee zusammen und hält ihn Monty sanft ans Gesicht; er vergewissert sich, dass Monty noch atmet.

Slattery sieht zu, sprachlos, die blutigen Hände neben den Hüften. Jakob bleibt neben Monty hingekauert, die Finger in seinen Nacken gelegt. Doyle bellt und bellt, obwohl er sich fast erwürgt bei dem Versuch, zu seinem Herrchen zu kommen. Auf dem Fluss bläst ein Schlepper sein Horn, und Jakob denkt: Eine Crew hat es doch noch in ihr Boot geschafft.

Schließlich schüttelt Monty sich den Schnee vom Kopf und geht auf alle viere, kriecht vorwärts.

»Halt noch einen Moment still«, sagt Jakob. »Halt still.«

Als Monty aufzustehen versucht, knicken ihm die Beine weg. Jakob schlingt die Arme um ihn, bevor er umfällt, und setzt ihn langsam wieder in den Schnee.

»Bleib lieber noch sitzen.«

Monty kämpft sich wieder hoch, und diesmal bleibt er stehen, obwohl er schwankt wie betrunken. »Geht schon«, sagt er leise, kaum verständlich. Er wendet seinen Freunden das Gesicht zu.

Slattery sieht ihn an und ächzt, setzt sich schwer in den Schnee. Lässt den Kopf hängen, bedeckt das Gesicht mit der rechten Hand, die glitschig ist von Blut. »Herr im Himmel.«

»Krankenhaus«, sagt Jakob. »Wir müssen dich ins Krankenhaus bringen.«

»Nein«, sagt Monty und stolpert auf sie zu. Doyle winselt, kratzt mit den Pfoten, verwirrt. Monty beugt sich unsicher hinunter und krault ihn hinter dem Ohr.

»Schön brav sein«, sagt er.

Slattery sitzt immer noch im Schnee. Er schluchzt. Monty beugt sich zu ihm hinunter und küsst ihn auf die Stirn.

»Tut mir Leid«, sagt er.

Slattery schaukelt vor und zurück, die Hände über dem Gesicht, die Stirn blutverschmiert.

Monty dreht sich zu Jakob um und berührt ihn an der Schulter. »Pass gut auf meinen Hund auf.«

Er nimmt seinen Mantel vom Geländer und entfernt sich von ihnen, entfernt sich vom schwarzen Fluss, von den Stahlbrücken, dem steinernen Leuchtturm, der Sonne, die über Queens aufgeht, geht an den Basketballplätzen vorbei, den Schaukeln auf dem Spielplatz, die Stufen hinunter und über die Straße nach Hause.

23

Sie sieht ihn schon, als er noch drei Blocks weg ist, eine schwarz gekleidete Gestalt, die durch den Schnee hinkt, den Mantel in der Hand. *Er lebt.* Sie atmet tief ein, die kalte Luft brennt in der Kehle; sie greift nach dem silbernen Kruzifix an ihrem Hals, aber es ist nicht da; es liegt oben auf dem Nachttisch, auf dem Häufchen silberner Kettenglieder. Eigentlich will sie ihm entgegengehen, bleibt aber nach ein paar Schritten stehen und kneift die Augen gegen das vom Schnee reflektierte Morgenlicht zusammen. Selbst auf diese Entfernung ist zu erkennen, dass etwas nicht stimmt. Als er noch einen Block weg ist, sieht sie, warum er den Kamelhaarmantel nicht anhat. Er will ihn nicht vollbluten.

Blut läuft ihm aus der Nase, aus dem Mund, aus einer tiefen Platzwunde, die ihm eine Augenbraue spaltet. Die ganze linke Hälfte seines Gesicht ist knallrot und grotesk angeschwollen; unter dem Wangenknochen prangt eine daumenlange Strieme. Seine Nase ist übel gebrochen, seine Unterlippe gespalten, an seiner Stirn fehlt ein Stück Haut von der Größe einer Dollarnote. Seine Kehle ist rot und weiß gestreift.

Die Schwellungen haben seine Augen zu Schlitzen verengt; er sieht sie in seinem alten Kapuzenpulli dort auf den Türstufen erst dann stehen, als er schon fast bei ihr ist. Als er sie sieht, lächelt er, und sie muss kurz wegschauen. Seine schönen Zähne sind ruiniert, unten fehlen drei, oben ist ein Schneidezahn abgebrochen. Er versucht etwas zu sagen, muss aber würgen, beugt sich vor, die Hände auf den Knien, und spuckt Blut.

Naturelle nimmt ihn bei der Hand und führt ihn langsam die Türstufen hinauf, durch zwei Türen, die schmale Treppe hinauf und in ihr Apartment. Blasses Sonnenlicht scheint durch die Fenster. Sie setzt ihn auf das Sofa und läuft ins Badezimmer, durchwühlt den Medizinschrank nach den Sachen, die sie braucht, füllt ein Glas mit kaltem Wasser und geht zu ihm zurück, sorgt dafür, dass er etwas trinkt. Er versucht erneut, etwas zu sagen, aber sie schüttelt den Kopf, nimmt ihm das Glas ab und stellt es auf den Couchtisch. Vorsichtig hebt sie ihm die Arme über den Kopf und zieht ihm den schwarzen Pullover aus, knöpft ihm das Hemd auf und schiebt es ihm von den Schultern. Sie fährt kurz mit den Händen seine Rippen entlang und schaut dabei, ob er das Gesicht verzieht.

In der Küche holt sie einen Waschlappen, füllt eine Schüssel mit warmem Wasser und Flüssigseife, eilt zurück ins Wohnzimmer und setzt sich neben ihn. Dann fängt sie vorsichtig an, ihm das Gesicht zu waschen, wartet, als er zurückzuckt, und beugt sich dann wieder vor, um jede Platzwunde, jeden Kratzer abzutupfen. Als sie den Waschlappen über der Schüssel auswringt, fallen Blutstropfen ins Wasser und blühen auf. Nachdem sie jede Wunde zufrieden stellend gereinigt hat, öffnet sie eine Flasche Hamamelis-Extrakt und tränkt einen Wattebausch damit. Sie drückt die Watte leicht gegen seine gespaltene Augenbraue; Monty zuckt zusammen, krallt die Hände um die Kanten der Sofakissen. Als sie fertig ist, liegen acht gebrauchte Wattebäusche auf dem Couchtisch. Sie deckt die Wunde mit Mull ab. Das muss genäht werden, denkt sie. Sie stellt sich vor, wie ein Gefängnisarzt grob ein paar Stiche setzt und dabei mit der Schwester herumwitzelt. Werden sie Monty so lange mit Handschellen an den Tisch fesseln?

Montys Kopf fällt gegen die Sofalehne zurück. Sein zerschlagenes Gesicht ist von Sonnenstrahlen umkränzt. Die Nacht ist vorbei, und er schläft. Sie sieht zu, wie er atmet, wie sich seine Brust hebt und senkt, wie unten an seiner Kehle eine Ader pulsiert. Sie schaut zur Wanduhr. Sie muss ihn wecken, ihn in saubere Sachen stecken, nach unten bringen und ein Taxi auftreiben. Sie sieht zu, wie er träumt, seine Augenlidern flattern, seine Finger krümmen und strecken sich, greifen nach etwas. Noch eine Minute, dann weckt sie ihn. Gib ihm noch eine Minute.

24

Als Monty aufwacht, steht sein Vater vor ihm und ballt die Fäuste.

»Wer hat dir das angetan?«

Monty greift nach dem Wasserglas und zuckt zurück, als er mit der Kante einen abgebrochenen Schneidezahn berührt. Der Schmerz kommt wie eine Schockwelle, heiß und sengend. Monty lässt den Kopf hängen und wartet, bis die Nerven sich beruhigt haben, dann hebt er das Glas wieder an die Lippen, vorsichtiger diesmal, und trinkt. Als er fertig ist, nimmt Naturelle ihm das Glas ab und geht in die Küche, neues Wasser holen.

»Wer hat dir das angetan, Monty?«, fragt sein Vater noch einmal.

»Wie spät ist es?« Monty kann die Uhr an der gegenüberliegenden Wand sehen, erkennt die Zeiger aber nicht. Das Zimmer ist ein Durcheinander aus verschwommenen Licht- und Schattenflecken. Das Gesicht seines Vater ist ein helles Oval, in dem sich ein Spalt öffnet, wenn er etwas sagt.

»Ich fahr dich ins Krankenhaus«, sagt Mr. Brogan. »Wir können ihnen sagen …«

»Nein«, entgegnet Monty. Er legt die Hände auf die Sofakissen und stößt sich ab. »Ich muss los.«

Naturelle kommt mit einem Glas Wasser zurück. Sie wartet ohne einen Laut, den Blick auf Montys Hände gerichtet.

»Wie spät ist es?«, fragt er noch einmal. Er zieht sein Hemd an und knöpft es falsch zu; Naturelle stellt das Glas auf den Couchtisch und hilft ihm. Sie gibt ihm seinen Pullover, und er zieht ihn an, dann will er ins Schlafzimmer und knallt mit dem Schienbein an den Tisch.

»Monty«, sagt Mr. Brogan. Monty bleibt stehen und schaut seinen Vater an, aber Mr. Brogan sagt nichts weiter, also geht Monty in sein Zimmer, sieht sich das ungemachte

Bett an, die Jogginghosen auf dem Boden, die Schale Pflaumen auf dem Nachttisch, die leere Schachtel Zigaretten daneben. Er zieht sich die durchweichten Schuhe aus und holt ein paar alte Arbeitsstiefel aus dem Schrank, schlüpft hinein, schnürt sie zu.

Er holt den leeren Koffer unter dem Bett hervor und packt ein, was er am Tag seiner Freilassung tragen wird: seinen mitternachtsblauen Anzug, fein säuberlich zusammengelegt, seine italienischen Wildlederschuhe mit den handgeschnitzten Schuhspannern aus Zedernholz, ein schwarzes Seidenhemd mit silbernen Viertelmonden als Knöpfen, Boxershorts, schwarze Socken. Er packt den alten spanischen Rosenkranz ein, den Naturelle ihm vor zwei Jahren zum Geburtstag geschenkt hat. Er packt die Fotografie ein, auf der er als Sechsjähriger mit seiner Mutter und seinem Vater vor dem funkelnden Weihnachtsbaum steht.

Schließlich geht er ins Wohnzimmer zurück und stellt den Koffer neben die Wohnungstür. »Ich werd mich hier verabschieden«, sagt er. Er tritt zu Naturelle und umarmt sie. Er hält sie lange fest. Als er sie wieder loslässt, lächelt sie zu ihm hinauf, mit zusammengekniffenen Lippen. Die Haut um ihre Augen herum ist dunkel und geschwollen vor Müdigkeit. Sie blinzelt und sieht weg, aber Monty sieht sie noch einen Moment länger an. Sie kommt ihm gerade extrem jung vor, ohne ihr Make-up, die langen Haare zu einem Pferdeschwanz zurückgebunden wie ein Schulmädchen.

Er geht zu seinem Vater, aber Mr. Brogan schüttelt den Kopf.

»Wie willst du zum Busbahnhof kommen?«

»Mit der U-Bahn.«

»Das schaffst du nicht. Die meisten Züge sind ausgefallen. Ich fahr dich nach Otisville. Herrgott noch mal, was haben sie dir bloß angetan.«

»Komm, Dad, lass gut sein. Ich nehm ein Taxi.«

»Du wirst keins kriegen«, sagt Naturelle. »Lass dich lieber von ihm ins Krankenhaus bringen.«

»Traust du mir das etwa nicht zu bei dem Wetter?«, sagt

Mr. Brogan und versucht zu lächeln. »Ich hab Schneeketten und alles.«

»Ich will das so nicht. Du machst es nur schwerer. Lass mich gehen, Dad. Ist leichter so.«

»Was soll daran leicht sein, Monty? Leicht? Du meine Güte, du begreifst es nicht, oder? Du hast keine Ahnung.« Er berührt Montys Wangen sachte mit den Fingerspitzen. »Lass mich dich fahren. Ich muss sowieso sehen, wo es ist, wegen der Besuche. Ja, Kumpel? Hilf mir.«

Monty blinzelt und nickt dann. »Aber nicht ins Krankenhaus«, sagt er.

Mr. Brogan küsst Naturelle auf die Wange, und sie umarmt den älteren Herrn, schlingt die Arme um seinen Winterparka und drückt ihn ganz fest. Als sie ihn freigibt, geht er zur Wohnungstür und öffnet sie, nimmt den Koffer und verlässt das Apartment, ohne die Tür zu schließen. Monty steht still da, sieht Naturelle an. Sie lauschen den leiser werdenden Schritten seines Vaters im Treppenhaus.

»Wart noch eine Sekunde«, sagt sie. Sie geht in die Küche, und er wartet, schaukelt hin und her auf seinen Stiefelabsätzen, die Augen geschlossen. Der Hahn in der Küche tropft leicht, jeder Tropfen ein fernes Händeklatschen. Als Naturelle zurückkommt, gibt sie ihm einen mit Eiswürfeln gefüllten Plastikbeutel, damit er ihn sich ans Gesicht halten kann. Für einen Moment stehen sie still, ihre Hand auf der seinen, den Eisbeutel an seinen Kiefer gedrückt.

Sie soll ihn halten jetzt, soll flüstern, dass sie ein Geheimversteck kennt, in dem sie niemand finden wird. Soll ihm versprechen, dass sie ihm hinterherzieht, dass sie sich eine Stelle suchen wird in Otisville und ihn jede Woche besuchen kommt. Soll sagen, dass die sieben Jahre vergehen werden wie irgendein Albtraum, dass er aufwachen und sich in ihren Armen wieder finden wird, dass hinter der nächsten Ecke noch ein ganzes Leben auf sie wartet.

Naturelle sagt nichts, und Monty sagt nichts. Schließlich nickt er und wendet sich ab, schließt leise die Tür hinter sich. Er knotet den Plastikbeutel auf und lässt das Eis das Treppenhaus hinunterfallen, sieht zu, wie die Würfel glitzern und verschwinden, bevor sie drei Stockwerke tiefer auf dem Linoleum zerbersten. Er knüllt den Beutel zusammen und stopft ihn sich in die Tasche.

Unten steht Mr. Brogans Auto mit eingeschalteter Warnblinkanlage in der zweiten Reihe. Das Dach des alten Honda ist von Schnee gekrönt, aber Windschutzscheibe und Heckscheibe sind frei. Mr. Brogan öffnet die Beifahrertür, und Monty lässt sich langsam in den Sitz sinken, dann beugt er sich hinüber und zieht den Knopf der Fahrertür hoch.

Sie warten eine Minute, bis der Motor rund läuft und warme Luft durch die Lüftungsdüsen strömt. »FDR ist zu«, sagt Mr. Brogan. »Wir fahren am besten die First Avenue hoch, dann über die Triborough und die 87 hoch auf die Route 17 bis zur 211, und die bringt uns direkt nach Otisville. Kein Problem, vom Schnee mal abgesehen.« Monty antwortet nicht, also redet Mr. Brogan weiter. »Ich hab auf der BQE einen schlimmen Unfall gesehen. Ein Abschleppwagen hatte sich überschlagen. Jetzt werden sie den Abschleppwagen wohl abschleppen müssen, sobald sie ihn wieder auf die Füße gestellt haben. Auf die Räder, mein ich.«

Monty reibt sich die Augenwinkel und spürt Krusten unter den Fingerspitzen. Er pult das getrocknete Blut ab. Sein Vater sieht, was er tut, und gibt ihm ein rotes Taschentuch aus seiner Manteltasche.

»Ist sauber«, sagt Mr. Brogan und wirft einen Blick auf das Gesicht seines Sohnes. »Himmel, was haben sie dir angetan. Ich sag dir was, Monty, das wird schon wieder. Die falschen Zähne, die sie einem heute einsetzen, kannst du kaum von den richtigen unterscheiden. Wie geht's deiner Nase?«

»Gebrochen.«

»Eine gebrochene Nase, die gibt einem Charakter. Ich weiß, jetzt sieht sie schlimm aus, aber wenn die ganzen Schwellungen erst mal weg sind, wird es ganz gut ausschauen. Keine Sorge, wenn du wieder nach Hause kommst, wirst du immer noch der bestaussehende Bursche in ganz Bensonhurst sein. Aber die haben dich ganz schön in die Mangel genommen. Zu wie vielt waren sie?«

»Keine Ahnung, Dad. Ein ganzer Haufen.«

Sie fahren die First Avenue hinauf. Die Schneeketten singen gleichmäßig: *dih-lih-dih-dih, dih-dih-lih-dih-dih*. Jedes Mal, wenn Monty sich das Taschentuch gegen die Augen drückt, zieht ein sengender Schmerz seinen Nasenrücken entlang. Aber er kann jetzt ein bisschen besser sehen. Er schaut zu, wie die Stadt am Fenster vorbeizieht.

Die weiße Wolkendecke reißt schon auf und gibt den Blick auf den blauen Himmel frei. Die Straßenlaternen leuchten noch, glühen schwach in der Morgenluft. An einer Ecke lehnt ein schnauzbärtiger Mann, hält eine Zigarette zwischen den behandschuhten Fingern, den Stiel seiner Schneeschaufel in der Armbeuge. Vor einer geschlossenen Fleischerei steht eine Frau in einem Herrenmantel, der ihr bis an die Zehen der Überschuhe reicht, und streut Salz. Zwei kleine Jungen ziehen ihre Schlitten hinter sich her, sie schnaufen und keuchen übertrieben, Atemwolken über den knallroten Gesichtern. Ein Mann und eine Frau mit Anoraks im Partnerlook befestigen ihre Skier auf dem Gepäckträger ihres Autos. Ein Zeitungsverkäufer sitzt auf einem blauen Getränkekasten und schlürft Kaffee aus einem Pappbecher, während sein lockenköpfiger Junior den Kiosk von Eiszapfen befreit. Ein Polizist sieht, die Hände in die Seiten gestemmt, unter die Motorhaube seines Streifenwagens, während sein Kollege sich gegen die Fahrertür lehnt und in sein Funkgerät lacht.

An einer roten Ampel an der 96th Street sieht Monty zu dem Stadtbus hinauf, der geräuschvoll neben ihnen im Leerlauf hält. Auf der hinteren Bank sitzt ein kleiner Junge mit einer weißen Strickmütze und winkt Monty zu. Monty winkt zurück. Der Junge klopft ans Fenster, und Monty liest die handgeschriebenen Buchstaben auf der beschlagenen Scheibe: *moT*. Monty braucht einen Moment, um es zu begreifen. Dann lächelt er, so gut er kann, und schreibt auf sein eigenes Fenster: *Monty*. Bevor er den T-Strich ziehen kann, fährt der

Bus an, und Monty sieht ihm hinterher, wie er in einer Abgaswolke verschwindet.

»Du brauchst es nur zu sagen«, sagt Mr. Brogan, »und ich bieg links ab.«

»Links ab wohin?«

»Wir können die George Washington Bridge nehmen. Wohin du willst.« Mr. Brogan fährt vorsichtig, die Hände bei zehn Uhr und zwei Uhr auf dem Lenkrad, hält er mit zusammengekniffenen Augen in dem Matsch vor ihnen nach Schlaglöchern Ausschau. »Du lässt dich irgendwo wieder zusammenflicken, und dann suchen wir dir irgendeine schöne kleine Stadt ...«

»Dad.«

»Ich sag doch, wenn du willst. Wenn du willst, dann mach ich es. Wir fahren einfach immer weiter. Halten in Chicago und sehen uns ein Spiel der Cubs an. Das Wrigley Field wollte ich mir schon immer mal anschauen. Vielleicht fahren wir auch zum Grand Canyon und machen ein paar Fotos. Wir finden uns irgendwo eine nette kleine Stadt, suchen uns eine Kneipe, und ich kauf uns was zu trinken. Ich hab seit neunzehn Jahren keinen Schluck mehr getrunken, aber mit dir trink ich was. Und dann geh ich. Aber du darfst mir nie schreiben, hörst du, oder mich besuchen kommen. Ich glaube an das Himmelreich und dass wir uns wieder sehen werden, du und ich und deine Mutter. Aber nicht zu Lebzeiten.«

Monty fährt mit der Zunge über die scharfen Reste der ausgeschlagenen Zähne. Seine linke Gesichtshälfte fühlt sich an, als hätte man ihn damit auf eine glühendrote Herdplatte gedrückt. Er schaut seinen Vater an, sieht die Entschlossenheit in seinem Gesicht, den festen Blick, die Wangenmuskeln so angespannt, dass es aussieht, als hätte er einen Pfriem Kautabak im Mund.

»Sie werden dir die Kneipe wegnehmen.«

»Ach Gott.« Mr. Brogan schüttelt den Kopf. »Meine Kneipe? Zum Teufel mit meiner Kneipe. Denkst du etwa, die wär mir wichtiger? Du brauchst es nur zu sagen, Monty, und los geht's.«

»Sie werden mich finden. Früher oder später …«

»Weißt du, wann sie einen finden, Monty? Sie finden einen, wenn man wieder nach Hause kommt. Die meisten Leute hauen ab und kehren irgendwann nach Hause zurück, und dann werden sie geschnappt. Darum darfst du dich hier nie wieder blicken lassen. Du suchst dir eine Arbeit irgendwo, wo's das Geld bar auf die Hand gibt, wo der Boss keine Fragen stellt, und fängst ein neues Leben an und lässt dich hier nie wieder blicken.«

»Ich kann dem nicht ausweichen, Dad. Ja? Ich komm da nicht drum herum. Die Sache ist gelaufen, verstehst du? Also fahr mich bitte einfach nach Otisville.«

Aber die nächste Meile lang, während der alte Wagen sich schnaufend durch den Matsch kämpft, während die Schneeketten ihr *dih-dih-lih-dih-dih, dih-dih-lih-dih-dih* singen, schließt Monty die Augen und lässt die Versuchung von der Leine, lässt sie sich austoben. Er hat diese Gedanken schon tausend Mal gedacht, aber sie sind noch nie so rein gewesen wie jetzt, wo sie durch ein leichtes Drehen des Lenkrads nach links Realität werden könnten. Einfach nach Westen fahren, immer weiter nach Westen, über den Hudson River, durch die Vorstädte von New Jersey, durch Staaten, die Monty nicht recht einordnen kann – Pennsylvania vielleicht und dann Ohio? Er stellt sich die Hügel vor, die frierenden Kühe, roten Farmhäuser und weißen Kirchtürme, die schwarze Straße, die das alles durchschneidet. Er stellt sich meilenlange Maisfelder vor und fragt sich, wie Maisfelder im Winter wohl aussehen. Er stellt sich die Wüste vor, eine gewaltige Ausdehnung von Sand und windgeformten Mesas, gabelförmige Kakteen am Straßenrand. Eine staubige Stadt irgendwo im Nirgendwo, eine Kneipe mit einem Zettel an der Tür: AUSHILFE GESUCHT. Gläser spülen, Boden wischen, auf einer Liege im Hinterraum schlafen. In die nächste Stadt fahren und die richtigen Leute auftun, sich einen Führerschein und eine Geburtsurkunde besorgen. Der Kneipenbesitzer würde eine schöne Tochter haben, und zunächst würde er Monty warnen, dass er die Finger von ihr lassen soll, aber dann würde er sehen, wie hart Monty schuftet, wie die Gläser funkeln, wie der Boden glänzt; er würde Monty zum Barmann befördern und über die wachsende Beliebtheit seines Ladens staunen; er würde seinen Freunden gegenüber zugeben, hier jemanden gefunden zu haben, dem man trauen kann, der sich nichts aus der Kasse nimmt, der anständig ist. Die schwarzhaarige, schwarzäugige Tochter des Kneipenbesitzers würde Monty durch den Raum hinweg anlächeln; sie würde die Lippen geschlossen halten dabei, damit er ihre schiefen Zähne nicht sieht. Er würde ihr von den Ersparnissen eines halben Jahres eine silberne Halskette mit Türkisen schenken, und sie würde weinen beim Auspacken, würde ihr Gesicht an seiner Brust verbergen und sein Hemd mit ihren Tränen nässen. Sie würden zum nächsten Fluss fahren und ihre Kleider auf lehmfarbene Steine legen und in das kalte kalte Wasser steigen, Hand in Hand, und hoch über ihnen würde ein Adler seine Achten drehen. An einem heißen Sommerabend würde in den Bergen ein Feuer ausbrechen, sich rasch ausbreiten und auf die Stadt zuwandern, die Eselhasen und Gürteltiere vor sich hertreiben. Alle würden den Himmel um Regen anflehen, aber es würde nicht regnen. Monty würde sich der Freiwilligen Feuerwehr anschließen und die Feuersbrunst drei Tage und drei Nächte lang bekämpfen, würde Bäume fällen und Unterholz schlagen, eine Feuerschneise um die ganze Stadt herum, würde die Dächer abspritzen, während die Einwohner schon ihre Autos voll laden und sich zur Flucht bereitmachen. Die Anstrengungen der Freiwilligen würden belohnt werden, der Wind sich drehen und die Stadt gerettet sein. Sie würden auf der Main Street eine Parade abhalten, zur Feier der Helden, denen sie diesen Sieg zu verdanken hatten; Monty würde in der Cabriolimousine des Bürgermeisters mitfahren und der jubelnden Menge zuwinken. Eines Tages würde der Kneipenbesitzer Monty beiseite nehmen und ihn fragen, ob er seine Tochter liebe, und Monty würde sagen: Ja, von ganzem Herzen, und der Kneipenbesitzer würde sagen: Ich wäre stolz, dich meinen Sohn nennen zu dürfen. Monty und er würden sich die Hand geben und die Hochzeit auf den kommenden Sonntag festlegen. Die Braut würde das Mittelschiff in dem weißen Kleid ihrer Mutter heruntergeschritten kommen, und Monty würde auf sie warten, seine neuen Freunde an seiner Seite, Elektriker und Kraftfahrer und Feuerwehrmänner und der Basketballtrainer der High School – Monty hilft ihm im Winter, trainiert mit den Jungs Technik und stürzt sich manchmal auch mit ins Getümmel, aber nie um anzugeben, weil es doch nur Kinder sind, Wüstenkinder, die langsam dribbeln und nicht über links gehen können, aber Monty nimmt ihnen nie den Ball ab, er nimmt ihnen nie den Ball ab. Er würde seine Frau küssen, und der Priester würde lächeln und seinen Segen geben. Bald hätten sie Kinder, grünäugige Söhne und schwarzäugige Töchter. Landkinder, die die langen Sommernachmittage mit Angeln verbringen, die mit ihren Pferden durch enge Canyons reiten, die jeden Sonntag zur Kirche gehen, schön in Blazer und Krawatte, im Leinenkleid. Sie würden groß werden, klug und freundlich und fröhlich, sie würden gute Noten kriegen und aufs College gehen, sie würden Ärztinnen werden und Ingenieure und Lehrerinnen, sie würden selbst Familien gründen und an den Feiertagen zu Besuch kommen, ihre ganzen schwarzhaarigen Kinder im Schlepptau. Und an einem dieser Tage – sagen wir, am vierten Juli –, nachdem sie das Feuerwerk bewundert haben, nachdem der letzte Maiskolben abgenagt ist und das kleinste Mädchen den letzten Kuchenkrümel weggemümmelt hat, nachdem sie die Babys schlafen gelegt und alle sich im Wohnzimmer versammelt haben, dessen Wände mit Schwarz-Weiß-Fotografien aus den letzten vierzig Jahren geschmückt sind – mit Montys Fotografien, denn das ist sein Hobby, und er hat es zur Meisterschaft gebracht darin –, dann würde Monty sich vor alle hinstellen und ihnen eine Geschichte erzählen. Alle wären sie leise, alle würden sie lauschen, denn Grandpa ist kein großer Redner; so etwas kommt nur selten vor. Die Kleineren würden im Schneidersitz auf dem Boden sitzen und mit großen Augen und offenen Mündern zu ihm hinaufstarren. Seine Kinder würden genau zuhören und ab und zu einen Blick austauschen und den Kopf schütteln, denn was sie da hören, das klingt unglaublich, aber sie ahnen auch, dass es wahr ist, jedes einzelne Wort. Montys Frau würde ihren Mann ansehen, ohne hinzuhören, denn sie kennt die Geschichte schon. Er hat sie ihr in der Nacht vor ihrer Hochzeit erzählt. Er hat ihr gesagt, dass er es verstehen würde, wenn sie nichts mehr mit ihm zu tun haben wolle, dass er, wenn sie es wolle, sich noch in dieser Nacht in den Bus setzen und nie mehr wiederkommen würde. Seine schwarzhaarige Frau würde sich an diese Nacht erinnern und daran denken, was sie damals gesagt hat: Bleib, bleib bei mir. Monty würde seiner Familie die Geschichte erzählen, würde ihnen erzählen, wer er ist und wo er herkommt. Er würde ihnen das alles erzählen, und dann würde er ihrem Schweigen lauschen. Seht ihr?, würde er sagen. Seht ihr, wie froh wir sein können, dass es uns gibt? Das alles, euch alle eingeschlossen, wäre um ein Haar nie wahr geworden. Dieses Leben wäre um ein Haar nie wahr geworden.